Jill Santopolo

Jill Santopolo est directrice éditoriale d'une marque de livres de jeunesse dans une grande maison d'édition new-yorkaise, et a précédemment publié trois séries pour le jeune public.
Ce qui reste de nous, paru chez Fleuve Éditions en 2018, son premier roman pour adultes, a été un best-seller international, traduit dans plus de 35 pays, et a été considéré avant même sa parution comme une des révélations de l'année.
En 2020 paraît son deuxième roman, *Un jour nouveau*, chez le même éditeur.

CE QUI RESTE DE NOUS

JILL SANTOPOLO

CE QUI RESTE DE NOUS

Traduit de l'anglais (États-Unis)
par Françoise du Sorbier

fleuve
ÉDITIONS

Titre original :
THE LIGHT WE LOST

MIXTE
Papier issu de sources responsables
FSC® C003309

Pocket, une marque d'Univers Poche,
est un éditeur qui s'engage pour la préservation
de l'environnement et qui utilise du papier fabriqué
à partir de bois provenant de forêts gérées
de manière responsable.

ISBN : 978-2-266-29154-5
Dépôt légal : mars 2020

À la ville de New York

Prologue

Nous nous connaissons depuis des années, une bonne moitié de notre vie.

Je t'ai vu souriant, confiant, follement heureux.

Je t'ai vu brisé, blessé, perdu.

Mais je ne t'avais jamais vu ainsi.

Tu m'as appris à chercher la beauté. Au sein des ténèbres, de la destruction, tu as toujours trouvé la lumière.

Je ne sais quelle beauté je vais trouver ici, quelle lumière. Mais je vais tenter de les découvrir. Pour toi. Parce que je sais que tu en ferais autant pour moi.

Il y a eu tant de beauté dans notre vie ensemble.

C'est peut-être par là que je devrais commencer.

1

Il arrive que les objets nous apparaissent comme des témoins de l'histoire. J'imaginais autrefois que la table en bois autour de laquelle nous étions assis au séminaire de Kramer sur Shakespeare, pendant notre dernière année, était aussi vieille que l'université de Columbia, qu'elle se trouvait dans cette salle depuis 1754 et que ses bords avaient été polis par des générations d'étudiants comme nous, ce qui, bien entendu, ne pouvait pas être vrai. Mais tel était mon fantasme : des étudiants assis autour de cette table pendant la guerre d'Indépendance, la guerre civile, les deux guerres mondiales, celles de Corée, du Viêtnam et du Golfe.

C'est drôle, si tu me demandais qui d'autre était avec nous ce jour-là, je crois que je serais incapable de te répondre. Avant, je revoyais tous les visages très clairement. Treize ans plus tard, je ne me souviens que de toi et du professeur Kramer. Je ne me rappelle même pas le nom de l'assistante qui est arrivée en courant et en retard. Encore plus en retard que toi.

Kramer venait juste de terminer l'appel quand tu as poussé la porte. Tu m'as souri, ta fossette s'est creusée un instant lorsque tu as enlevé ta casquette de baseball et l'as glissée dans ta poche arrière. Tu as repéré le siège vide à côté de moi, et tu t'y es installé.

— Et vous êtes… ? a demandé Kramer lorsque tu as plongé la main dans ton sac à dos pour y prendre un cahier et un stylo.

— Gabe, as-tu répondu. Gabriel Samson.

Kramer a consulté la liste devant lui.

— Tâchez d'être ponctuel le reste du semestre, monsieur Samson, dit-il. Le cours commence à neuf heures. Ou mieux, essayez d'être en avance.

Tu as fait un signe d'assentiment et Kramer a commencé à évoquer les thèmes de *Jules César*.

— « *Nous, parvenus au comble, sommes près de décliner*, a-t-il lu. *Il est dans les affaires des hommes une marée qui, prise à son heure, les mène à la fortune ; s'ils la manquent, tout le voyage de leur vie s'épuise dans les écueils et la détresse. En ce moment, nous flottons sur une mer pleine ; et il nous faut suivre le courant tant qu'il nous sert, ou vouer notre expédition à la ruine*[1] *!* » Je suppose que vous avez tous lu le passage. Qui peut m'expliquer ce que Brutus dit ici sur le destin et le libre arbitre ?

Je me souviendrai toujours de ce passage car je me suis souvent demandé depuis si nous étions destinés à nous rencontrer au séminaire de Kramer sur Shakespeare. Et si c'est le destin ou la volonté qui a maintenu le lien entre nous toutes ces années. Ou une combinaison

1. Acte IV, sc. III.

des deux, qui nous a fait suivre le courant tant qu'il nous servait.

Quand Kramer s'est tu, quelques étudiants ont feuilleté le reste du texte posé devant eux. Tu as passé les doigts dans tes boucles et elles se sont aussitôt remises en place.

— Eh bien…, as-tu commencé, et tous les yeux, dont les miens, se sont tournés vers toi.

Tu n'as pas terminé.

L'assistante dont je ne me rappelle pas le nom a fait irruption dans la salle.

— Désolée d'être en retard. Un avion a heurté les tours jumelles. C'est passé à la télé juste au moment où je partais.

Personne n'a saisi l'impact de ses paroles. Même pas elle.

— Le pilote était ivre ? a demandé Kramer.

— Je ne sais pas, a répondu l'assistante en s'installant à la table. J'ai attendu, mais les présentateurs ne savaient pas ce qui se passait. Ils ont dit que c'était un avion de tourisme.

Si cela s'était produit aujourd'hui, tous nos téléphones auraient été saturés d'infos. Des alertes de Twitter et Facebook, des notifications du *New York Times.* Mais à l'époque, la communication n'était pas encore instantanée et il était hors de question d'interrompre Shakespeare. Nous n'avons guère prêté attention à l'information et Kramer a continué à parler de *Jules César.* Tout en prenant des notes, j'ai observé les doigts de ta main droite qui frottaient inconsciemment le bois de la table. J'ai dessiné ton pouce, avec son ongle rugueux et sa cuticule arrachée. J'ai encore mon cahier quelque part – dans un carton empli de notes sur les classiques de la littérature mondiale et les civilisations contemporaines. Je suis sûre que mon croquis s'y trouve.

2

Je n'oublierai jamais ce que nous nous sommes dit en sortant de Philosophy Hall. Si les mots eux-mêmes n'avaient rien d'exceptionnel, cette conversation reste gravée dans ma mémoire comme partie intégrante de cette journée. Nous avions commencé à descendre les marches ensemble, côte à côte. L'air était limpide, le ciel bleu – et tout avait changé. À cela près que nous ne le savions pas encore.

Les gens autour de nous s'interpellaient.

— Les tours jumelles se sont effondrées !

— Les cours sont annulés !

— Je veux donner mon sang. Tu sais où on peut le faire ?

Je me suis tournée vers toi.

— Qu'est-ce qui se passe ? ai-je demandé.

— J'habite sur le campus est, as-tu répondu en désignant ta résidence. Allons voir. Tu t'appelles Lucy, hein ? Où loges-tu ?

— À Hogan. Et oui, c'est bien Lucy.

— Enchanté, Lucy. Moi, c'est Gabriel.

Tu m'as tendu la main. Au milieu du chaos ambiant, je l'ai serrée en relevant la tête vers toi. Ta fossette a reparu. Sous l'éclat bleu de tes yeux, je me suis dit pour la première fois : *Beau mec.*

Dans le logement que tu partageais avec trois autres étudiants, Adam, Scott et Justin, nous avons regardé la télé tous ensemble. Sur l'écran, des corps plongeaient du haut des bâtiments, des tas noircis de débris envoyaient des signaux de fumée dans le ciel et les tours s'écroulaient en boucle. Nous sommes restés figés, anéantis, devant les images, incapables de concilier ces informations avec notre réalité. Le fait que ces événements se passaient à New York, à une dizaine de kilomètres de nous, que ces gens étaient des êtres humains en chair et en os, ne s'était pas encore imposé à nous. Du moins, pas à moi. Tout cela paraissait si lointain.

Nos téléphones portables ne fonctionnaient pas. Tu as utilisé le fixe du bâtiment pour appeler ta mère en Arizona et lui dire que tu étais sain et sauf. J'ai téléphoné à mes parents dans le Connecticut. Ils voulaient que je rentre. Ils connaissaient quelqu'un dont la fille travaillait au World Trade Center, et qui était encore sans nouvelles d'elle. Et quelqu'un d'autre dont le cousin avait un petit déjeuner de travail au restaurant panoramique de la tour nord.

— Tu serais plus en sécurité hors de Manhattan, a dit mon père. Imagine qu'il y ait une guerre bactériologique, des gaz neurotoxiques…

Je lui ai expliqué que le métro ne circulait plus.

— Je saute dans la voiture et je viens te chercher, a-t-il déclaré.

— Non, ça va. Je suis avec des amis. Je ne crains rien. Je te rappellerai.

Tout semblait encore irréel.

— Vous savez, a lancé Scott après que j'ai raccroché, si j'étais une organisation terroriste, je larguerais une bombe sur nous maintenant.

— C'est quoi, ce délire ? a demandé Adam.

Il attendait des nouvelles de son oncle, qui était policier à New York.

— Ce que je veux dire, c'est que si tu raisonnes sur un plan théorique…, a commencé Scott.

Mais Justin l'a coupé :

— Arrête, Scott ! Non, sérieux, ce n'est pas le moment !

— Je ferais peut-être mieux de partir, ai-je alors déclaré. Mes colocs vont sans doute se demander où je suis passée.

Après tout, je ne te connaissais pas vraiment, ni tes amis, que je voyais pour la première fois.

— Appelle-les, as-tu proposé en me tendant le téléphone. Et préviens-les que tu vas sur le toit du bâtiment Wien. Dis-leur qu'elles peuvent t'y rejoindre si elles veulent.

— Je vais où ?

— Tu m'accompagnes.

Et tu as caressé ma natte machinalement. C'était un geste intime, comme manger dans l'assiette de quelqu'un sans lui demander la permission. Le genre de geste qu'on s'autorise quand les barrières de l'espace personnel sont franchies. Soudain, je me suis sentie reliée à toi, et ta main sur mes cheveux signifiait autre chose que le contact de doigts nerveux et désœuvrés.

J'ai repensé à ce moment quand j'ai décidé de faire don de mes cheveux pour les malades du cancer. La coiffeuse m'a tendu ma natte, enveloppée dans du plastique. Elle m'a paru d'un brun plus foncé que d'habitude. Tu avais beau être à l'autre bout du monde, j'ai eu le sentiment que je te trahissais, que je coupais notre lien.

Ce jour-là, juste après m'avoir touché les cheveux, tu as pris conscience de ton geste et tu as laissé ta main retomber sur tes genoux. Tu m'as souri à nouveau, mais ce sourire n'est pas monté jusqu'à tes yeux. J'ai haussé les épaules.

— D'accord, ai-je répondu.

J'avais l'impression que le monde se désintégrait, que nous étions passés de l'autre côté d'un miroir brisé dans un univers réduit en miettes, où plus rien n'avait de sens, où nous avions baissé la garde et où nos murs avaient été fracassés. Dans cet endroit-là, il n'y avait plus de raison de dire non.

3

L'ascenseur nous a conduits au onzième étage du bâtiment Wien, et au bout du couloir, tu as ouvert une fenêtre.

— Quelqu'un m'a montré cet accès quand j'étais en deuxième année, as-tu dit. De là, on a une vue absolument incroyable sur New York.

Après avoir enjambé la fenêtre pour grimper sur le toit, je suis restée sans voix. Des tourbillons de fumée s'élevaient de l'extrémité sud de Manhattan. Tout le ciel virait au gris, la ville était enveloppée d'un linceul de cendres.

— Oh, mon Dieu ! me suis-je exclamée.

Des larmes me sont montées aux yeux. Je me suis représenté ce qui était là auparavant, l'espace où se dressaient les tours. J'ai enfin compris.

— Il y avait des gens dans ces immeubles.

Ta main a trouvé la mienne et ne l'a plus lâchée.

Nous nous sommes tenus là, pétrifiés devant les ravages de l'attaque, tandis que des larmes ruisselaient sur nos joues. Pendant combien de temps, je ne le sais pas. Il devait y avoir d'autres gens sur ce toit en dehors de nous, mais je n'en ai aucun souvenir. Je ne me souviens que de toi. Et de la vision de cette fumée. Elle est marquée au fer rouge dans mon esprit.

— Et maintenant ? ai-je enfin chuchoté. Qu'est-ce qu'on fait maintenant ?

Ce que je voyais m'avait fait comprendre l'ampleur de l'attaque.

Tu m'as regardée, et nos yeux encore mouillés de larmes se sont accrochés avec ce magnétisme qui abolit le monde extérieur. Ta main s'est glissée autour de ma taille et je me suis mise sur la pointe des pieds pour rencontrer tes lèvres à mi-chemin. Nous nous sommes serrés l'un contre l'autre, mes lèvres collées aux tiennes, mon corps enveloppé dans le tien, comme si cela pouvait nous protéger contre tout ce qui risquait d'arriver. Tes muscles ont frémi sous mes mains et j'ai enfoui mes doigts dans tes cheveux. Tu as attrapé ma natte et l'as tirée pour que je penche la tête en arrière. Et j'ai oublié le monde. En cet instant, il n'y avait plus que toi.

Pendant des années, je me suis sentie coupable. Coupable d'avoir échangé ce premier baiser pendant que la ville brûlait, coupable d'avoir pu me perdre en toi, à ce moment précis. Mais plus tard, j'ai appris que nous n'étions pas les seuls. Des gens m'ont confié tout bas qu'ils avaient fait l'amour ce jour-là. Qu'ils avaient conçu un enfant. S'étaient fiancés. Avaient dit *je t'aime* pour la première fois. Il y a dans la mort quelque chose qui stimule l'envie de vivre. Nous avions envie de vivre ce jour-là et je ne nous en blâme pas. Je ne nous en blâme plus.

Quand nous nous sommes écartés pour reprendre souffle, j'ai posé ma tête contre ta poitrine. J'ai écouté ton cœur et son rythme régulier m'a réconfortée.

Les battements du mien t'ont-ils réconforté ? Te font-ils le même effet aujourd'hui ?

4

Nous sommes retournés chez toi pour déjeuner ensemble, comme tu l'avais suggéré. Tu voulais remonter sur le toit ensuite avec ton appareil photo pour prendre des clichés.

— Pour le journal de la fac ?

— Non, pour moi.

Dans la cuisine, mon attention a été attirée par une pile de tes photos – des instantanés en noir et blanc pris sur le campus. Ils étaient beaux, étranges, baignés de lumière, et tu avais utilisé le zoom de telle façon que des choses du quotidien se trouvaient métamorphosées en objets d'art.

— Celle-là, elle est prise où ? ai-je demandé.

Après avoir mieux regardé, j'ai compris que c'était un gros plan d'un nid d'oiseau, dont l'intérieur était tapissé par ce qui ressemblait à des journaux, des magazines, et une dissertation sur la littérature française.

— Oh, ça, c'est une histoire incroyable. Jessica Cho – tu la connais ? Une fille qui chante *a capella* ? La copine de David Blum ? – m'avait parlé de ce nid qu'elle voyait de sa fenêtre, et qui avait été en partie fabriqué avec la dissert de quelqu'un. Je suis donc allé voir. Il a fallu que je me penche complètement à l'extérieur de la fenêtre pour le photographier. Jess a demandé à David de me tenir par les chevilles parce qu'elle avait peur que je tombe. Mais j'ai réussi à la prendre, cette photo.

Avec cette histoire, tu m'es apparu sous un autre jour. Audacieux, courageux et prêt à t'investir pour capter l'art dans l'instant. A posteriori, je crois que tu voulais surtout m'impressionner, mais je n'en ai pas eu conscience à l'époque. J'ai seulement pensé *Waouh ! Il est fantastique.* Mais ce qui était vrai alors et qui n'a pas changé, c'est que tu déniches la beauté partout. Tu remarques ce que les autres ne voient pas. J'ai toujours admiré cela chez toi.

J'ai désigné les photos :

— C'est à ça que tu te destines ?

— Non, c'est pour m'amuser, as-tu répondu en secouant la tête. Ma mère est artiste peintre. Tu devrais voir ce qu'elle est capable de faire, d'énormes toiles abstraites, superbes. Mais elle gagne sa vie grâce à des petites peintures de couchers de soleil qu'elle vend aux touristes dans l'Arizona. Je ne veux pas de ce genre de vie, je ne veux pas créer ce qui se vend.

Je me suis appuyée contre le plan de travail et ai regardé le reste des photographies. Une tache de rouille sur un banc de pierre, des veines de marbre éclatées, la corrosion sur une grille en métal. La beauté où je ne l'aurais jamais cherchée.

— Et ton père, il est artiste lui aussi ? ai-je demandé.

Ton visage s'est figé. J'ai eu l'impression qu'une porte se fermait derrière tes yeux.

— Non. Pas du tout.

J'avais gaffé sans me douter que je franchissais une ligne jaune. J'en ai pris note – ton paysage s'esquissait. J'espérais déjà que c'était un espace où j'apprendrais à me repérer et qui me deviendrait familier.

Nous avons gardé le silence. La télé était toujours branchée en fond sonore. J'ai entendu les présentateurs parler du Pentagone et de l'avion qui s'était écrasé en Pennsylvanie. L'horreur de la situation s'est de nouveau imposée à moi. J'ai laissé tes photos. Se concentrer sur la beauté en cet instant semblait pervers, mais avec le recul, je crois que c'était exactement ce qu'il fallait faire.

— Il n'était pas question de déjeuner ? ai-je demandé, bien que je n'aie pas très faim, bien que les images défilant sur l'écran de télévision m'aient soulevé le cœur.

La porte derrière tes yeux s'est rouverte et tu as hoché la tête.

— Ah, c'est vrai.

Il n'y avait pas de quoi préparer grand-chose chez toi, hormis des nachos. J'ai donc coupé des tomates d'un geste mécanique et ouvert une boîte de haricots avec un ouvre-boîte rouillé pendant que tu disposais des chips de maïs dans un moule en alu jetable et que tu râpais du fromage dans un bol ébréché.

— Et toi ? as-tu demandé comme si la conversation n'avait pas dérapé.

— Mmm ?

— Tu es une artiste ?

J'ai reposé le couvercle de la boîte de haricots sur le plan de travail.

— Non. Ma seule activité créatrice, ce sont les histoires que j'écris pour mes colocs.

— Sur quoi ?

J'ai piqué du nez pour que tu ne me voies pas rougir.

— J'ai un peu honte… Sur un cochon nain nommé Hamilton qui est admis par accident dans une université réservée aux lapins.

Tu as laissé échapper un éclat de rire surpris.

— Hamilton ? Un cochon nain ? Ah, d'accord ! C'est marrant.

— Merci.

— Alors c'est ça que tu veux faire après avoir obtenu ton diplôme ?

Tu avais attrapé un pot de sauce salsa et en tapais le couvercle contre le plan de travail pour l'ouvrir.

— Je ne crois pas qu'il y ait un gros marché pour les histoires d'Hamilton le cochon nain. J'ai songé à chercher un travail dans la pub, mais maintenant que je le dis, ça me paraît dérisoire.

— Pourquoi ?

J'ai jeté un regard à la télévision.

— Quel est l'intérêt ? La pub ? Si c'était mon dernier jour sur terre et que j'avais passé ma vie à organiser des campagnes pour vendre aux gens… du fromage râpé ou des chips de maïs… est-ce que j'aurais l'impression d'avoir utilisé mon temps à bon escient ?

Tu t'es mordu la lèvre. Tes yeux disaient *Je réfléchis à ce que tu viens de dire.* Ton paysage s'est précisé. Peut-être en savais-tu un peu plus sur le mien.

— Qu'est-ce qui fait qu'une vie est utilisée à bon escient ? as-tu demandé.

— C'est ce que j'essaie de déterminer. Je crois que ça a un rapport avec ce qui reste, après nous – dans un sens positif. Si on quitte le monde un peu meilleur qu'on l'a trouvé, alors on a bien employé son temps.

Je le crois toujours, Gabe. J'y ai consacré toute ma vie – et toi aussi, me semble-t-il.

J'ai vu quelque chose s'épanouir alors sur ton visage. Je ne savais pas au juste ce que cela signifiait. Je n'avais pas encore bien appris à te lire. Mais aujourd'hui, je connais cette expression. Elle signifie que tu changes d'avis.

Tu as plongé une chips dans la sauce et me l'as tendue.

— Vas-y !

J'en ai croqué la moitié et tu as mis le reste dans ta bouche. Tes yeux ont observé les volumes de mon visage et parcouru mon corps. Je sentais que tu m'examinais sous différents angles. Puis tu as effleuré ma joue du bout des doigts et nous nous sommes embrassés à nouveau. Cette fois, tu avais un goût de sel et de poivron.

Quand j'avais cinq ou six ans, j'ai dessiné un jour au crayon rouge sur le mur de ma chambre. Je ne crois pas t'avoir jamais raconté cette histoire. Bref, tout en représentant des cœurs, des arbres, des soleils et des lunes, je savais pertinemment que je transgressais un interdit. Je le sentais au creux de mon ventre. Pourtant je ne pouvais pas m'arrêter, parce que j'en avais trop envie. Ma mère avait décoré ma chambre en rose et jaune, mais ma couleur préférée, c'était le rouge. Et je voulais que ma chambre soit rouge. J'avais *besoin* qu'elle soit rouge. Je sentais que j'avais à la fois complètement raison et absolument tort de dessiner sur le mur.

J'ai ressenti la même chose le jour de notre rencontre. T'embrasser au milieu de la tragédie et de la mort paraissait à la fois complètement juste et absolument déplacé. Mais je me suis concentrée sur ce qui paraissait complètement juste, comme à mon habitude.

J'ai glissé la main dans la poche arrière de ton jean et tu en as fait autant avec le mien. Nous nous sommes serrés davantage l'un contre l'autre. Le téléphone a sonné dans ta chambre, mais tu l'as ignoré. Il a sonné dans celle de Scott.

Quelques secondes plus tard, Scott est entré dans la cuisine et a toussoté. Nous nous sommes écartés et retournés face à lui.

— Stephanie te cherche, Gabe. Je lui ai dit de rester en ligne.

— Stephanie ? ai-je demandé.

— Personne, as-tu répondu, pendant que Scott disait « Son ex ».

— Elle pleure, vieux, t'a dit Scott.

Tu regardais tour à tour Scott et moi, déchiré.

— Tu veux bien lui dire que je la rappellerai dans quelques minutes ?

Scott a hoché la tête et est sorti. Alors tu m'as pris la main, nos regards se sont rivés l'un à l'autre comme sur le toit, et j'ai été incapable de détourner les yeux. Mon cœur a battu plus vite.

— Lucy, as-tu dit, insufflant du désir à ce simple prénom. Je sais que ça peut te sembler curieux parce que tu es ici avec moi, mais il faut que je m'assure qu'elle va bien. Pendant un an, nous avons été ensemble, et notre rupture ne date que du mois dernier. Aujourd'hui…

— Je comprends, ai-je dit.

Bizarrement, voir que Stephanie comptait encore à tes yeux, même si tu ne sortais plus avec elle, ne faisait qu'augmenter l'estime que j'avais pour toi.

— Il faut que je rentre rejoindre mes colocs, ai-je menti. Merci pour…

J'avais commencé ma phrase sans savoir comment je la finirais, et je me suis aperçue que j'en étais incapable.

— Merci d'avoir donné une autre dimension à cette journée, as-tu dit en étreignant mes doigts. Lucy. Luce. *Luz*, ça veut dire lumière en espagnol, c'est ça ?

J'ai hoché la tête.

— Alors, merci d'avoir empli de lumière un jour sombre.

Tu avais mis des mots sur le sentiment que je n'arrivais pas à exprimer.

— Je peux t'en dire autant, ai-je répondu. Merci.

Nous avons échangé encore un baiser. C'était dur de partir, un arrachement.

— Je t'appelle plus tard, as-tu dit. Je te trouverai dans l'annuaire de la fac. Et désolé pour ces nachos.

— Prends soin de toi. On pourra toujours en manger une autre fois.

— Bonne idée.

Et je suis partie, me demandant s'il était possible que l'une des pires journées que j'avais connues contienne malgré tout une petite parcelle de bonheur.

Tu m'as en effet appelée quelques heures plus tard, mais la conversation n'a pas été celle que j'attendais. Tu regrettais, infiniment, mais Stephanie et toi aviez renoué. Son frère aîné était porté disparu – il travaillait au premier étage du World Trade Center – et elle avait besoin de toi. Tu m'as dit que tu espérais que je comprendrais et tu m'as remerciée à nouveau d'avoir apporté de la lumière dans un après-midi aussi effroyable : ma présence à ce moment-là avait beaucoup compté. Et tu t'es à nouveau excusé.

Je n'aurais pas dû être effondrée, mais je l'étais.

Je ne t'ai plus adressé la parole pendant le reste du semestre d'automne, ni celui de printemps. J'ai changé de place au cours de Kramer. Néanmoins, je t'écoutais chaque fois que tu parlais de la façon dont tu percevais la beauté dans la langue et les images de Shakespeare – même dans les scènes les plus horribles.

La fois où je t'ai entendu lire ces lignes : « *Hélas, un flot cramoisi de sang chaud, pareil à une source qui bouillonne, agitée par le vent, jaillit entre tes lèvres roses et s'en écoule* », je n'ai pu m'empêcher de penser à tes lèvres à toi, à la sensation que j'avais éprouvée quand elles s'étaient pressées contre les miennes. J'ai essayé d'oublier ce jour, en vain. Comment aurais-je pu oublier ce qui était arrivé à New York, à l'Amérique, à ceux qui étaient dans les tours ? Et ce qui s'était passé entre nous ? Même aujourd'hui, quand on me demande « Tu étais à New York quand les tours sont tombées ? » ou « Tu étais où ce jour-là ? » ou « Comment ça s'est passé ici ? », c'est à toi que je pense en premier.

Il y a des moments qui changent la trajectoire d'une vie. Pour beaucoup d'entre nous, le 11 septembre a été l'un de ceux-là. Tout ce que j'aurais pu faire alors aurait été important, se serait gravé dans mon esprit, marqué au fer rouge sur mon cœur. Je ne sais pas pourquoi je t'ai rencontré ce jour-là, mais je sais qu'à cause de cela, tu fais à jamais partie de mon histoire personnelle.

5

C'était le mois de mai, juste après l'obtention des diplômes. Nous avions rendu nos toges et nos toques, en échange de nos certificats écrits en latin, avec nos noms en grosses lettres. Je suis entrée au restaurant Le Monde avec ma famille – ma mère, mon père, mon frère Jason, deux grands-parents et un oncle. On nous a installés près d'une autre famille beaucoup moins nombreuse, la tienne.

Quand nous sommes arrivés en file indienne, tu as levé les yeux et tendu la main pour me toucher le bras :

— Lucy ! Félicitations !

J'ai frissonné. Tant de mois plus tard, le contact de ta peau avait sur moi cet effet-là, mais j'ai réussi à articuler :

— À toi aussi.

— Qu'est-ce que tu vas faire ? Tu restes à New York ?

J'ai hoché la tête.

— J'ai été engagée pour participer à l'élaboration des programmes d'une nouvelle boîte de production pour la télévision – des émissions pour enfants.

Je n'ai pu m'empêcher de sourire. C'est un poste que j'avais convoité pendant presque deux mois avant de l'obtenir. Le genre de travail auquel j'avais commencé à songer peu après la chute des tours, après avoir admis que j'avais envie de faire quelque chose de plus sérieux et utile que la publicité. Un travail qui porterait sur la génération future et pourrait avoir un impact sur l'avenir.

— Des émissions pour enfants ? as-tu demandé, l'air amusé. Du genre *Alvin et les Chipmunks* ? Avec des voix trafiquées à l'hélium ?

— Pas vraiment, ai-je répondu en riant.

J'aurais voulu te dire que c'était notre conversation qui m'avait orientée vers ce choix, que le moment que nous avions partagé dans ta cuisine avait été décisif.

— Et toi ?

— J'entre chez McKinsey. Comme consultant. Pas d'écureuils pour moi.

J'ai été surprise. Je ne m'attendais pas à ça après notre échange, après avoir entendu tes analyses pendant le cours de Kramer.

Mais je me suis bornée à dire :

— Super ! Bravo pour avoir décroché un poste chez eux. On se croisera peut-être en ville.

— Oui, avec un peu de chance, as-tu répondu.

Là-dessus, je suis allée m'installer à table avec ma famille, et j'ai entendu une voix demander :

— Qui était-ce ?

Une fille était assise à côté de toi, une fille avec de longs cheveux blond doré qui lui arrivaient presque au milieu du dos, et une main posée sur ta cuisse.

Je l'avais à peine remarquée car je n'avais regardé que toi.

— Une fille avec qui j'étais en cours, Stephanie, c'est tout, t'ai-je entendu répondre.

C'était tout en effet. N'empêche que ça m'a blessée.

6

New York est une drôle de ville. On peut y passer des années sans tomber sur son voisin, et puis en montant dans un compartiment de métro pour aller au travail, on croise son meilleur ami. Le hasard contre le libre arbitre. Ou peut-être l'un et l'autre.

C'était le mois de mars, presque un an après la cérémonie de remise des diplômes, et la ville nous avait engloutis. J'habitais avec Kate à Upper East Side, dans l'immense appartement qui avait appartenu autrefois à ses grands-parents. Un projet que nous caressions depuis nos années de collège. Nos rêves d'enfants étaient devenus réalité.

J'avais eu une liaison de six mois avec un collègue, deux aventures sans lendemain, et une série de rendez-vous avec des hommes que je n'avais pas trouvés assez futés ni assez beaux ni assez sexy, même si, en y repensant aujourd'hui, je me dis qu'il ne devait pas y avoir grand-chose à leur reprocher. En fait, si j'avais rencontré Darren à cette époque, j'aurais sans doute eu la même réaction à son égard.

Maintenant que je n'avais plus sous les yeux Philosophy Hall et les résidences du campus est, j'avais cessé de penser à toi. Enfin presque. Nous ne nous étions pas revus depuis près d'un an. Mais tu surgissais dans ma mémoire au travail quand je passais en revue des storyboards avec mon patron, ou examinais des épisodes illustrant le respect et la tolérance. Je me souvenais de ta cuisine et me disais que la décision que j'avais prise était la bonne.

Bientôt est arrivé le jeudi 20 mars, le jour de mon anniversaire : vingt-trois ans. J'avais prévu une soirée ce week-end-là, mais mes deux meilleures amies au travail – Alexia de la Salle d'Écriture et Julia du Département Création, comme tu les as appelées plus tard – ont tenu à ce que nous prenions un verre le jour même.

Le bar Faces & Names, avec sa cheminée et ses canapés, était devenu l'un de nos repaires favoris cet hiver-là. Il devait faire dans les quatre degrés dehors, et nous nous sommes dit qu'au bar, on nous allumerait sans doute le feu si nous le demandions. Nous étions des clientes régulières depuis ces derniers mois et le barman nous avait à la bonne.

Julia m'avait fabriqué une couronne en papier pour mon anniversaire, et elle avait insisté pour que je la porte. Alexia, elle, nous avait commandé des martinis-pomme. Assises sur le canapé face à la cheminée, nous portions un toast avant chaque gorgée.

— Aux anniversaires ! a commencé Alexia.

— À Lucy, a poursuivi Julia.

— Aux amies, ai-je ajouté.

Et ça a continué avec « À la photocopieuse qui n'a pas eu de panne aujourd'hui ! », « Aux patrons qui se font porter pâle ! », « Aux déjeuners gratos après des réunions bidon ! », « Aux bars avec cheminées ! » et « Aux martinis-pomme ! ».

La serveuse est revenue vers notre canapé avec trois autres martinis sur un plateau.

— Ah, mais on n'a rien commandé ! a objecté Julia.

— Vous avez un admirateur secret, les filles, a dit la serveuse en souriant.

Et elle a hoché la tête en direction du bar.

Tu étais là.

L'espace d'un instant, j'ai cru à une hallucination.

Tu m'as adressé un petit signe de la main.

— Il a dit de souhaiter un joyeux anniversaire à Lucy.

Alexia en est restée bouche bée avant de se reprendre :

— Tu le connais, ce type ? Il est sexy !

Puis elle a pris l'un des martinis que la serveuse avait posés devant nous sur la table.

— Aux mecs sexy qui connaissent ton nom et te font porter des consommations à l'œil dans les bars ! a-t-elle annoncé.

Après que nous avons toutes bu une gorgée, elle a ajouté :

— Allez, va le remercier, miss Anniv.

J'ai posé mon martini, puis me suis ravisée et l'ai emporté avec moi, tanguant légèrement sur mes hauts talons.

— Merci ! ai-je dit en me glissant sur le tabouret à ta gauche.

— Bon anniversaire. Jolie couronne !

J'ai ri et l'ai ôtée.

— Elle serait mieux sur toi. Tu veux l'essayer ?

Tu l'as mise, en écrasant tes boucles au passage.

— Super ! me suis-je exclamée.

Tu as souri et as reposé la couronne sur le zinc devant nous.

— J'ai failli ne pas te reconnaître. Tu as fait quelque chose à tes cheveux.

— Une frange, ai-je répondu en la repoussant sur le côté.

Tu m'as scrutée sous tous les angles, comme dans ta cuisine.

— Canon, avec ou sans frange !

Ton débit était un peu pâteux, et je me suis rendu compte que tu étais encore plus soûl que moi. Pourquoi étais-tu seul et déjà bien allumé à sept heures un jeudi soir ?

— Et toi ? Tout va bien ? ai-je demandé.

Tu t'es accoudé au bar, la joue dans ta main.

— Je ne sais pas. Stephanie et moi avons encore rompu. Je déteste mon travail. Les États-Unis ont envahi l'Irak. Chaque fois que je te rencontre, le monde s'écroule.

Je n'ai pas su quoi répondre, ni à l'information concernant Stephanie, ni à ta remarque sur l'état du monde, aussi ai-je avalé une autre gorgée de martini.

— Peut-être que l'univers savait que j'avais besoin de te retrouver ce soir, as-tu poursuivi sur ta lancée. Tu es comme… Pégase.

— Pégase ? Comme dans l'*Iliade* ? Un cheval ailé, mâle ?

— Non, tu es du genre féminin, aucun doute là-dessus.

J'ai souri. Tu as continué à parler.

— Mais Bellérophon n'aurait jamais vaincu la Chimère sans Pégase. Pégase l'a rendu meilleur. Il l'a fait voler plus haut que tout, plus haut que la douleur et les épreuves. Et Bellérophon est devenu un grand héros.

Ce n'est pas ainsi que j'avais compris ce mythe. Pour moi, il s'agissait d'une représentation du travail en équipe, de la coopération et du partenariat. J'avais toujours aimé la façon dont Pégase avait donné à Bellérophon la permission de le monter. Je voyais cependant que ton interprétation était importante pour toi.

— Eh bien, merci pour ce qui est, je pense, un compliment. J'aurais peut-être préféré Athéna, Héra, ou même une Gorgone.

Ta bouche s'est étirée en un sourire.

— Non, pas une Gorgone. Tu n'as pas de serpents sur la tête.

J'ai passé une main dans mes cheveux.

— Tu ne sais pas à quoi je ressemble le matin au réveil !

Ton regard disait que tu aurais bien aimé le constater par toi-même.

— T'ai-je jamais dit que je regrettais ? as-tu demandé. Ce qui est arrivé. Ce qui nous est arrivé. Je ne regrette pas de t'avoir embrassée, ça non. Mais (un haussement d'épaules) je regrette ce qui s'est passé ensuite. J'essayais de bien agir. Avec Stephanie. La vie est…

— … compliquée, ai-je terminé à ta place. C'est bon. Ça remonte à une éternité. Et tu t'es excusé. Deux fois.

Tu as gardé les yeux fixés sur ton verre vide. Je me suis demandé combien tu en avais bu.

— Je pense encore à toi, Lucy. Je pense à cet embranchement sur notre route, à ce qui serait arrivé si nous avions pris le même. Nos deux routes ont divergé[1].

Aujourd'hui, cela me ferait rire, cette métaphore de la route. Mais à l'époque, j'ai trouvé ça romantique que tu me cites Robert Frost.

Alexia et Julia nous observaient en buvant leurs martinis. « Ça va ? » a articulé silencieusement Julia. J'ai hoché la tête. Elle a tapoté sa montre et haussé les épaules. J'ai haussé les miennes en réponse.

Je suis revenue à toi. Beau, fragile, et plein de désir. Le cadeau d'anniversaire que me réservait l'univers, peut-être.

— Ce qui se passe avec les routes, ai-je repris, c'est que parfois on les retrouve. Alors, on a une seconde chance de se croiser sur le même chemin.

Dieu que nous étions jeunes. Jeunes et bêtes.

Tu m'as regardée alors bien en face, avec tes yeux bleus un peu vitreux mais qui n'avaient rien perdu de leur magnétisme.

— Je vais t'embrasser, as-tu dit, et tu t'es penché vers moi.

1. « *The Road Not Taken* » (poème de Robert Frost, 1916) :
Deux routes divergeaient dans un bois jaune ;
Triste de ne pouvoir les prendre toutes deux,
Et de n'être qu'un seul voyageur, j'en suivis
L'une aussi loin que je pus du regard...
Traduction d'Alain Bosquet, 1956.

Dont acte. Et j'ai eu la sensation que mon vœu était en train de se réaliser.

— Tu veux bien venir chez moi ce soir, Lucy ? as-tu demandé en remettant derrière ton oreille une mèche bouclée rebelle. Je n'ai pas envie de rentrer seul.

Sur ton visage, j'ai lu le chagrin, la solitude. Et je souhaitais te rendre la vie plus douce, être ton baume, un pansement, un antidote. J'ai toujours voulu arranger les choses pour toi. Encore aujourd'hui. C'est mon talon d'Achille. Ou peut-être mon grain de grenade[1]. Comme Perséphone, c'est lui qui me ramène toujours à toi. J'ai porté tes doigts à mes lèvres et les ai embrassés.

— Oui, je viens.

---

1. Perséphone, fille de Déméter et de Zeus, fut enlevée par le dieu des enfers, Hadès. Désespérée, sa mère cessa de faire fructifier la terre. Zeus envoya aux enfers un messager chargé de ramener Perséphone. Mais Hadès donna à celle-ci des grains de grenade, et elle en mangea un. Or, pour revenir du séjour des morts, il ne fallait pas y avoir consommé quoi que ce soit. Perséphone fut condamnée à passer un tiers de l'année chez Hadès et le reste avec sa mère.

7

Plus tard, nous nous sommes retrouvés couchés dans ton lit. Seules les lumières de la ville que tes volets laissaient filtrer éclairaient nos corps. Étendu derrière moi, tu m'entourais de tes bras, une main sur mon ventre nu. Nous étions las, assouvis et encore un peu ivres.

— Je veux quitter mon travail, as-tu chuchoté, comme si la pénombre te permettait de prononcer ces mots.

— Très bien, ai-je répondu, à moitié endormie, tu peux le quitter.

Tu m'as caressé du pouce le dessous d'un sein.

— J'ai envie d'avoir une activité sérieuse et utile. Comme celle dont tu parlais.

J'ai senti ton haleine chaude dans mon cou.

— Mm-hm.

— Mais je ne l'ai pas compris à ce moment-là.

— Compris quoi ?

— Il ne s'agit pas seulement de saisir la beauté.

Ces mots m'ont sortie de ma somnolence.

— Je veux photographier l'intégralité des événements, as-tu repris. Le bonheur et la tristesse, la joie et la destruction. Je veux raconter des histoires avec mon appareil photo. Tu comprends, Lucy, hein ? Stephanie, non. Mais toi, tu étais là. Tu sais comment ça a changé ta vision du monde.

J'ai roulé sur moi-même pour te faire face et t'ai embrassé tendrement.

— Bien sûr que je comprends, ai-je murmuré avant de sombrer dans le sommeil.

Mais je n'ai pas saisi ce que tu voulais dire, ni pressenti que cela te mènerait aussi loin. Jusqu'ici, jusqu'à cet instant. J'étais ivre, fatiguée, et enfin dans tes bras, comme je l'avais imaginé tant de fois. J'aurais dit oui à tout ce que tu m'aurais demandé alors.

8

Tu as quitté ton travail pour prendre des cours de photographie, et nous avons continué à nous voir. Et plus nous nous voyions, plus notre lien physique s'intensifiait, et plus nous trouvions de réconfort, d'espoir et de force dans nos étreintes. Nos vêtements volaient dans les toilettes des restaurants parce que nous ne pouvions pas attendre de rentrer à la maison. Nous nous pressions contre les murs des immeubles, dont les briques nous entraient dans le dos tandis que nos lèvres se joignaient. Nous emportions des pique-niques au parc, avec des bouteilles de jus de pomme emplies de vin blanc et nous faisions l'amour en respirant l'odeur de la terre, de l'herbe fraîchement coupée et celle de l'autre.

— Dis-m'en davantage sur ton père, ai-je demandé un jour, la tête sur ton bras, quelques mois après nos retrouvailles.

Je franchissais la ligne jaune les yeux ouverts, prête à courir le risque d'un séisme. J'ai senti tes muscles se contracter. Tu as rectifié ta position afin que ma tête repose sur ta poitrine, et m'as répondu sur un ton encore léger :

— Il n'y a pas grand-chose à dire. C'est un connard.

— Comment ça ? ai-je insisté, me tournant pour t'entourer la taille des bras et t'attirer contre moi.

Parfois, j'avais la sensation que nous n'étions pas assez proches. J'aurais voulu me glisser dans ta peau, dans ton esprit, afin de tout savoir de toi.

— Mon père était… imprévisible, as-tu articulé lentement, comme si tu choisissais tes mots avec le plus grand soin. Quand j'ai été assez grand, j'ai protégé ma mère.

J'ai soulevé la tête et t'ai regardé. Je ne savais trop quoi dire, ni quelle question poser. J'aurais voulu savoir ce que tu entendais par « assez grand ». Quatre ans ? Dix ? Treize ?

— Oh, Gabe !

C'est tout ce qui m'est venu. Je regrette de ne pas avoir trouvé mieux.

— Ma mère et lui se sont rencontrés aux Beaux-Arts. Elle disait que c'était un sculpteur remarquable, mais je n'ai jamais rien vu de lui. (Tu as dégluti avec effort.) Il a tout cassé, tout réduit en miettes – chacune de ses pièces – juste après ma naissance. Il voulait concevoir des monuments, des installations colossales. Mais personne ne lui faisait de commandes, personne ne voulait acheter ses œuvres.

Tu t'es tourné vers moi et tu as secoué la tête avant de reprendre :

— Je sais que ça a dû être dur pour lui. J'ai du mal à imaginer… Et puis, il a abandonné. Il a essayé de diriger une galerie. Or, il n'était pas très bon gestionnaire. Et il ne savait pas vendre. Il était toujours d'une humeur exécrable, prêt à exploser. Je… je ne mesurais pas l'effet que son renoncement avait eu sur lui. Ni l'étendue des dégâts. Un jour, il a lacéré une toile de ma mère – un tableau sur lequel elle travaillait depuis des mois – et lui a dit qu'elle ferait mieux de se consacrer à peindre des couchers de soleil. Elle a pleuré, comme s'il l'avait poignardée. Et puis il est parti.

J'ai glissé ma main dans la tienne et l'ai serrée.

— Quel âge avais-tu ?

— Neuf ans. J'ai appelé les flics.

Mon enfance avait été on ne peut plus différente de la tienne, des années idylliques dans une banlieue du Connecticut. J'ignorais comment réagir. Si nous avions cette conversation aujourd'hui, je reconnaîtrais votre souffrance à tous deux, la sienne et la tienne. Je dirais qu'à l'évidence, ton père luttait contre ses démons, que je suis désolée que ses démons soient devenus les tiens. C'est ce qui s'est passé, n'est-ce pas ? Tu t'es tant efforcé de mener une vie différente de la sienne, de ne pas être comme lui, que tu as fini par te battre avec ses démons autant qu'avec les tiens.

Mais ce jour-là, j'ai été incapable d'assimiler ce que tu disais. J'ai laissé passer le temps d'un soupir et ai conclu :

— Tu as fait ce qu'il fallait.

— Je sais, as-tu répondu, le regard dur. Je ne serai jamais comme lui. Je ne te blesserai jamais comme il a blessé ma mère. Je n'agirai jamais comme si tes rêves étaient jetables.

— Moi non plus, je n'agirai jamais comme si tes rêves étaient jetables, Gabe, ai-je dit en écho.

J'ai déposé un baiser sur ta poitrine à travers ton T-shirt pour essayer de manifester la profondeur de mon admiration et de mon empathie.

Tu m'as caressé les cheveux.

— Je sais. C'est l'une des multiples choses que j'aime chez toi.

Je me suis redressée pour te faire face.

— Je t'aime, Luce, as-tu repris.

C'était la première fois que tu me le disais. La première fois que je l'entendais de la bouche d'un homme.

— Je t'aime aussi, ai-je répondu.

J'espère que tu te souviens de ce jour-là. Jamais je ne l'oublierai.

9

Quelques semaines après que tu m'as dit « Je t'aime » pour la première fois, nous avons eu mon appartement pour nous seuls. On étouffait car il faisait cette chaleur moite de juillet qui me donne envie de passer la journée dans une piscine. Nous circulions en sous-vêtements et malgré le climatiseur branché à fond, il faisait chaud dans l'appartement. Celui-ci était si grand qu'il aurait probablement fallu deux appareils.

— Les grands-parents de Kate étaient des génies de l'immobilier, as-tu dit pendant que nous préparions des œufs brouillés. Quand ont-ils acheté ?

— Aucune idée, ai-je répondu en mettant des muffins dans le grille-pain. Avant la naissance de son père. Alors… vers les années quarante, j'imagine ?

Tu as sifflé.

Je sais que nous ne nous y sommes pas retrouvés souvent, mais je parie que tu t'en souviens. Difficile de l'oublier. Deux immenses chambres avec salle de bains, un coin petit déjeuner que nous utilisions comme bibliothèque. Et des plafonds d'environ quatre mètres de haut. Si je ne remarquais pas ces détails à l'époque, j'appréciais les lieux. Kate faisait des études de droit et son père disait que la laisser occuper cet appartement lui revenait moins cher que payer de quoi la loger à NYU. Cela me convenait très bien à moi aussi.

— Nous venions voir la grand-mère de Kate ici quand nous étions au collège, t'ai-je raconté pendant que nous nous asseyions sur le canapé, notre plateau de petit déjeuner sur les genoux. Elle était guide au Met, mais elle a arrêté quand elle est tombée malade. Elle avait étudié l'histoire de l'art à Smith College avant même que les femmes ne songent à aller à l'université.

— J'aurais bien aimé la connaître.

— Tu l'aurais adorée.

Nous avons mangé tranquillement, nos cuisses s'effleuraient, mon épaule frôlait ton bras. Il nous était impossible d'être dans la même pièce sans nous toucher.

— Quand revient Kate ? as-tu demandé après avoir avalé ta dernière bouchée.

J'ai haussé les épaules. Elle avait rencontré Tom un mois plus tôt et c'était peut-être la seconde fois qu'elle allait chez lui.

— Nous ne devrions pas tarder à nous rhabiller.

J'ai senti ton regard sur mes seins. Ton petit déjeuner terminé, tu as mis ton plateau de côté.

— As-tu la moindre idée de l'effet que tu me fais, Lucy, à te balader sans rien sur le dos depuis ce matin ? J'ai l'impression d'être en plein fantasme.

Ta main s'est rapprochée de ton entrejambe et tu t'es mis à te caresser lentement à travers le coton.

Je ne t'avais jamais vu te toucher, n'avais jamais vu ce que tu faisais quand tu étais seul. Je ne pouvais détacher mes yeux de ta main.

— À toi maintenant, as-tu dit en baissant ton boxer.

J'ai posé mon assiette et me suis tournée vers toi, déjà excitée. Tu as secoué la tête et souri.

— Ce n'est pas ce que je voulais dire.

J'ai haussé les sourcils, puis ai compris. J'ai glissé la main le long de mon ventre. Tu ne m'avais jamais non plus regardée me masturber. Mais l'idée m'a électrisée. J'ai fermé les yeux, pensant à toi, à toi en train de me regarder, au partage de ce moment personnel, et j'ai senti mon corps vibrer.

Tu as chuchoté :

— Lucy.

Mes paupières ont frémi, se sont ouvertes, et j'ai vu que tu te caressais plus vite.

Cela m'a paru plus intime que le sexe, faire ensemble l'un pour l'autre ce qui était d'habitude de l'ordre du privé. Les lignes séparant « toi » et « moi » devenaient floues et se fondaient de plus en plus en un « nous ».

Pendant que je me caressais, tu t'es penché contre le canapé et t'es débarrassé de ton boxer, sans me quitter des yeux. Le rythme de nos mains s'est accéléré. Notre souffle aussi. Tu t'es mordu la lèvre. J'ai vu tes doigts se crisper. Tes muscles se tendre. Je t'ai vu jouir.

Quand j'ai fait courir mes doigts avec plus d'insistance pour te rejoindre, tu as refermé la main autour de mon poignet.

— Je peux ? as-tu demandé.

J'ai frissonné au son de ta voix. J'ai hoché la tête et tu m'as fait étendre de tout mon long sur le canapé pour m'ôter ma culotte. Tu t'es approché et j'ai frémi par anticipation.

En glissant tes doigts en moi tu as dit :

— J'ai un secret.

— Quoi donc ?

Je me suis cambrée pour accueillir ta main. Tu t'es allongé à côté de moi, ta bouche sur la mienne.

— Quand je me caresse, je pense à toi.

Une onde de plaisir a parcouru mon corps.

— Moi aussi, ai-je chuchoté dans un souffle.

J'ai joui trente secondes plus tard.

10

Pendant ces six premiers mois, je n'ai cessé de faire des découvertes à ton sujet, d'apprendre des détails que je trouvais sexy, surprenants, attendrissants.

Comme ce jour où je suis arrivée chez toi après le travail et t'ai trouvé assis par terre en tailleur, entouré de piles de carrés de papier, tous de la taille d'un petit post-it.

J'ai posé mon sac sur la table de la cuisine et ai fermé la porte derrière moi.

— Qu'est-ce qui se passe ?

Tu as cessé de trier les papiers et levé les yeux vers moi.

— C'est l'anniversaire de ma mère dans quinze jours, le dix-neuf septembre. Comme je ne peux pas prendre l'avion pour aller la voir cette année, je voudrais trouver un cadeau à lui envoyer qui sorte de l'ordinaire.

— Alors tu fais… une mosaïque de papiers ? ai-je demandé en m'approchant.

— En un sens. Ce sont des photos de ma mère et moi.

Tu as pris quelques carrés de papier pour me les montrer. Il y avait une photo de toi avec ta maman à la remise des diplômes de sortie de l'école. Une de vous deux, les pieds dans une piscine. Une autre où tu lui faisais les cornes sous le porche de votre maison.

— J'ai passé presque toute la journée à les tirer sur imprimante, et maintenant, je les classe par couleur. J'ai envie que ça ressemble à un kaléidoscope.

Je me suis assise par terre à côté de toi et tu m'as donné un rapide baiser.

— Pourquoi un kaléidoscope ?

J'ai ramassé un cliché de vous deux dos à dos. Tu étais à peine plus grand qu'elle. Vous aviez les mêmes cheveux blonds bouclés. Difficile de dire où tu commençais et où elle finissait.

— J'avais quatorze ans, as-tu dit en te penchant pour regarder la photo par-dessus mon épaule.

— Tu étais mignon. À quatorze ans, j'aurais eu le béguin pour toi au même âge.

— Sans voir de photo de toi à quatorze ans, je parie que je peux en dire autant.

— Mais pourquoi un kaléidoscope ? ai-je répété en reposant la photo.

Tu as passé la main sur ton front pour rejeter les boucles qui tombaient sur tes yeux.

— Je n'ai jamais raconté cette histoire à personne, as-tu dit à mi-voix.

J'ai remarqué deux autres photos. Une de ta mère et toi, soufflant les bougies de son gâteau d'anniversaire. Une autre de vous deux devant un restaurant mexicain, où elle te tenait par la main.

— Tu n'es pas obligé de me la raconter.

Était-ce ton père qui avait pris les photos de vous deux avant tes neuf ans – et si oui, qui avait pris les autres ?

— Je sais. Mais j'en ai envie.

Tu t'es mis face à moi. Nos genoux se touchaient.

— L'année d'après la séparation de mes parents, nous étions vraiment à court d'argent. Quand je rentrais à la maison, je trouvais plus souvent ma mère en train de pleurer que de peindre. Cette année-là, j'ai pensé que si nous faisions quelque chose pour mon anniversaire, ce serait nul. Je lui ai dit que je ne voulais pas de fête avec mes amis. Je ne voulais pas qu'elle se mette dans l'embarras financièrement.

Une fois de plus, j'ai été frappée par la différence entre nos enfances. Jamais je ne m'étais inquiétée à l'idée que mes parents n'aient pas de quoi payer ma fête d'anniversaire. Tu as repris :

— Mais ma mère… J'avais un kaléidoscope que j'adorais. Je jouais avec pendant des heures, je le tournais et le retournais, j'observais les formes qui bougeaient et changeaient, et me concentrais sur ces images, au lieu de penser à la tristesse de ma mère, à ma propre tristesse de ne pouvoir la rendre plus heureuse, à la fureur que j'éprouvais contre mon père.

Tu ne me regardais pas, concentré sur le choix de tes mots. J'ai posé une main sur ton genou et l'ai serré. Tu m'as adressé un sourire fugace.

— Alors ?

— Elle a transformé intégralement la maison en kaléidoscope. C'était… c'était incroyable. Elle a suspendu des morceaux de verre coloré au plafond et a branché un ventilateur très bas pour qu'ils tournent. Stupéfiant.

J'ai essayé d'imaginer la scène, une maison changée en kaléidoscope. Tu as poursuivi :

— Ma mère et moi sommes restés couchés par terre sous le verre multicolore. J'avais beau me considérer comme un grand garçon puisque je venais d'avoir dix ans et que je veillais sur ma mère du mieux que je pouvais, je me suis mis à pleurer tant j'étais heureux. Elle a dit « C'est ça l'art, mon ange ». Et je crois qu'en un sens, elle avait raison, c'était ça, l'effet que me faisait l'art, mais dans un autre sens… je ne sais pas.

— Quoi donc ?

— Je me demande aujourd'hui si ce n'était pas du soulagement. Si je ne pleurais pas parce que ma mère se comportait à nouveau comme ma mère. Elle prenait soin de moi. Et même si elle était dans cette maison sombre et décrépite, elle était encore capable de créer de la beauté. Peut-être que cet art-là me prouvait qu'elle allait s'en sortir. Que nous allions nous en sortir.

— Elle était forte, ai-je dit, et elle t'aimait.

Tu as souri comme si tu sentais en ce moment même, dans cette pièce, l'amour de ta mère.

— Étendus là, nous pleurions tous les deux, et je n'ai pas pu m'empêcher de penser à mon père. S'il avait été là, cela n'aurait pas eu lieu. La vie avec lui… était imprévisible, comme je te l'ai dit. J'imagine que c'est à ça que devait ressembler la vie à Londres pendant la Seconde Guerre mondiale, où l'on savait que les sirènes allaient se déclencher et les bombes tomber à tout instant, sans jamais avoir la moindre idée du lieu ou du moment où cela se produirait. J'ai dit tout bas à maman « On est mieux sans lui », et elle m'a répondu « C'est vrai ». Je n'avais que dix ans, mais quand je lui ai dit ça, j'ai eu l'impression d'être un adulte.

J'avais les larmes aux yeux à la fin de ton récit. Je t'imaginais à dix ans, par terre avec ta mère, pensant à ton père, te sentant adulte, aimé, et entouré par l'art qu'elle avait créé pour toi.

— Alors je veux lui offrir quelque chose d'original pour son anniversaire, puisque je ne serai pas là. Quelque chose qui a du sens. Et qui lui montre à quel point je l'aime et l'aimerai toujours, même si je suis loin d'elle. Et c'est ce matin que l'idée m'est venue de cette mosaïque.

J'ai contemplé les petites photos.

— Je trouve ton idée parfaite, ai-je dit.

L'air semblait chargé d'émotion, après tout ce que tu m'avais révélé, et parce que tu l'avais partagée, cette partie fragile de toi. Je me suis penchée pour te serrer contre moi, et le geste s'est terminé en baiser. Un baiser bref, puis plus insistant.

— Merci de m'avoir raconté cette histoire, ai-je dit.

— Merci d'être quelqu'un à qui j'ai envie de la raconter, as-tu répondu en m'embrassant à nouveau.

Plus tard dans la soirée, tu as commencé à coller les morceaux du kaléidoscope. Tu paraissais si heureux à ce moment-là, si satisfait, que j'ai quitté mon ordinateur pour prendre sans bruit ton appareil photo. C'est la seule photographie que j'aie jamais prise de toi. Je me demande si tu l'as toujours.

11

Nous avions beau être très à l'aise seuls ensemble, avoir une relation très intime, il m'a fallu du temps pour m'habituer à sortir avec toi en public. J'avais toujours l'impression de flotter dans ton sillage. Comme si, par quelque sortilège, l'attention des gens se portait sur toi, sur ton visage, tes paroles, tes histoires. Notre monde à deux devenait ton monde à toi, qui s'élargissait en un univers très fréquenté, où mon importance s'amenuisait. Au bout d'un moment, je m'éclipsais pour boire un verre ou parler à quelqu'un d'autre.

De temps en temps, je t'observais de loin tenir salon. Tu finissais par me rejoindre quand tu étais soûl et épuisé, comme si tu t'étais vidé de toute ton énergie en exerçant ton charisme. Une fois que nous nous retrouvions seuls, tu rechargeais tes batteries ; après quoi nous sortions pour un autre bain de foule. Que tu choisisses de reprendre de l'énergie avec moi me donnait le sentiment d'être quelqu'un d'exceptionnel.

La meilleure illustration du comportement « Gabe-à-une-Fête » est la soirée d'anniversaire de Gideon, qu'il a donnée dans l'appartement de ses parents à Park

Avenue. Il y avait une bibliothèque imposante, où nous n'étions pas censés entrer, du moins pas avec un verre à la main. Gideon craignait qu'avec un équilibre compromis par quelques cocktails en trop, nous n'abîmions l'édition originale d'Hemingway, ou le livre dédicacé par Nabokov. Et vu la descente des invités à sa soirée, il n'avait sans doute pas tort.

J'avais bavardé avec sa petite amie, qui travaillait dans la pub. Cela m'intéressait d'avoir des détails sur la vie que j'avais jadis envisagé de mener. Nous comparions les méthodes de storytelling, quand je t'ai cherché parmi la foule – et je ne t'ai plus vu. J'ai supposé que tu étais allé aux toilettes, ou parti remplir ton verre. Mais cinq minutes ont passé, puis dix, puis vingt, et tu n'es toujours pas revenu.

— Excuse-moi, ai-je dit à mon interlocutrice quand ma distraction est devenue telle que je ne pouvais plus suivre la conversation. Je crois que j'ai perdu mon petit ami.

— Ça doit arriver souvent, j'imagine, a-t-elle répondu en riant.

Au lieu de rire aussi, je lui ai demandé :

— Pourquoi dis-tu ça ?

Elle s'est rendu compte qu'elle avait gaffé et a haussé les épaules en manière d'excuse.

— Je voulais juste dire qu'il est charmant. Je suppose que tout le monde aime bien lui parler.

— Ah, tout le monde, je ne sais pas, mais moi, j'adore ça.

Cela dit, elle avait raison. Les gens adoraient te parler, ils étaient comme envoûtés. Tu leur donnais l'impression que tu les écoutais, que leurs propos comptaient, qu'ils étaient importants. J'ai toujours pensé que c'était l'une des raisons pour lesquelles des gens qui ne se laissaient jamais photographier par personne faisaient souvent une exception pour toi. Tu leur donnais le sentiment que tu les voyais. Je les comprenais, tu me faisais le même effet.

J'ai erré dans l'appartement sans te trouver nulle part. Et puis j'ai entendu ta voix dans la bibliothèque interdite. J'ai passé la tête et tu étais là, en grande conversation avec une femme que je ne connaissais pas. Une rousse à la crinière bouclée comme celle d'un lion, entourant un visage délicat et félin. Mon cœur s'est serré. Appuyé à la bibliothèque, tu semblais complètement absorbé par ce qu'elle te racontait.

— Ah, te voilà ! ai-je lancé.

Tu as levé les yeux sans la moindre culpabilité. Juste un sourire, comme si tu t'attendais à ce que je te rejoigne, et que j'étais en retard au rendez-vous.

— Moi ? Non, te voilà toi ! Rachel me parlait du restaurant où elle travaille. Elle dit qu'elle peut nous avoir un prix – un discount sur le menu.

J'ai regardé Rachel qui, à l'évidence, n'était pas aussi ravie de me voir que toi. Elle était tombée sous ton charme.

— C'est vraiment très gentil, lui ai-je dit.

Elle a eu un petit sourire crispé.

— Ravie de vous avoir rencontré, Gabe, a-t-elle lancé.

Puis elle a levé son verre vide et a poursuivi :

— Je retourne au bar. Mais vous avez mon numéro… pour les réservations.

Tu as dirigé vers elle le sourire radieux que tu m'adressais et tu l'as remerciée. Là-dessus, elle a quitté la pièce.

Je ne savais pas trop quoi dire. Je ne t'avais pas surpris en train de faire quoi que ce soit de plus compromettant que parler à une fille d'une réduction dans un restaurant. Mais pourquoi étais-tu dans la bibliothèque avec elle ? Pourquoi n'étais-tu pas venu me chercher moi ?

— Qu'est-ce que tu bricolais ? ai-je demandé en essayant de conserver un ton léger.

Tu as traversé la pièce, repoussé la porte avec un sourire canaille.

— Je cherchais un endroit propice.

Me saisissant les poignets, tu les as levés au-dessus de ma tête et m'as plaquée contre les étagères pour m'embrasser avec violence.

— Je vais te faire l'amour dans cette bibliothèque, pendant que la soirée bat son plein dehors. Et je ne vais pas fermer la porte à clé.

— Mais…

Tes baisers ont arrêté mes protestations sur mes lèvres. Je me moquais éperdument de t'avoir trouvé dans la bibliothèque avec Rachel. Tout ce qui comptait, c'était de sentir tes doigts baisser l'élastique de mes collants, d'entendre le bruit de la fermeture de ta braguette que tu descendais.

Aujourd'hui, je ne supporterais pas ça : que tu cherches à m'amadouer avec un baiser, à effacer mes soupçons avec un orgasme. J'aurais dû te forcer à me donner des explications. Je n'aurais pas dû laisser passer le fait que tu n'étais pas venu me chercher et que je t'avais trouvé en train de draguer une fille. Mais avec toi, j'étais comme une toxico. Quand je commençais à planer, rien d'autre ne comptait.

Tu as relevé ma jupe et soufflé :

— Chut !

Je ne m'étais pas rendu compte que je gémissais. Je me suis mordu les lèvres si violemment pour m'empêcher de crier que quand je t'ai embrassé, nous avons tous deux senti le goût du sang.

Je t'aimais très fort et je ne doutais pas de ton amour pour moi – mais je n'avais jamais oublié l'épisode Stephanie. Je crois qu'au fond de moi, je craignais que cela ne se reproduise, que tu ne me quittes pour une fille comme elle, comme Rachel ou pour un million d'autres femmes croisées dans le métro, chez Starbucks ou à l'épicerie. Le mouvement de bascule de notre relation n'était pas toujours harmonieux. D'ordinaire, nous étions en équilibre, à égalité, mais de temps à autre, je me trouvais déstabilisée, précipitée vers le bas par la gite, redoutant de te voir quitter le navire pour naviguer avec une autre, et de me retrouver coincée sans aucune chance de redresser la barre. Mais même si j'avais fait une réflexion dans cette bibliothèque, je crois que cela n'aurait rien changé.

Car ce n'était pas une autre femme que j'aurais dû redouter.

12

Ces doutes n'apparaissaient pas souvent, cependant. Notre couple, c'était beaucoup plus que cela. Et nous avions un accord parfait sur tant de choses. Chacun s'intéressait aux passions de l'autre, à la carrière qu'il rêvait d'avoir un jour. Tu regardais tous les épisodes de *Bonjour la galaxie*, l'émission de télévision à laquelle je travaillais alors, et tu me donnais ton opinion sur la façon dont les personnages d'aliens illustraient diverses situations sociales pour les enfants. Cela semblait te passionner au point que j'ai commencé à te demander ton avis avant même qu'on ne lance la production des émissions.

À l'époque, je n'avais encore aucun pouvoir réel. Mais il m'arrivait de faire la critique de scénarios et de story-boards et d'en parler avec Phil, mon patron. Je prenais sans doute cette responsabilité plus au sérieux que je ne l'aurais dû. Quand je rapportais des scénarios à la maison, tu les jouais avec moi pour que nous puissions en discuter ensuite ensemble. Tu voulais toujours interpréter Galacto, le petit personnage vert qui ressemble à une grenouille. Ma favorite, c'était

Electra, l'alien violet foncé avec des antennes qui scintillent. Cela me paraît très normal que la lecture du scénario de *Bonjour la galaxie* t'ait amené à me parler de tes rêves. L'émission est censée aider les enfants à communiquer, mais sans doute a-t-elle le même effet sur les adultes. Je me souviens de l'épisode en cours d'élaboration quand nous avons eu notre conversation. C'était au début du mois de novembre et nous étions à peu près au tiers de la nouvelle saison.

Galacto est assis dans sa cour, la tête dans les mains.

Electra entre.

Electra : *Qu'est-ce qu'il y a, Galacto ? Tu as l'air triste.*

Galacto : *Mon père veut que je fasse partie de l'équipe de starball, et moi j'ai horreur de ce jeu !*

Electra : *Il le sait ?*

Galacto : *Je n'ose pas le lui dire. J'ai peur qu'après, il n'ait plus envie d'être mon papa si je n'aime pas le starball autant que lui.*

Electra : *Mon père adore le starball, mais pas moi, alors on fait d'autres choses ensemble. Si tu dressais une liste de ce que ton père et toi vous aimez tous les deux ?*

Galacto : *Tu crois que ça marcherait ? Et que je ne serais plus obligé de jouer au starball ?*

Electra : *Je crois que ça vaut la peine d'essayer.*

Galacto : *Moi aussi !*

— Tu ne penses pas qu'Electra devrait aimer le starball et son père non ? ai-je demandé quand nous avons fini de lire. Histoire de casser un peu le stéréotype des genres, je devrais peut-être suggérer ça.

— C'est une idée géniale ! as-tu répondu, et ton regard est resté sur moi, juste un peu plus longtemps que d'habitude.

À cet instant précis, j'ai eu l'impression que tu n'aimais pas seulement mon idée, mais toutes les facettes de ma personnalité.

J'ai annoté mon scénario, puis ai relu la scène en silence.

— Penses-tu qu'Electra devrait dire les choses qu'elle aime faire avec son père ? Est-ce que ça rendrait le dialogue plus fort ?

Cette fois, tu n'as pas répondu. Je me suis retournée. Tu fixais un pigeon qui roucoulait sur ton escalier de secours.

— Je crois que je risque de devenir comme lui, as-tu dit.

J'ai d'abord cru, et c'était absurde, que tu parlais du pigeon.

— Comme qui ? ai-je demandé, posant le scénario.

Tu as passé la main sur ton menton mal rasé.

— Comme mon père. D'avoir tous ces rêves et d'être incapable de les réaliser. De devenir aigri, meurtri et détruit de l'intérieur. De faire du mal à tous ceux qui m'entourent.

— Quels rêves ? Des nouveaux ?

— Tu as entendu parler de Steve McCurry ?

Comme je secouais la tête, tu as saisi mon portable pour me montrer une photo. Il s'agissait de la couverture d'un numéro du *National Geographic* avec le portrait d'une jeune Afghane. Elle avait la tête couverte d'une écharpe et des yeux verts à tomber. Son expression hagarde et aux abois était saisissante.

— Ça, c'est une de ses photos, as-tu dit. Nous avons étudié son travail aujourd'hui dans mon cours de photographie, et j'ai eu comme une révélation. Dans mon cœur, dans mon âme. C'est ça que je veux faire. C'est ce que je dois faire.

Il y avait dans tes yeux comme une flamme que je n'y avais jamais vue.

— J'ai compris que si je voulais vraiment changer les choses, j'allais devoir quitter New York. Mon appareil photo et moi pouvons être plus utiles ailleurs.

— Partir, ai-je répété.

Parmi tous les mots que tu avais prononcés, c'était celui qui s'était logé dans mon cerveau, où il brillait comme un néon indiquant la salle des urgences.

— Que veux-tu dire ? Et nous ?

Ton visage s'est figé un instant et j'ai su que ma réaction n'était pas celle que tu attendais. En vérité, qu'est-ce que tu attendais ?

— Je... Je ne pensais pas à nous... C'est mon rêve, Lucy, as-tu imploré. Je sais maintenant quel est mon rêve. Tu ne peux pas te réjouir pour moi ?

— Comment veux-tu que je me réjouisse d'un rêve dont je ne fais pas partie ?

— Mais non, il ne t'exclut pas.

Je me suis rappelée ce que tu m'avais dit quelques mois auparavant dans le parc au sujet de tes parents. J'ai tenté d'éteindre ce voyant rouge, d'ignorer ce que le mot « quitter » ferait à mon univers, d'ignorer les questions que tu venais de laisser sans réponse.

— Tu as compris quel était ton rêve, ai-je répété. Et ton rêve n'est pas jetable.

Des larmes ont mouillé tes cils.

— Je veux que chacun dans ce pays comprenne que les gens du monde entier ont le même genre de rêves, que nous ne sommes pas différents. Si j'y parviens, si j'arrive à établir un lien…

Tu as secoué la tête, incapable de trouver les mots.

— Mais il faut que je prenne plus de photos, que je m'inscrive à d'autres cours. J'ai besoin d'être au top avant de partir.

Il restait donc du temps. Nous en avions devant nous. Et peut-être que tu pourrais faire avec moi comme avec ta maman, m'aimer de loin pendant que tu étais ailleurs, et revenir quand tu aurais fini une mission. Cela ne semblait pas si terrible. Ça pourrait marcher.

J'ai saisi ta main entre les miennes.

— C'est ton avenir, ai-je dit. Si c'est ce que tu veux, c'est ce que tu seras.

Nous nous sommes étreints, assis sur ce canapé, respirant l'odeur l'un de l'autre, chacun perdu dans ses pensées.

— Je peux te dire quelque chose ? ai-je demandé.

Je t'ai senti hocher la tête.

— J'ai peur de devenir comme ma mère un jour.

Tu t'es écarté pour me dévisager.

— Mais tu adores ta mère.

C'était vrai. Et je l'adore toujours.

— Tu savais que mon père et elle s'étaient rencontrés en fac de droit ? T'en ai-je jamais parlé ?

Tu as secoué la tête.

— Elle est avocate ?

— Était, ai-je répondu en calant ma tête sous ton menton. Elle travaillait au bureau du procureur de Manhattan avant la naissance de Jason. Et la mienne. Quand elle a eu Jason, elle a arrêté. Et pendant tout le reste de sa vie, elle s'est définie par sa relation aux autres : la femme de Don, ou la mère de Lucy et de Jason. Je ne veux pas que ça m'arrive.

Tu m'as regardée dans les yeux.

— Tu n'es pas forcée de prendre le même chemin, Lucy. Tu es passionnée, tu sais ce que tu veux, tu es une bosseuse.

Et tu m'as embrassée.

Je t'ai rendu ton baiser, mais au plus profond de moi, je me disais que ma mère avait probablement toutes ces qualités elle aussi, et que cela n'avait pas suffi. Elle s'était perdue en fin de compte. Je me suis demandé si c'était ce qu'elle avait voulu.

13

Il arrive qu'on prenne des décisions qui semblent justes dans l'instant, et dont on s'aperçoit rétrospectivement qu'elles étaient mauvaises. D'autres sont justes, même a posteriori. Malgré les mises en garde de mes proches, et ce qui est arrivé par la suite, je ne regrette toujours pas d'avoir emménagé avec toi par un jour de neige de janvier.

— Il t'a dit qu'il voulait s'en aller, a fait remarquer Kate.

Nous étions toutes deux assises sur les chaises trop rembourrées de notre coin petit déjeuner, nos tasses de café posées sur la table devant nous.

— Mais il n'y a aucune date fixée, ai-je argumenté. Il n'a pas encore de travail. Il lui faudra peut-être longtemps pour en décrocher un. Et même alors, qui sait combien de temps cela durera. Il risque de partir un petit moment et de revenir.

Kate m'a regardée avec l'air qu'elle doit avoir aujourd'hui dans son cabinet d'avocats et qui signifie : *Tu entends ce que tu dis ? Tu crois que quelqu'un va avaler ça ?*

— Même s'il se trouve un boulot le mois prochain, ai-je poursuivi, même s'il part pendant plusieurs années, je tiens à passer le plus de temps possible avec lui avant son départ. Ce que je veux dire, c'est que le monde peut finir demain, que je peux me faire renverser par un camion, et mourir d'ici une semaine. Je veux vivre l'instant présent.

Kate a caressé le collier de perles d'argent de chez Tiffany que lui avait offert Tom et qu'elle portait maintenant tous les jours. Elle a repris :

— Lu, le problème quand on vit dans l'instant, c'est que par définition, on ne fait pas de projets d'avenir. Quant à la probabilité que la fin du monde soit pour demain ou que tu sois renversée par un camion, elle est extrêmement mince. En revanche, celle que Gabe trouve un travail comme reporter photographe à l'étranger et qu'il te brise le cœur est extrêmement élevée. J'essaie juste de t'aider à gérer les risques en l'occurrence. Tu en affronteras moins si tu restes ici avec moi.

Défendre mon choix contre tout le monde s'avérait fastidieux. J'avais eu une conversation analogue avec ma mère la veille. Et avec mon frère Jason quelques jours auparavant. Alexia était d'accord avec ma décision, mais même moi, je savais que de tous mes amis, c'était elle qui avait le moins de discernement. J'avais perdu le compte du nombre d'hommes avec qui elle avait couché au nom de sa devise personnelle : « Oh, et puis pourquoi pas ? »

— De toute façon, Kate, au point où j'en suis, je ne peux pas faire machine arrière, que mon avenir soit avec Gabe ou pas. Alors autant profiter de la vie pendant qu'il est encore ici.

Kate est restée silencieuse un moment, puis elle s'est penchée et m'a serrée dans ses bras.

— Oh, Lu, je t'aime, quoi que tu fasses, mais… essaie de trouver un moyen de préserver ton cœur. Tout ça ne me dit rien qui vaille.

Bien entendu, Kate avait raison. Mais à ce stade, je n'aurais rien pu faire pour changer notre trajectoire – la tienne, la mienne, la nôtre. Je suis en accord avec la décision que j'ai prise. Même aujourd'hui. Je ne me suis jamais sentie aussi vivante que pendant ces cinq mois de vie commune. Tu as changé ma vie, Gabe. Je suis heureuse d'avoir fait ce choix. Vive le libre arbitre, malgré le destin qui a été le nôtre.

14

Peu après notre installation ensemble, tu t'es inscrit à un cours de photographie où l'on te demandait de saisir sur pellicule différents sentiments ou concepts. Pendant une semaine, vous étiez censés « capturer la beauté » – là-dessus tu cartonnais, pas de problème – puis la semaine suivante, vous deviez « capturer le chagrin ». Le bonheur, la décrépitude, la renaissance… Je ne me rappelle pas l'ordre des thèmes, mais je me souviens de toi sillonnant Manhattan, appareil photo au poing, harnaché d'une écharpe et d'un bonnet. Parfois je t'accompagnais, le manteau boutonné jusqu'au cou, avec mon cache-oreilles le plus chaud. Souvent tu finissais par prendre des photos de moi, comme celle que tu as faite où je suis endormie, cheveux emmêlés, noirs contre l'oreiller blanc. C'était pour illustrer la sérénité, je crois. J'ai toujours cette photo, encadrée, emballée dans du papier kraft dans une boîte sous mon lit. Quand j'ai emménagé avec Darren, je n'ai pas eu le cœur de m'en séparer. Pas même quand je me suis mariée. Peut-être devrais-je la déballer maintenant et l'accrocher enfin dans mon bureau. Ça te plairait ?

Ce jour-là, tu avais pour mission de capturer la douleur.

— Je sais où il faut aller, as-tu dit en t'assurant que la batterie de ton appareil était chargée. À Ground Zero.

J'ai secoué la tête et avalé le dernier morceau de gaufre dans mon assiette.

Ta maman t'avait envoyé un gaufrier, tu te rappelles ? Elle l'avait acheté sur un coup de tête, lors d'une liquidation, et nous nous étions promis de nous en servir aussi souvent que possible. Tu l'as toujours ? As-tu gardé comme moi des objets qui te rappellent notre vie commune ? Ou as-tu fini par tourner la page sur nous au fil de tes voyages, et par te débarrasser de tes souvenirs, jetant les boîtes d'allumettes et les mugs ? J'y pense encore, à ce gaufrier. C'était un bon appareil.

— Vas-y, ai-je dit. Moi, je reste.

— C'est pour la douleur. Pour mon cours.

J'ai secoué la tête à nouveau, faisant glisser ma fourchette sur l'assiette afin de récolter les dernières gouttes de sirop d'érable.

— C'est ton cours, pas le mien, ai-je dit.

— Je ne comprends pas. Pourquoi ne veux-tu pas venir ?

— Eh bien… Je n'ai vraiment pas besoin de voir ça.

— Mais enfin ! Il faut se souvenir. Se souvenir des gens, de ceux qui sont morts et de ceux qu'ils ont laissés, des raisons pour lesquelles c'est arrivé. Tout ça. Nous ne pouvons pas oublier.

— Je n'ai pas besoin d'y aller pour me rappeler. Ce jour-là fait partie de moi. À jamais.

— Alors, viens rendre hommage. Comme on fait quand on va sur une tombe.

J'ai reposé ma fourchette.

— Tu penses que la seule façon de rendre hommage à quelque chose ou à quelqu'un, c'est d'aller voir les lieux ? Ou la sépulture ? Je ne peux pas croire que tu aies dit ça !

Tu étais mal à l'aise à présent, mais tu t'efforçais de ne pas le montrer.

— Non, pas du tout, as-tu répondu. Mais j'ai le sentiment que nous n'en faisons pas assez. Pour nous souvenir. Pour comprendre.

Je me suis mordu la lèvre.

— Nous ?

— Tout le monde. (Tu avais serré les poings, et tes pouces se crispaient sur tes doigts.) Comment les gens peuvent-ils aller et venir comme si tout était normal alors que l'Amérique est en guerre avec l'Irak ? Alors que des bombes explosent dans des hôtels en Indonésie ? Quand ils étaient ici, à New York, et ont vécu le 11 septembre ? Comment peuvent-ils réagir si différemment de moi ? Pourquoi ne veulent-ils pas en faire plus ?

Ta voix s'est brisée sur les derniers mots, et je te voyais lutter de toutes tes forces pour contenir tes émotions.

Mais c'était vrai. La plupart des gens ne se comportaient pas comme toi. Moi non plus. En tout cas pas tout le temps, pas à chaque instant. Ces préoccupations ne submergeaient pas mon esprit ni ne me chaviraient le cœur comme à toi.

— Peut-être qu'ils n'ont pas besoin de se forcer à souffrir pour savoir que la douleur est là. Ce n'est pas parce qu'ils ne réagissent pas comme toi qu'ils ne font rien. Et ce n'est pas parce que je ne veux pas aller à Ground Zero que je ne me sens pas concernée.

Je n'ai pas attendu ta réponse. Je suis allée dans la cuisine en emportant les plats et les couverts que le sirop avait rendus poisseux. Les assiettes étaient à toi, les couverts à moi. La cuisine était un mélange de nous deux.

J'ai fait couler l'eau dans l'évier et me suis mise à laver la vaisselle, incapable d'arrêter les larmes qui ruisselaient sur mes joues. J'ai compris à ce moment-là, je veux dire compris avec mes tripes, que tu me quitterais un jour prochain. Ton rêve n'était pas un rêve lointain. C'était un rêve d'ici et maintenant. Jamais tu ne serais heureux à New York. Jamais je ne suffirais à ton bonheur. Pour être un jour en paix avec toi-même, tu avais besoin d'affronter la déception que tu ressentais face au monde, de l'analyser. Même alors, j'ai compris cela. J'espérais juste que tu reviendrais.

Tu t'es approché si discrètement que je ne me suis pas doutée que tu étais là. En entendant le déclic de ton appareil, j'ai levé des yeux pleins de larmes, et tu m'as saisie à l'instant où l'une d'elles commençait à couler sur ma joue.

— Gabe !

Je me suis essuyé les yeux avec mon avant-bras. Je n'en revenais pas que tu aies pris une photo de moi à ce moment-là, que tu fasses de l'art avec notre dispute.

Tu as posé ton appareil sur le plan de travail et tu as baisé le sommet de ma tête, mes paupières, mon nez et enfin ma bouche.

— Je sais. Je suis désolé. Et je sais que tu es concernée. Je t'aime, Lucy.

J'ai laissé les assiettes et enroulé mes mains pleines de mousse dans ton T-shirt.

— Moi aussi, Gabe, je t'aime.

Tu es allé à Ground Zero sans moi ce jour-là, et tu as pris des dizaines et des dizaines de clichés. Je savais combien ils comptaient pour toi, aussi ai-je accepté de les regarder et de t'aider à choisir le meilleur, malgré l'impression que j'avais de respirer l'air âcre et calciné qui flottait sur Manhattan le 12 septembre. Mais en fin de compte, tu n'as choisi aucun de ceux-là. La photo que tu as donnée comme illustration de la douleur était celle que tu avais prise de moi en train de faire la vaisselle, les yeux pleins de larmes. Je n'ai jamais aimé ce cliché.

Cela te plairait, que j'en prenne un de toi maintenant ?

15

Après avoir entendu l'anecdote du kaléidoscope conçu par ta mère pour ton anniversaire, j'ai compris ton désir de grands gestes, de célébrations qui venaient du cœur et avaient du sens. Alors cette année-là, pour ton anniversaire à la fin février, je t'ai offert un tour en hélicoptère et nous sommes allés au restaurant gastronomique à côté du Parm pour déguster le menu découverte à vingt plats. Je ne me souviens plus du nom de l'établissement, mais tu sais duquel il s'agit. Après onze plats, je ne pouvais plus rien avaler et tu as mangé deux des miens, si bien que tu as fini avec vingt-deux assiettes et moi dix-huit, ce qui était encore trop pour moi. Pendant le reste du week-end, j'ai eu l'impression d'être un boa qui avait avalé un alligator. Toi, tu étais content. Tu considérais que ton anniversaire avait été célébré dignement. Surtout après que je t'ai fait une gâterie pendant le retour à la maison en taxi.

Et la veille de mon anniversaire, tu m'as envoyé des fleurs au travail, une douzaine de lis asiatiques. J'ai encore le mot qui les accompagnait, caché avec la photo illustrant la sérénité. *Des lis odorants pour mon adorée.*

Bon anniversaire à toi. Et joyeux anniversaire de nos retrouvailles. Hâte d'être à ce soir. Je t'aime. Gabe.

Quand je suis rentrée à la maison, j'ai trouvé une grande boîte sur le lit.

— Ouvre-la, m'as-tu dit avec un sourire radieux.

Dedans, il y avait un ensemble de mon magasin préféré d'alors, BCBG – où je n'allais que s'il y avait des soldes à 70 %. Un haut en soie turquoise sans manches avec un décolleté en V profond devant et derrière. La jupe était courte, étroite et noire.

— Je me suis dit que tu serais sublime avec ça. C'est parfait pour voir *Apollon* à l'opéra, et ensuite on pourrait retourner à Faces & Names : tu seras la fille la plus sexy de la salle.

Je me suis jetée à ton cou pour te remercier. Ton cadeau était si bien choisi, parfaitement à ma taille. J'ai pensé à toi, passant en revue *Time Out New York* pour trouver le spectacle idéal, entrant dans BCBG où tu devais te sentir un peu hors de ton élément, palpant la soie et le satin et les imaginant sur mon corps. Choisissant une couleur qui me mettrait en valeur.

— J'en ai de la veine ! me suis-je exclamée. Je suis la fille la plus chanceuse du monde, parce que je suis avec toi.

— Je crois que c'est plutôt moi le veinard. J'aimerais pouvoir en faire plus pour te montrer à quel point c'est fabuleux d'être ton petit ami.

— Alors, ai-je dit avant de saisir ta ceinture et de t'attirer vers moi, je peux te donner deux ou trois idées.

Ce jour-là, nous ne sommes même pas arrivés jusqu'au lit, comme en ont témoigné les marques rouges laissées sur nos corps par le tapis.

Étendus l'un près de l'autre, au milieu de nos vêtements épars dans la pièce, tu as demandé :

— Imaginais-tu qu'aimer puisse ressembler à ça ?

Je me suis pelotonnée contre toi. L'étreinte de ton bras autour de mon épaule s'est resserrée.

— Même pas dans mes rêves les plus fous.

— Tu es mon étoile, Lucy, mon soleil. Ta lumière, ton magnétisme… Je ne sais même pas dire ce que tu représentes pour moi.

— Alors nous sommes une étoile binaire, nous gravitons l'un autour de l'autre, ai-je dit en faisant lentement remonter mes doigts le long de ta cuisse.

Il fallait toujours que j'aie les mains sur toi. C'était plus fort que moi.

— Eh bien dis donc ! Un bel esprit dans un beau corps !

La tête posée sur ton coude, tu as repris :

— Tu crois au karma ?

— Le karma des hindous ? Ou alors tu veux dire que si je pique le taxi de quelqu'un, je serai condamnée à subir le même sort ?

— C'est vrai, as-tu répondu en souriant, il y a un karma des taxis dans cette ville, mais ce n'est pas de ça que je parle. Ni du karma hindou. En réalité, il ne s'agit pas du tout de karma, mais plutôt… Crois-tu que si nous nous aimons comme ça, autant et aussi fort, c'est parce que mon père était un enfoiré ? Est-ce que ce qu'on vit en ce moment – tu as désigné nos deux corps nus –, c'est ma récompense pour avoir subi tout ça ? Ou est-ce que le fait d'avoir ce bonheur maintenant signifie que je devrai souffrir plus tard en compensation ? Est-ce que nous avons tous un capital bonheur donné en ce monde ?

Je me suis redressée et ai secoué la tête.

— À mon avis, le monde ne fonctionne pas de cette façon-là. La vie est juste la vie, point barre. Nous sommes placés dans certaines situations, nous faisons certains choix et c'est pour cela que les choses se passent d'une certaine manière. Nous suivons le courant tant qu'il nous sert. Toujours la même question, celle du cours de Kramer.

Tu as gardé le silence. J'ai poursuivi :

— Tu sais ce que j'aimerais croire ? Que c'est effectivement le karma. Le karma hindou. Que peut-être dans une vie antérieure, j'ai fait quelque chose de merveilleux pour quelqu'un et que ma récompense dans cette vie-ci, c'est toi. Je préfère cette variante du karma à ton idée d'un capital bonheur donné une fois pour toutes.

Tu as souri à nouveau, mais c'était un sourire triste. Je voyais bien que tu n'étais pas convaincu.

— J'aime cette idée moi aussi, as-tu dit. Mais je crains qu'il ne soit impossible de tout avoir dans la vie.

— Je crois que si, ai-je répondu après un instant de réflexion. Peut-être pas en même temps, mais je pense qu'au terme de sa vie, un homme peut en avoir tiré tout ce qu'il désirait.

Et cela, je le crois toujours, Gabe. Encore aujourd'hui.

— J'espère que tu as raison, as-tu dit.

Nous n'avons plus jamais abordé le sujet par la suite, mais j'ai eu l'impression que tu étais toujours persuadé qu'aucun homme ne peut tout avoir. Je regrette de n'avoir pas trouvé un moyen de te faire changer d'avis là-dessus, parce qu'à mon sens, la conviction profonde derrière tous tes propos, c'était qu'il faut faire des sacrifices. Sacrifier cet amour-ci pour avoir cet amour-là. Ce fragment de bonheur-ci pour celui-là. C'était une théorie qui, consciemment ou inconsciemment, a présidé à tes décisions. Qui a contribué à t'orienter vers le chemin que tu as pris et à nous amener là où nous sommes aujourd'hui.

Mais j'aimerais tant croire que ce n'est pas le cas. Qu'il est possible d'être aimé de son père et de sa petite amie aussi. D'être comblé par sa carrière et sa vie personnelle. Tu m'objecterais peut-être que si on a tout cela, alors c'est la santé qui flanchera. Ou les finances. Ou Dieu sait quoi.

As-tu jamais changé d'avis, Gabe ?

Si seulement tu pouvais me répondre.

16

Peu après mon anniversaire, tu t'es inscrit à ce fameux cours avec Pete. Je me suis toujours demandé combien de temps tu étais resté en contact avec lui après avoir quitté New York. Je sais qu'il avait beaucoup d'importance à tes yeux. À l'évidence. C'est lui qui a fait démarrer ta carrière. Avais-tu trouvé chez lui le soutien et les conseils que ton père ne t'avait pas donnés ? Jamais je ne t'avais vu aussi heureux que pendant que tu suivais ses cours. Avec son aide, tu avais vendu des photographies au journal *Village Voice*[1]. J'ai pensé un court moment que peut-être, je me trompais, que tu te trompais aussi et que tu pourrais être heureux à New York.

À l'époque, tu te chargeais du dîner parce que je préférais ne pas quitter le bureau avant Phil. Or, il travaillait de plus en plus tard à l'époque, et essayait de trouver de nouvelles idées pour une seconde saison de *Bonjour la galaxie.* Tu te souviens du soir où je suis rentrée encore plus tard que d'habitude – à près de neuf

1. Hebdomadaire de New York.

heures du soir –, où tu avais préparé des pâtes avec un pesto maison ? Une bouteille de vin était ouverte et tu en avais déjà bu un verre. Quand je suis entrée, tu mettais la table et les haut-parleurs de ton ordinateur diffusaient une chanson d'Ella Fitzgerald.

— Ah, hello, as-tu dit.

Ton baiser avait un goût de Malbec.

— C'est la fête, ce soir, on dirait, ai-je lancé en me débarrassant de ma veste en jean.

— Devine qui va avoir une photo publiée dans le *New York Times* ?

— Toi ? ai-je soufflé, interloquée.

— Moi ! Pete m'a branché sur les bons contacts au journal et ils publient la photo que j'ai prise en bas de notre pâté de maisons, le jour où une canalisation a éclaté au milieu de la rue. C'est pour illustrer un article de fond sur le délabrement des infrastructures de la ville.

J'ai laissé tomber mes sacs sur le sol et me suis jetée à ton cou.

— Bravo à mon génialissime petit ami !

Quand tu m'as soulevée pour m'allonger sur le canapé, je me suis dit que cela pourrait marcher à long terme. Peut-être ne partirais-tu pas après tout.

À moitié rhabillés, nous avons dîné et je t'ai ensuite donné mes nouvelles. Phil m'avait demandé de l'aider à trouver des idées pour les émissions de la saison prochaine.

— Cette fois, j'y suis, ai-je dit. C'est ma chance d'avoir une réelle influence sur ce que les enfants de ce pays voient, apprennent et comprennent.

Ce soir-là, tu as veillé tard avec moi pendant que je faisais un brainstorming au lit. Tu as joué le rôle du public cobaye, et tes réactions ont été incroyablement positives et productives. Mais je n'étais pas satisfaite de ma liste. Du coin de l'œil, j'ai remarqué ton appareil photo.

— Hé, il n'y aurait pas des idées là-dedans ? Qu'est-ce qu'il y a sur ta carte-mémoire ?

Nous avons passé tes photos en revue une par une jusqu'à ce que je te demande d'arrêter sur une petite fille, les mains crispées sur les barreaux de la fenêtre d'un appartement au premier étage.

— C'est quoi, son histoire, à ton avis ? t'ai-je interrogé.

— La solitude ? Des parents qui l'ont laissée pendant qu'ils sont partis travailler ? Une rêveuse qui soupire après autre chose ?

— Les rêves ? Il faut faire un épisode sur les rêves.

Ce fut le premier épisode de notre seconde saison.

Et j'ai été promue au début du trimestre suivant. Mais tu étais parti avant tout cela.

17

Peu après que le *New York Times* a publié ta photographie, *Bonjour la galaxie* a été nominé pour un Daytime Emmy[1], et j'ai reçu une invitation pour deux à la cérémonie.

Je t'ai traîné chez Bloomingdale's où je voulais essayer des robes. Encore que *traîné* ne soit pas le mot juste, parce que ça t'a plu. Tu te souviens ? Assis sur un canapé à côté des salons d'essayage, tu étais l'unique spectateur d'un défilé privé. Je suis sortie d'abord avec un fourreau de dentelle sans bretelles, fendu tout du long devant sur la jambe droite.

— Sexy, as-tu dit. Vraiment bandant.

— Pas le profil visé, en tout cas sur le plan professionnel.

Après quoi, j'ai essayé une robe de bal rose.

— Mignon. On dirait Cendrillon.

Ça n'allait pas non plus.

---

1. Les *Daytime Emmy Awards* sont des récompenses décernées chaque année aux États-Unis aux programmes de télévision diffusés en journée.

J'ai alors passé une robe bleu marine déstructurée, à effets géométriques.

— Sévère. Belle et classe.

Les autres femmes dans le magasin nous avaient remarqués. Les plus âgées avaient un sourire indulgent. Certaines des plus jeunes paraissaient jalouses. Sous leurs regards, je me suis efforcée de réfréner mon sourire et le sentiment secret qui me chuchotait *Tout est pour le mieux dans le meilleur des mondes.* Ce jour-là, le bonheur semblait devoir être notre destin, à toi comme à moi, ensemble.

J'ai encore essayé quelques robes, jusqu'à ce que j'en arrive à une en soie rouge décolletée dans le dos, avec une bretelle au cou, un corsage très ajusté et une jupe corolle qui voletait quand je marchais. Tu te souviens de ce que tu as dit ? Moi, oui. Je revois maintenant ton regard allumé, qui glissait le long de mon corps.

— Celle-là, elle est divine. Tu es divine.

Tu t'es levé, m'as pris la main, et m'as fait tournoyer au milieu du département des robes du soir de Bloomingdale's. Puis tu m'as renversée en arrière et tu m'as embrassée.

— Celle-ci, as-tu soufflé quand nous nous sommes redressés. Et dépêche-toi de l'acheter. Il n'y a pas des toilettes où on pourrait s'éclipser par ici ? Sinon, on prend un taxi pour rentrer ?

J'ai ri et t'ai chuchoté « Taxi » pendant que tu m'aidais à défaire la fermeture Éclair.

18

Quand nous sommes arrivés à la maison, tu nous as pris dans tes bras, mes sacs et moi, et tu as monté quatre à quatre les deux étages jusqu'à notre appartement. Tu as ouvert la serrure d'une main tandis que je riais, pendue à ton cou.

— Qu'est-ce que tu fais, tu es givré !

— Je ne pouvais plus attendre, as-tu dit en ouvrant la porte et en me jetant sur le lit.

Tu as lancé mes sacs sur le canapé et tu es venu me rejoindre, ta chemise déjà passée par-dessus ta tête.

— Te voir avec ces robes, te savoir nue dans cette cabine d'essayage… un supplice.

J'ai ôté mon T-shirt et dégrafé mon soutien-gorge. Quand je l'ai glissé par-dessus mes épaules, tu as gémi « Luce, Lucy ».

Puis tu as grimpé dans le lit et tes lèvres, tes mains ont parcouru mon corps fiévreusement. Je gémissais moi aussi, mon dos s'est arqué, tu t'es glissé en moi. Et je me suis sentie complète, comblée, comme toujours dès l'instant où tu me pénétrais.

— Gabriel, ai-je dit dans un souffle, avec toi, je me sens infinie.

Tu as penché la tête et m'as embrassée en chuchotant :

— Avec toi, je me sens invincible.

L'amour a cet effet-là. Vous vous sentez infini, invincible, comme si le monde entier s'ouvrait à vous, comme si tout était possible et que chaque jour apportait son lot d'émerveillement. Est-ce le fait de s'ouvrir, de laisser quelqu'un entrer en vous – ou de lui être si profondément attaché – qui vous dilate le cœur ? Tant de gens disent « je ne me doutais pas que je pouvais autant aimer avant… » et en général, le « avant » est suivi de « la naissance de ma nièce » ou « d'avoir eu un bébé » ou « d'avoir adopté un enfant ». Je ne me doutais pas que je pouvais autant aimer quelqu'un avant de te rencontrer, Gabe.

Je ne l'oublierai jamais.

19

J'étais radieuse. J'aimais un homme qui me rendait mon amour avec la même force. Qui m'aidait à choisir une robe pour une cérémonie de remise de prix récompensant mes efforts, et le chemin parcouru. J'oubliais que tu voulais partir, que sous ce vernis d'allégresse, tu n'étais pas vraiment heureux. Parce que ce jour-là, tout semblait parfait.

20

Le matin de la cérémonie, je suis allée chez le coiffeur pour me faire faire un brushing laissant mes cheveux souples sur les épaules. Je me suis aussi fait maquiller et l'on n'avait pas lésiné sur l'eye-liner, le mascara et le rouge à lèvres assorti à ma robe. Quand je l'ai enfilée, je me suis sentie ravissante. Et excitée. Comme si tous mes efforts depuis la fac avaient enfin payé.

— L'intelligence et la beauté ! as-tu déclaré avec un petit sourire en me voyant.

— Tout comme toi !

Tu étais en smoking droit avec gilet et cravate et tu avais dompté tes boucles avec une sorte de gel que tu n'utilisais que dans les grandes occasions, et dont le parfum donnait l'impression que tu sortais juste du salon de coiffure. Parfois, quand je croise quelqu'un qui porte ce même parfum, cela me fait revenir, en mémoire, à ce jour-là. Cela t'est-il déjà arrivé ? As-tu été renvoyé dans le passé par un parfum qui t'a fait penser à moi ?

Pendant notre trajet vers le Rockefeller Center, puis quand nous avons rencontré mes collègues, et quand nous nous sommes installés à nos places, j'ai bien vu que tu avais l'esprit ailleurs. Tu applaudissais toujours une seconde après tout le monde. Tu me regardais en te mordant la lèvre inférieure – ta mimique habituelle quand tu réfléchissais à un problème compliqué. Que se passait-il au juste dans ta tête alors ?

Et le moment de l'annonce est arrivé. Nous avons remporté le prix ! J'étouffais de bonheur. J'imaginais mes parents en train de regarder la retransmission, pleurant l'un et l'autre, même si mon père m'a juré que non. J'imaginais Jason criant de joie, Kate applaudissant. Phil m'a tirée par la main pour que je monte sur scène avec lui et toute l'équipe. Je suis restée debout à ses côtés pendant son discours. Je souriais tant que mes joues me faisaient mal. J'avais les yeux fixés sur toi au milieu du public. Je voulais que tu partages mon bonheur, mais tu avais le regard vide. L'espace d'un instant, je me suis demandé ce qui se passait, mais nous avons dû quitter la scène et quand j'ai regagné mon siège à côté du tien, tu m'as embrassée tendrement et as chuchoté « Je t'aime ».

Ensuite, nous avons tous fait la fête, portés par le flot d'adrénaline qui se libère après un succès. Nous avons dansé, bu et ri, tu as bavardé avec les femmes, les petits amis et les fiancés de mes collègues. Mais pendant tout ce temps, j'ai bien vu que tu n'étais pas vraiment là.

21

Quand nous sommes rentrés, j'ai quitté mes escarpins et me suis effondrée sur le canapé. Tu t'es assis à côté de moi, tu as pris un de mes pieds dans tes mains et tu as commencé à le masser, effaçant la douleur de huit heures passées sur des talons aiguilles. J'ai gémi :

— Oh ! là, là, Gabe, c'est encore meilleur que faire l'amour.

Contrairement à ce que j'attendais, tu n'as pas ri. Tes doigts ont continué à pétrir la voûte plantaire de mon pied gauche.

— Luce, il faut qu'on parle.

J'ai retiré mon pied et me suis assise en tailleur.

— Qu'est-ce qui se passe ? C'est toi ? C'est nous ? Je croyais que tout allait très bien, mais s'il y a quelque chose…

— Arrête, Lucy.

Jamais tu n'utilisais mon nom complet. Après avoir pris une grande inspiration, tu t'es lancé :

— Je ne sais pas comment t'annoncer ça, alors je vais aller droit au but. L'Associated Press m'a offert un travail. Ils veulent m'envoyer en Irak avec les troupes là-bas pour un article de fond. Pour commencer. Avec la possibilité de devenir salarié par la suite. Pete a donné quelques coups de téléphone, a fait jouer ses relations. Il savait que je voulais partir à l'étranger.

Pendant un instant, j'ai eu le souffle coupé.

— Quand ? ai-je chuchoté. Pour combien de temps ?

— Dans trois semaines. C'est un travail de deux mois au moins. Peut-être beaucoup plus.

— Quand dois-tu leur donner ta réponse ?

Deux mois, c'est jouable. Peut-être même plus. On peut gérer ça.

Tu as baissé les yeux vers tes mains.

— Je l'ai déjà donnée. J'ai dit oui.

— Pardon ?

J'avais l'impression que quelqu'un avait ouvert la bonde d'une baignoire, que toute notre vie ensemble se vidait, aspirée dans l'eau tournoyante. J'ai repensé à Kate, au jour où elle m'avait prédit que tu me quitterais en me brisant le cœur.

Tu évitais toujours de me regarder.

— Ça faisait un certain temps que les démarches étaient en cours, et aujourd'hui, j'ai reçu le feu vert. Je me demandais si ça aboutirait un jour. Les chances semblaient si minces. Je ne voulais rien dire avant que ce ne soit certain. Pour ne pas te faire souffrir inutilement.

Je sentais chacun des battements de mon cœur, je sentais mon sang courir dans mon corps. J'ai ouvert la bouche, mais suis restée interdite.

— Il y a quelques mois, as-tu poursuivi, quand j'ai vu le premier article publié par l'AP sur le scandale d'Abou Ghraib, j'ai compris que je devais aller là-bas.

Les images peuvent changer les choses. Elles peuvent changer les opinions, les mentalités. Je ne peux pas rester à l'écart et compter sur les autres pour faire ce travail, quand je considère qu'il est d'une importance primordiale. Je t'ai dit que je partirais, Luce. Tu savais que c'était mon projet.

Oui, je le savais. Mais je n'avais pas compris que tu songeais à un départ définitif. Que c'était non négociable. Que nous n'en discuterions pas ensemble. Et surtout, je n'y étais pas préparée. Surtout ce soir-là. C'était censé être une soirée de fête, de bonheur, de succès. Jamais je n'étais montée aussi haut. Mon travail m'avait valu un Emmy. Et j'avais baissé ma garde. Je m'étais autorisée à être complètement heureuse.

Comment avais-tu pu me cacher ce que Pete avait en vue ? Tous ces coups de téléphone ? Les projets que tu avais dû faire ? Comment avais-tu pu prendre cette décision sans moi ? Je t'en veux encore aujourd'hui de m'avoir exclue, Gabe. Nous étions une étoile binaire, chacun en orbite autour de l'autre. Quand tu as décidé de ne rien me dire, tu as changé la donne, tu as cessé de graviter autour de moi, tu as gravité autour de quelqu'un d'autre, de quelque chose d'autre. À partir du moment où tu as commencé à garder secrètes certaines choses, notre couple n'avait plus aucune chance.

D'un seul coup, les larmes me sont montées aux yeux, des larmes de colère, de tristesse, d'hébétude et de douleur.

— Gabe, Gabe. Je n'arrive pas à y croire, ai-je finalement réussi à articuler. Comment as-tu pu garder ça pour toi ? Et me l'annoncer ce soir ?

Tu as voulu me prendre dans tes bras, mais je t'ai repoussé, avec plus de force que je ne pensais en avoir.

— Ç'aurait été moins douloureux si tu m'avais mise au courant, si nous en avions parlé. Tu ne comprends donc pas ? Nous étions une équipe. Tu m'as exclue. Comment as-tu pu faire des projets sans moi ? Surtout des projets pareils !

Tu pleurais toi aussi, et de la morve coulait sur ta lèvre.

— Pardon, j'essayais d'agir comme il faut. Je ne voulais pas te faire de mal. Pardon.

— Eh bien, c'est raté, parce que tu m'en as fait, ai-je rétorqué entre deux sanglots. Plus que si tu m'en avais parlé. Et ce n'était pas indispensable. Tu as agi comme si je ne comptais pour rien.

— Ce n'est pas vrai.

Tu t'es essuyé le nez et as essayé à nouveau de me prendre dans tes bras.

— Non ! Ne me touche pas !

Cette fois-ci, tu pleurais plus que moi.

— Lucy, s'il te plaît, Lucy, j'ai besoin que tu comprennes. J'aimerais bien ne pas vouloir ce que je veux. J'aimerais bien ne pas être convaincu que c'est la voie que je dois suivre si je veux me sentir exister. Je n'ai jamais voulu te faire de mal. Ce n'est pas de toi qu'il s'agit.

— Non, en effet. Mais il ne s'agit pas seulement de toi non plus. Ce dont il s'agit, c'est de notre couple. De sa destruction.

On aurait cru que je t'avais giflé. Ce n'était pas l'envie qui m'en manquait.

— Je ne suis pas…, as-tu commencé. Le problème n'est pas notre couple. Vraiment pas. C'est moi. Et c'est pour moi que je dois faire ça. Quelque chose en moi est cassé, et ce n'est qu'en suivant cette voie que je pourrai le réparer. Je croyais que tu comprendrais. Tu as toujours comp…

Cette fois, je ne comprenais pas et je t'ai coupé.

— Pourquoi ne peux-tu pas rester ? Tu ne peux pas photographier New York ? Il y a tant d'histoires à raconter ici. Tu étais si heureux quand le *New York Times* a publié ta photographie.

Tu as secoué la tête.

— Je peux faire plus ailleurs. Du meilleur travail. Je peux apporter plus. J'aimerais que ce ne soit pas le cas, mais c'est vrai. Tu sais ce que ça signifie pour moi.

— Oui, mais il doit y avoir un autre moyen.

— Non.

— Et si tu faisais des allers et retours ? Si tu rentrais après chaque mission ?

Je suppliais, j'en avais conscience. Tant pis.

— Ce n'est pas comme ça que ça marche. Pete a dit que pour ce genre de boulot, il fallait que je sois en immersion complète.

— Oh, si Pete l'a dit, ai-je rétorqué, furieuse à présent. Parce que tu as discuté de tout ça avec Pete, mais pas avec moi.

— Lucy…

— Tu sais quoi ? Va te faire foutre.

La colère faisait trembler chaque fibre de mon être. Je suis allée jusqu'à notre lit et j'ai jeté sur le canapé ton oreiller et la couverture.

— Tu couches là ce soir.

— Lucy, cette conversation n'est pas terminée.

Tu tenais la couverture du bout des doigts.

— Si.

J'ai enlevé ma robe et éteint la lumière.

Bien entendu, nous n'avons pas fermé l'œil. Je me suis passé et repassé dans ma tête la discussion que nous venions d'avoir. J'avais beau te haïr, je n'avais qu'une envie, traverser le studio et me glisser à côté de toi sur le canapé, sentir la solidité de ton corps à côté du mien. Tu étais à la fois mon réconfort et mon tourment.

Un peu plus tard, tu t'es levé pour venir à côté du lit.

— J'ai une idée, as-tu dit.

Je n'ai pas répondu.

— Je sais que tu ne dors pas. Je vois tes yeux.

Nous n'avions pas fermé les stores. Tu étais éclairé par-derrière, te détachant sur les lumières de la ville qui te faisaient une auréole. *L'ange déchu*, ai-je pensé.

J'ai finalement lâché :

— Quoi ?

— Peut-être… Peut-être que tu pourrais m'accompagner ? On pourrait trouver une solution.

Tu as tendu une main hésitante vers moi dans la pénombre.

J'ai tendu la mienne et nos doigts se sont rencontrés. L'espace d'un instant, cela a paru envisageable. Mais j'ai soudain songé à ce que tu demandais. À Bagdad. Aux visas. Aux appartements. Aux jobs.

— Comment ? ai-je repris.

Tu t'es assis sur le lit sans lâcher ma main et tu as haussé les épaules.

— On pourrait trouver un moyen.

— Mais où habiterais-je ? Qu'est-ce que je ferais ? Et ma carrière à moi, Gabe ?

J'ai senti la colère saisir à nouveau tout mon corps. Tu me demandais de renoncer à mes rêves pour toi, alors que tu n'aurais jamais envisagé d'en faire autant, que tu refusais même un compromis, et que tu ne m'avais parlé de rien.

Tu as secoué la tête.

— Je ne sais pas. Mais je suis sûr qu'il y a des gens qui font ça. Tu pourrais peut-être écrire des articles. Nous pourrions créer les mots et les images ensemble. J'aurais dû y penser plus tôt. Ce serait parfait.

— Je croyais que mes rêves n'étaient pas jetables, Gabe.

— Ce n'est pas ce que je voulais dire.

Je t'aimais. À l'époque, comme maintenant. Infiniment. Mais ce que tu me demandais n'était pas équitable. Cela me blesse encore aujourd'hui. J'ai soupiré. C'était trop.

— On reparlera de tout ça demain matin, ai-je dit.

— Mais… Soit, as-tu conclu après un silence.

Tu n'as cependant pas bougé. Tu es resté sur le lit, immobile, la main toujours posée sur la mienne.

— Gabe ?

Tu t'es tourné vers moi. Une voiture de police est passée à toute vitesse et ses lumières se sont reflétées dans tes yeux.

— Je ne peux pas dormir sans toi, Lucy.

J'ai senti mes larmes prêtes à jaillir à nouveau.

— C'est un comble. Comment peux-tu dire ça ? Tu n'en as pas le droit.

— Mais c'est vrai. C'est pour ça que tu devrais venir en Irak.

— Parce que tu as du mal à dormir sans moi ?

J'ai retiré ma main.

— Je ne parlais pas littéralement. Je voulais dire que je t'aime. Je voulais dire que je suis désolé. Que je souhaite que tu viennes avec moi.

Tu ne comprenais pas.

Je me suis assise dans le lit et ai allumé la lampe de chevet. Sa lumière vive nous a fait plisser les yeux à tous deux. J'ai vu les stigmates du chagrin sur ton visage. Tu paraissais à vif, malheureux. Perdu. Comme à Faces & Names, le soir où nous avions renoué. Et il était là, mon grain de grenade, ce qui m'enchaîne à toi. Cette vulnérabilité qui me rend si difficile de te tourner le dos. Quand tu me laisses l'entrevoir, je me sens responsable. Car nous ne révélons notre vraie personnalité qu'à ceux qui comptent le plus pour nous. Je crois que c'est pour cette raison que notre relation a commencé si vite. Nous n'avions pas de défenses le 11 septembre, nous nous sommes révélés d'emblée l'un à l'autre. Et cela, on ne peut pas le reprendre. Mais cette nuit-là, cela ne suffisait plus. Il m'en fallait davantage de ta part. J'avais besoin que tu me comprennes, que tu sois honnête et que tu acceptes un compromis. J'avais besoin que tu t'engages. Sinon, cela ne valait plus la peine que je me batte.

J'ai tendu la main pour prendre la tienne.

— Je t'aime moi aussi, ai-je dit. Mais je ne peux pas t'accompagner. Tu le sais. Tes rêves sont là-bas, les miens sont ici.

— Tu avais raison tout à l'heure, as-tu dit d'une voix étranglée. Mieux vaut reprendre tout ça demain matin.

Je t'ai regardé marcher pieds nus dans l'appartement, t'allonger sur le canapé. J'ai éteint la lumière et songé à toutes les raisons qui s'opposaient à ce que je t'accompagne en Irak – et au seul argument pour, à savoir que je n'arrivais pas à imaginer la vie sans toi.

Quand je me suis réveillée avec un mal de tête lancinant, tu étais assis sur le canapé et tu m'observais. Dès que j'ai ouvert les yeux, tu m'as dit à mi-voix :

— Je sais que tu ne peux pas venir. Mais nous resterons en contact, je te le promets. Je te verrai quand je repasserai ici. Je t'aimerai toujours. (Ta voix s'est brisée sur ces mots.) Il faut que je parte. Quant au fait que j'étais prêt à te faire renoncer à tes rêves – c'est mon père tout craché, Lucy. Je crois… je crois que tu seras plus heureuse sans moi.

La tête me cognait. Les yeux me piquaient. Et je me suis vraiment écroulée à ce moment-là. Je ne pouvais maîtriser ni les sanglots, ni les tremblements, ni les râles qui sortaient de ma bouche et semblaient venir du fond des âges. Des expressions de douleur encodées dans notre ADN, bien plus anciennes que le langage. Tu partais pour de bon. Tu me quittais pour de bon. Je savais que cela arriverait, mais jamais je ne m'étais autorisée à imaginer ce que je ressentirais alors. Et j'avais l'impression de vivre un cauchemar. Comme si mon cœur était en verre soufflé, comme si quelqu'un l'avait jeté à terre et brisé en mille éclats avant de les écraser sous ses talons.

Cette invitation à t'accompagner avait une grande importance à mes yeux. Elle l'a toujours eue. Mais elle n'était ni réaliste, ni réfléchie. C'était une excuse tardive, une tentative pour réparer l'erreur que tu avais faite en m'excluant de toute cette affaire. Certes, une partie de moi-même s'est toujours demandé ce qui se serait passé si j'avais dit oui. Cela aurait-il changé nos vies, ou aurions-nous malgré tout fini ici, dans cette pièce trop crûment éclairée où je me trouve, souhaitant être à mille lieues de là, et en même temps ne jamais devoir partir ? Nous ne le saurons jamais.

Cette semaine-là, tu as fait tes bagages et tu es allé passer quelque temps avec ta mère avant de partir. Et je suis restée dans ce qui était autrefois notre appartement, à pleurer.

22

Nous n'avons jamais parlé de ce que nous avons éprouvé ensuite. Jamais je ne t'ai dit à quel point j'étais brisée : je regardais les vides qu'avaient laissés tes livres sur les étagères, sans me résoudre à les combler. Je ne pouvais plus manger de gaufres sans pleurer, ni porter le bracelet de bois que tu m'avais acheté à la brocante de Columbus Avenue. Nous étions tombés sur elle par hasard, et nous y avions passé l'après-midi à manger des paninis à la mozzarella et des crêpes, et à prétendre que nous avions besoin d'un nouveau tapis pour notre chalet imaginaire à la montagne.

Un soir, quinze jours après ton départ, j'ai pris sur l'étagère au-dessus de l'évier ton whisky préféré. Tu l'avais laissé, lui aussi. Je m'en suis versé un verre après l'autre, d'abord avec des glaçons, puis, quand le bac a été vide, j'ai bu sec. Il me brûlait les lèvres, mais j'avais l'impression de t'embrasser quand j'en buvais. Et il anesthésiait la douleur. Pour la première fois depuis ton départ, j'ai dormi d'une traite. Le lendemain matin, j'avais une gueule de bois horrible et j'ai appelé le bureau pour dire que j'étais malade.

La semaine d'après, j'ai recommencé. Et la semaine suivante. Je me forçais à aller travailler, j'apprenais à vivre avec la douleur.

Il y avait des magasins devant lesquels je n'arrivais pas à passer, des restaurants dans lesquels je ne pouvais pas manger. J'ai passé un mois à dormir par terre, parce que lorsque j'essayais de me coucher dans notre lit, ton absence m'assaillait. Le canapé était pire encore. Il me rappelait la nuit après les Emmys. J'ai donné la moitié de mes vêtements à la Croix-Rouge et j'ai jeté les posters que nous avions mis sur les murs.

Six semaines après ton départ, assise dans l'appartement à moitié vide, j'ai téléphoné à Kate.

— Je ne peux pas rester ici, ai-je dit.

— En effet, ce n'est pas une bonne idée. Viens habiter avec moi.

J'ai donc déblayé le reste de l'appartement et suis allée passer quinze jours chez elle. Elle m'a aidée à sous-louer le studio, et j'ai ensuite emménagé à Brooklyn. Je n'en pouvais plus. J'avais besoin d'un nouveau quartier, d'un nouveau départ. Et même à Brooklyn, il fallait que j'évite Bubby's, où nous étions allés pour le mariage de Kevin et Sara, et le Red Hook Lobster Pound, où nous avions fêté le jour de l'Indépendance. Tu étais partout. Nous n'avions été ensemble que quatorze mois, mais ces quatorze mois avaient changé mon univers.

Je t'ai envoyé un e-mail, tu te souviens ? Je ne te disais pas ce que j'éprouvais, ni que j'étais brisée.

Je vais partager une location avec Alexia dans les Hamptons[1] *pour les vacances ! Un truc de dernière minute, mais ça devrait être sympa,* écrivais-je d'un ton faussement enjoué. *Je viens de voir Ben Folds en concert à Central Park, tu aurais adoré. Comment ça se passe pour toi ?*

Après ça, j'ai attendu, attendu, attendu une réponse qui n'est jamais venue. Je repensais à ta promesse que nous resterions en contact. Que tu m'aimerais toujours. Chaque fois que je regardais mon courrier, je ressentais un mélange de colère et de chagrin, une déception telle que je n'en avais jamais éprouvé d'aussi cruelle. Je t'ai écrit des lettres. Des diatribes, en vérité. Mais je les ai toutes jetées avant de te les envoyer. Je craignais qu'en hurlant ma rage par-delà les continents, je ne te pousse à tirer un trait sur moi, et à ne plus jamais te manifester. Je ne croyais pas être capable de supporter cela.

Quand j'y songe aujourd'hui, je sais que toi aussi tu souffrais, que tu essayais de tourner la page et de trouver ta voie. Mon message de New York a dû te sembler venir d'une autre planète. Un concert à Central Park ? Les Hamptons ? Je me demande bien ce que tu as pu penser en le lisant. Mais à l'époque, je me suis demandé comment tu pouvais m'ignorer. Comment tu pouvais me faire danser, m'embrasser et me dire que

1. Les Hamptons sont une série de villages huppés entre Southampton et Montauk, soit une portion de 45 kilomètres de plages de sable au nord-est de Long Island, qui sert de villégiature aux New-Yorkais fortunés.

je te donnais l'impression d'être invincible, et puis disparaître.

Deux mois plus tard, j'ai reçu un e-mail de ta part. Le premier depuis que tu étais arrivé en Irak.

> *Content que tu ailles bien ! Ici, c'est la folie. Désolé de n'avoir pas écrit plus tôt. L'adaptation a été difficile, mais j'adore mon travail. Le reportage est fini, et on me garde ici encore quelque temps. J'espère que tu profites bien de New York !*

J'ai lu et relu cet e-mail une centaine de fois. Deux cents peut-être. J'en ai analysé chaque mot, chaque signe de ponctuation. J'ai cherché le sens caché, le moindre indice m'aidant à deviner ce que tu ressentais, ce que tu pensais, si je te manquais, ou si tu avais trouvé quelqu'un pour me remplacer.

Seulement voilà : il n'y avait pas de sous-texte, pas de message caché, pas de code secret. C'était juste une réponse rapide, envoyée à la hâte. J'avais attendu deux mois pour rien. J'ai créé un dossier Gmail intitulé « Désastre », et y ai rangé tous tes e-mails, à commencer par celui-là. Je n'ai pas répondu. Je savais que je ne pourrais pas supporter que tu m'ignores à nouveau.

23

Parfois, on me dit des choses dont je ne mesure l'importance que plus tard. Cela se produit souvent quand je discute avec mon frère et que nous avons une conversation plus sérieuse que *Ça va, toi ? Comment ça se passe au boulot ?*. Il m'arrive de mettre des années à comprendre ce qu'il essayait de me dire.

Quelques semaines après ton départ, Jason m'a appelée. Il avait vingt-huit ans à l'époque et sortait avec Vanessa depuis près d'un an. Ils s'étaient rencontrés au labo – elle travaillait dans la communication pour une compagnie pharmaceutique, et lui, il essayait de mettre au point un traitement ciblé pour le cancer dont je ne saisis pas encore très bien le principe.

— Salut, Lulu, a-t-il lancé quand j'ai décroché mon portable. Je-euh… je voulais prendre de tes nouvelles. Maman m'a dit que c'était un peu dur pour toi en ce moment.

Sa voix était si pleine de sollicitude que les larmes me sont montées d'emblée aux yeux.

— Oui, ai-je répondu. Il me manque tant, Jay. Je l'aime, et je le déteste, et c'est… c'est épouvantable.

Ma voix s'est brisée. Je ne remettais pas en question ma décision de ne pas t'accompagner, je me sentais sûre de moi sur ce point, mais j'avais repensé cent fois aux conversations que nous avions eues, à ce que j'aurais pu dire qui t'aurait convaincu de rester. Aurais-tu agi différemment avec une autre fille ? Kate disait que tu serais sans doute parti plus tôt. Je ne l'ai pas crue alors, mais maintenant, je me demande si elle n'avait pas raison.

— Oh, Lu, a repris Jason, je ne voulais pas te faire pleurer. Je voulais juste… enfin… je sais que nous n'avons jamais parlé de nos histoires, mais tu te souviens de la dernière rupture entre Jocelyn et moi ?

Je ne sais pas si je t'ai jamais parlé de Jocelyn. C'était la petite amie de Jason depuis la fac. Ils s'étaient rencontrés en deuxième année à Princeton et pendant cinq ans, ils avaient rompu et renoué, jusqu'à ce qu'elle décide d'aller faire médecine à Stanford, et après une brève tentative pour poursuivre la relation à distance, ils avaient finalement rompu de manière définitive. Je pense que leurs cinq ans ne peuvent pas se comparer à nos… Comment puis-je calculer la durée de notre relation aujourd'hui… Onze ans ? Treize ans ?

— Je me souviens, ai-je menti.

J'étais à la fac à l'époque, et tellement absorbée dans mon monde à moi que j'avais prêté assez peu d'attention à ce que vivait mon frère.

— D'après moi, si nous avons pu en finir, c'est parce que je me suis rendu compte que notre relation ressemblait à l'expérience de la gélatine. Je crois te l'avoir montrée au labo quand tu es venue me voir à la fac pendant ma première année. Tu mets du chlorure de potassium dans une éprouvette, et tu ajoutes de la gélatine ; alors ces deux éléments qui sont parfaitement stables chacun de leur côté explosent en présence de l'autre. Jocelyn et moi réagissions comme ça. Chaque fois que nous étions ensemble, il y avait explosion. C'était excitant et hors du commun en un sens, mais qui veut vivre au milieu d'explosions incessantes ?

— Hum, ai-je répondu en pensant à nous.

Nous ne passions pas notre temps à rompre et à nous réconcilier, mais notre relation était excitante et hors du commun. Nous étions mieux ensemble que chacun de notre côté.

— Bref, quand j'ai rencontré Vanessa, les choses ont été très différentes. Ça ressemblait plutôt à la réaction d'Old Nassau. Tu te souviens de celle-là ? On commence par trois solutions limpides, et on mélange les deux premières. Alors mettons que je sois ce mélange. Tu ajoutes le troisième liquide. Au début, rien ne se passe, puis graduellement, la solution devient orange à cause de l'iodate de potassium qu'elle contient, et un peu plus tard, elle change encore de couleur et devient noire, qui, comme tu le sais, est ma couleur favorite, parce qu'elle contient tous les pigments. Et la solution reste noire.

Il s'est interrompu. Je ne savais absolument pas comment réagir.

— En gros, ce que je veux dire, Lu, c'est que la relation s'est améliorée au fil du temps. Au lieu de l'explosion immédiate, on a eu une réaction oscillante. Tu comprends ?

Sur le moment, je n'ai pas compris, même si maintenant, c'est clair pour moi. Grâce à Darren. À cela près qu'il dirait plutôt que l'amour est comme le bon vin, dont les arômes changent et se bonifient avec le temps. Tout ce que j'ai répondu à Jason à l'époque, c'était :

— Mais je l'aime tellement, Jay.

— J'aimais Jocelyn, moi aussi. Et je continuerai sans doute à l'aimer un petit peu. Mais j'aime Vanessa, d'une autre manière. Ce que je voulais te dire, c'est qu'il y a de multiples façons d'aimer. Et je sais que tu aimeras un autre homme. Même si ce n'est pas pareil, cela pourra être par certains côtés encore mieux.

— Je n'en ai pas envie, ai-je chuchoté.

Je voulais n'aimer que toi. Et je ne pouvais même pas concevoir que je connaîtrais mieux que l'amour éprouvé pour toi.

Jason a gardé le silence un moment.

— Peut-être ai-je abordé le sujet trop tôt. Pardon. Je ne suis pas très doué pour ce genre de choses… Mais… peut-être qu'un jour, ce que je t'ai dit fera son chemin dans ton esprit et tu t'en souviendras quand tu en auras besoin.

— Oui, peut-être. Merci de m'avoir appelée.

— Je t'aime, Lucy. Comme l'hydrogène aime l'oxygène. Un genre d'amour totalement différent. Un genre… élémentaire.

Alors, j'ai éclaté de rire malgré mes larmes parce qu'il n'y avait que mon frère pour expliquer l'amour à partir du tableau périodique des éléments.

24

Alexia m'a traînée partout cet été-là. Dans des bars, à des concerts, des soirées, des projections de films. Tous les soirs, nous nous habillions pour sortir à Brooklyn, Manhattan, Southampton. Et au bout d'un nombre suffisant de martinis, j'oubliais un petit peu.

Kate m'a emmenée dans la maison de ses parents à Cape Cod pendant une semaine, laissant Tom à Manhattan. Elle m'a gâtée, m'a offert des séances de spa et m'a emmenée dans un salon de coiffure pour me faire faire une coupe de cheveux dernier cri qu'elle avait trouvée dans un magazine de mode français envoyé par sa sœur. C'est à ce moment-là que j'ai coupé ma natte et ai fait don de mes cheveux.

J'ai aussi passé beaucoup de soirées avec Julia, à manger des macaronis au gratin, ce dont tu avais horreur, et à regarder les films d'action les plus violents que nous pouvions trouver.

Mes amies ont été fantastiques, alors qu'à ce stade, elles te détestaient cordialement. Je ne sais pas si Kate et Alexia t'ont jamais pardonné de m'avoir quittée.

Julia, si, mais il lui a fallu du temps pour comprendre ce qui nous unissait – jusqu'à ton expo à la galerie.

Ma mère m'envoyait des textos toute la journée. Et par mail, des articles susceptibles de me faire réagir.

Jason est venu me voir et m'a invitée à un match de baseball, m'a payé des hot-dogs et a provoqué pour moi une explosion avec du Diet Coke et des Mentos.

Chacun s'est efforcé de me distraire par tous les moyens. Et j'ai fait ce que je pouvais pour me remettre de ton départ, mais en vérité la seule chose dont j'avais vraiment besoin, c'était de temps.

25

À la fin de l'été, une quinzaine de jours après avoir reçu ton e-mail et créé mon dossier « Désastre », j'ai rencontré Darren.

Ça t'ennuie que je parle de lui ? Je suis désolée si c'est le cas, mais il fait aussi partie de notre histoire. Même si ça te déplaît – même s'il te déplaît –, notre route ne serait pas la même sans lui.

C'était le dernier week-end de notre location partagée dans les Hamptons, celui de la fête du travail[1], et quand je me suis réveillée pour préparer le café, un type dormait sur le canapé au milieu du salon. Je ne l'avais jamais vu. Il n'était certainement pas là quand j'étais allée me coucher. Mais Sabrina, l'amie d'Alexia, ramenait souvent à la maison des groupes d'amis, et il n'était pas rare de les trouver endormis sur les divans, dans les fauteuils ou même par terre.

J'ai contourné le canapé sur la pointe des pieds et ai gagné la cuisine afin de préparer du café pour toute la maisonnée. Après ton départ, mon rythme de sommeil

1. Le 4 septembre aux États-Unis.

avait changé. Sitôt réveillée, même très tôt, même avec une gueule de bois, je me levais, car rester au lit sans toi était un exercice très pénible. Alors j'étais la préposée au café.

La maison était toujours pleine, et je m'efforçais de ne pas trop avoir l'air de tomber du lit. Ce matin-là, j'avais passé un maillot – mon préféré, un bikini bandeau rouge – et un short en jean effrangé. J'avais noué un bandana sur mes cheveux, laissant ma frange balayée de côté retomber sur mon œil gauche. Après tous ces week-ends dans les Hamptons, j'étais bronzée et les trajets à vélo à la plage m'avaient musclée plus que je ne l'aurais cru. L'image que me renvoyait le miroir me plaisait. Il fallait que je me force à m'abstenir de me demander ce que tu penserais si tu me voyais – si je te plairais aussi.

Lorsque le café a commencé à passer dans la machine, Darren s'était réveillé. Il est arrivé dans la cuisine et m'a saluée avec la pire accroche de drague que j'aie jamais entendue. Ou peut-être n'en était-ce pas une. Il n'a jamais voulu trancher là-dessus. En tout cas, c'était une phrase ridicule que tu n'aurais jamais prononcée.

— Est-ce que je suis mort et arrivé au paradis du café ? a-t-il demandé. Parce que tu ressembles à un ange du café.

Ça m'a quand même fait sourire.

Ses cheveux raides comme des baguettes étaient tous plaqués du même côté, là où ils avaient été coincés contre le bras du canapé. Il portait un caleçon et un T-shirt où était écrit *New Jersey : Seuls les forts survivent*. Je n'ai pas pu m'empêcher de me demander où étaient passés ses autres vêtements.

Je lui ai donné la première tasse de café et il en a bu une gorgée.

— Je ne suis pas un ange. Promis. Je m'appelle Lucy.

Il m'a tendu la main.

— Darren. Sublime, ce café.

— Je l'ai moulu hier. Il vient de cette boutique équitable en ville.

Il a bu une seconde gorgée.

— Il en a, du pot, le petit copain. Sortir avec une fille qui fait un café pareil !

Je n'ai pas pu empêcher les larmes de me piquer les paupières.

— Pas de petit copain.

— Ah bon ? a-t-il dit en continuant à boire, les yeux fixés sur moi par-dessus la tasse.

Je l'ai alors comparé à toi. Cheveux raides contre boucles. Carrure baraquée, taille moyenne contre longue silhouette maigre. Yeux bruns contre yeux bleus. Je savais qu'il avait envie de me draguer, mais j'étais incapable d'entrer dans le jeu.

— Je vais préparer mes affaires pour la plage, ai-je dit. Si tu pars avant que je sois ressortie, c'était sympa de te rencontrer.

Il a hoché la tête et levé sa tasse.

— Merci pour le café, Lucy.

26

Il est parti avant que je ne ressorte. Ou plus exactement, je n'ai quitté ma chambre que quand je l'ai entendu s'en aller avec son ami. Mais Sabrina avait dû lui donner mes coordonnées parce que le lendemain, j'ai reçu une invitation sur Friendster, et un message me demandant l'adresse de la boutique de café équitable.

Nous avons échangé quelques messages badins, et il m'a conviée à une dégustation de café et chocolat dont il avait entendu parler, qui se tiendrait à Park Slope un dimanche après-midi. L'heure n'était pas compromettante, cela ne ressemblait pas à un rendez-vous galant et comme je n'avais rien de mieux à faire, j'y suis allée.

Je mentirais si je disais que je n'ai pas du tout pensé à toi. J'y ai beaucoup pensé. Mais entre-temps, il y a eu des moments où je me suis amusée. Où j'ai plaisanté. Où j'ai presque vu le café sortir par les narines de Darren, tant il s'esclaffait en entendant les descriptions pendant la dégustation. Je n'avais pas ri autant depuis des mois. Enfin, je parle des moments où j'étais à jeun.

Aussi, quand il m'a invitée à dîner une semaine après, j'ai accepté. Il n'était pas toi, mais il était intelligent, il était beau, il me faisait rire… il me désirait. Et l'espace d'un instant, il m'avait permis de t'oublier.

27

Darren a insisté pour passer me prendre chez moi. Il avait mis un costume et s'était coiffé en arrière, se dégageant le visage. Je ne m'étais pas changée après le travail, et portais une robe d'été neuve en seersucker jaune et blanc, avec des sandales. Une tenue beaucoup moins habillée que la sienne.

Il a dû remarquer mon embarras, car il a aussitôt expliqué :

— Uniforme de banquier. Je n'ai pas eu le temps de repasser chez moi.

— Ça te va très bien.

Et je me suis rendu compte que c'était vrai. Il avait les épaules plus larges que la taille, et le costume, parfaitement coupé, mettait sa silhouette en valeur.

J'ai failli lui proposer de me changer pour être plus chic, mais il m'a devancée :

— Et toi, tu es canon avec cette robe. Je suis sûr que si nous faisions voter des gens totalement objectifs sur le facteur charme de nos tenues respectives, tu gagnerais.

Je n'ai pas pu m'empêcher de rire.

— « Le facteur charme de nos tenues respectives » ? ai-je répété.

— C'est le terme technique.

Il n'était pas toi. Il était totalement autre. Pour commencer, il était plus âgé : vingt-neuf ans. Plus posé, plus stable. Solide, disait Julia. Et le seul à avoir réussi à me faire rire depuis que tu étais parti. Ce n'était pas rien.

Quand il m'a présenté son bras, me disant « Mademoiselle ? », j'ai passé le mien dessous et ai fermé la porte de mon appartement derrière moi. Je me faisais un plaisir d'aller dîner avec lui.

28

Après le dîner ce soir-là, Darren m'a dit qu'il me raccompagnerait chez moi à pied car c'était la moindre des courtoisies. Il a même marché côté rue pour me protéger au cas où une voiture passerait à toute allure et m'éclabousserait en roulant sur une flaque. Ainsi, ce serait lui qui se ferait tremper, m'a-t-il expliqué.

— Je vois. Et nous autres femmes ? Qu'est-ce que nous sommes censées faire ?

— Rien que vous ne fassiez déjà.

Cela m'a amusée. Il a toussoté.

— Tu sais, j'ai été guide à Penn[1] et je suis qualifié pour accompagner des visites guidées à Prospect Heights[2].

— Ah, vraiment, ai-je répondu, ne sachant trop s'il plaisantait.

Il s'est mis à parler avec un accent snob. On aurait cru un membre des familles Schermerhorn, Havermeyer ou Hartley, qui avaient donné leur nom aux bâtiments de certains campus.

---

1. Université de Pennsylvanie, à Philadelphie.
2. Quartier de Brooklyn où sont situés de nombreux musées.

Quand nous étions étudiants, je m'étais toujours posé des questions sur eux. Je les imaginais habitant d'immenses demeures dans des endroits comme Armonk, et passant l'été à Martha's Vineyard. Dans mon fantasme, je voyais M. Schermerhorn avec un bronzage permanent, un menton fuyant, et ce pantalon rouge que tout le monde affectionne à Nantucket ; j'imaginais Mme Havermeyer, en femme qui ne sortait jamais sans un diamant de trois carats à chaque oreille ; ses trois enfants élevés par trois nurses différentes qui leur façonnaient des personnalités distinctes ; curieusement, je la supposais obsédée par le chiffre trois. Quant aux Hartley, je leur attribuais un goût pour les chiens d'exposition. Des Corgis, comme la reine d'Angleterre.

Je suppose que je pourrais trouver des informations sur eux en ligne à présent, mais cela détruirait les histoires que je me racontais dans ma tête. Des histoires auxquelles je n'ai plus repensé depuis des années.

Bref, Darren s'est tourné vers moi pour débiter de son ton le plus affecté :

— Cette grande maison en grès rouge est le domicile d'Ashton Cranston Wellington Leeds le quatrième, de la famille des Leeds de Kensington. Le côté le plus aristocratique de la famille. Tout le monde sait que les Leeds de Glasgow sont des joueurs compulsifs et des escrocs. Des voleurs de chevaux de surcroît. Ils mangent leur soupe avec des cuillères à dessert et leur dessert avec des fourchettes de table. Vous vous rendez compte ! Il est question de mettre un trait d'union entre Kensington et Leeds pour le nom de famille. Afin de lever les ambiguïtés, comprenez-vous.

Je me suis étouffée de rire, et il a continué sur le même ton :

— J'ai entendu dire que c'était la raison pour laquelle Julia Louis-Dreyfus a mis un trait d'union entre ses deux noms. Les autres Dreyfus sont épouvantables. Même chose pour Ama-Zone. Les autres Zone ? On oublie. Il faut absolument lever les ambiguïtés.

Nous avons tourné le coin de rue menant à mon appartement et nous nous sommes arrêtés devant l'immeuble. Le rire s'est figé dans ma gorge quand j'ai remarqué son regard. Il allait m'embrasser. La panique m'a étreint la poitrine.

Je n'avais embrassé personne depuis ton départ.

Je n'avais eu envie d'embrasser personne depuis ton départ.

— Je..., ai-je commencé, sans trop savoir comment enchaîner.

Darren a dû s'apercevoir de ma gêne, car au lieu de viser mes lèvres, il s'est penché en avant et a posé un baiser sur mon front.

— Merci pour cette soirée réussie, a-t-il dit. À refaire.

J'ai souri et hoché la tête.

— Je t'appelle, a-t-il ajouté.

— Bonne idée, ai-je répondu, soulagée.

J'admets que je m'étais bien amusée avec lui. Et mieux valait passer du temps en sa compagnie que picoler avec Alexia. Quand il s'est éloigné, je me suis rendu compte que j'étais déçue de le voir partir. Mon univers semblait un peu plus brillant quand il le partageait, et ça me plaisait. Beaucoup.

Puis je suis rentrée et me suis mise à penser à toi.

29

Le lendemain, j'ai appelé Alexia et lui ai demandé :

— Qu'est-ce que tu as dit à Darren sur moi ?

— Moi ? Rien.

J'ai soupiré. J'avais repensé au baiser sur le front toute la matinée et en avais conclu que quelqu'un avait dû le prévenir, lui conseiller de ne pas aller trop vite.

— Pas toi, d'accord. Alors Sabrina ? Qu'est-ce qu'elle lui a raconté ?

Alexia a pris une grande inspiration. Je l'imaginais à l'autre bout du téléphone en train de se passer la main dans les cheveux.

Je ne l'avais pas vue depuis un an, depuis mon dernier voyage à L.A. Elle faisait partie intégrante de mon monde à l'époque et maintenant… c'est fini. Ce qui est un peu triste, c'est qu'elle ne me manque pas. Ma foi, les gens changent, les vies changent. Toi et moi le savons mieux que personne.

— Elle lui a expliqué que tu venais juste de sortir d'une relation sérieuse, et qu'il lui fallait être patient. Ne pas te brusquer.

Cela m'a hérissée, même si Sabrina avait probablement eu raison de lui donner toutes ces informations.

— Et comment a-t-il réagi ?

— Il a dit que non seulement il ne te brusquerait pas, mais qu'il essaierait de t'aider à t'en remettre.

J'ai appuyé ma tête sur le dossier de mon canapé.

— Eh bien, il ne manque pas de culot. C'est quoi, son truc ? Le complexe du sauveur ? Il a besoin d'être un héros ?

— C'est un gentil, m'a dit Alexia. Ses amis sont de gros nuls, mais lui, c'est un mec bien. Non que Gabe n'en ait pas été un aussi, mais… ce que je veux dire, Lu, c'est… donne-lui sa chance.

J'ai senti les larmes me monter aux yeux à la simple mention de ton nom. Il fallait que ça cesse, mais j'ignorais comment faire.

— Je ne sais pas si je pourrai, ai-je dit en m'essuyant le nez d'un revers de main.

— Un homme chasse l'autre, a poursuivi Alexia. Et crois-moi, je sais de quoi je parle.

J'ai laissé échapper un petit bruit entre rire et sanglot.

— Sérieux, ne l'élimine pas d'emblée. Au pire, avec lui tu verras qu'il existe des gens intelligents et sympas qui trouvent que tu es une fille extra.

J'ai opiné au bout du fil.

— D'accord, je lui donnerai sa chance.

— Je ne t'en demande pas plus. Sauf peut-être me dire ce qu'on fait vendredi soir. Tu sais, ce type sexy que j'ai rencontré dans le métro ? Il joue dans un spectacle d'art vivant à Lower East Side. Tu peux m'accompagner ?

— C'est le mec aux cheveux verts ?

— Berk, non. Je ne t'ai pas dit ? Il s'est curé le nez pendant le dîner. Terminé. Celui-ci, c'est le barbu avec les lunettes à la Buddy Holly.

— Je vois. Ça marche, ai-je dit.

En réalité, je n'avais pas vraiment envie d'aller voir un spectacle d'art vivant avec un barjo qu'Alexia avait rencontré dans le métro. Mais ça valait toujours mieux que de me ravager en pensant à toi.

30

Darren n'a pas essayé de m'embrasser à nouveau. Ni la fois suivante où nous sommes ressortis, ni la fois d'après, ni celle d'après non plus. Cela nous a amenés à fin octobre.

— Tu veux m'accompagner à une soirée d'Halloween ce week-end ? a-t-il proposé quand il m'a appelée quelques jours après notre dernière sortie. Je te promets qu'on s'amusera.

En fait, avec Darren, on s'amusait toujours. Les rapports avec lui étaient faciles. Détendus et reposants. Confortables. Et je m'apercevais que j'attendais avec de plus en plus de plaisir ces moments passés en sa compagnie. Et que je pensais de moins en moins à toi. Ce qui était une bonne chose, parce que je n'avais plus de nouvelles – et je n'avais pas essayé de te contacter. Je me sentais plus équilibrée quand je n'espérais pas de message de toi. Tu n'étais pas complètement sorti de ma vie, cependant. De temps à autre, je voyais tes photos publiées dans le *New York Times*, et ton nom me sautait à la figure quand je prenais le métro. Chaque fois que cela se produisait, mon cœur s'accélérait et je me sentais mal, déstabilisée pour le reste de la journée. Darren ne me faisait jamais cet effet-là.

— Une soirée Halloween ? ai-je répondu. D'accord, ça peut être sympa. On aura besoin de se déguiser ?

— Elle demande si on aura besoin de se déguiser ! s'est-il exclamé comme s'il prenait un tiers à témoin. Bien sûr que oui, a-t-il poursuivi. Je pensais au *Prisonnier d'Azkaban*, on pourrait être Harry Potter et Hermione ? Ou, dans un autre style, Spiderman et MJ ?

Je n'ai pas pu m'empêcher de penser, l'espace d'un instant, que tu n'aurais jamais, au grand jamais, envisagé ces deux costumes. L'année d'avant, nous étions allés à une soirée en prise mâle et prise femelle, tu te souviens ? C'était davantage ton style. Notre style, en fait.

— Alors comme ça, tu penses culture pop ? ai-je demandé.

— Ma foi, je peux te faire un aveu ?

Mon cœur s'est serré. Qu'est-ce qui allait bien pouvoir suivre ? Je regrettais déjà de ne pas l'avoir embrassé, de ne pas avoir été plus coopérative.

— Je séchais complètement, alors j'ai tapé « costumes pour Halloween » sur Internet. Si tu as des idées plus originales, je tends l'oreille. Je tends même les deux oreilles, le nez, la bouche et tout le reste aussi.

Je me suis mise à rire, soulagée.

— Tout le reste aussi ? Tiens donc ! ai-je répliqué.

Silence au bout du fil. Je l'imaginais interloqué, rougissant un peu. Je me rendais compte pour la première fois que j'avais envie de le provoquer. Ça m'amusait.

— Je n'ai pas voulu…, a-t-il dit.

— Et si je venais en robe hyper moulante ? Ce sera très freudien.

— Freudien ?

— Une robe « Sur-moi », quoi ! Et toi, tu viendrais en Dr Freud en personne. Je te trouverai un cigare.

Il s'est esclaffé.

— Super ! Adieu, Spiderman et MJ !

— À quelle heure est la soirée ?

— Elle commence à vingt et une heures chez Gavin et Arjit. Tu te souviens d'Arjit ? Il est venu dans les Hamptons.

— Je ne crois pas, non.

— Tu les rencontreras tous les deux à la soirée, alors. Si je venais à huit heures avec une pizza ? Je n'ai aucune idée de ce qu'ils ont prévu à manger, alors il est plus prudent de ne pas arriver l'estomac vide.

— Bonne idée. Je vais bien trouver une robe moulante quelque part.

— Et pour le cigare ? Je dois en avoir un qui fera l'affaire.

— Prétentieux !

J'ai senti que je l'avais désarçonné à nouveau.

— Je ne voulais pas…

— À samedi, Darren.

Le samedi soir, Darren s'est présenté chez moi avec une fausse barbe blanche, des lunettes, un costume trois-pièces gris et une cravate à rayures discrètes. Il avait une boîte à pizza dans une main et une paire de gants blancs dans l'autre.

— Est-ce que je suis assez freudien ? a-t-il demandé.

— Très convaincant. Et qu'est-ce que tu penses de moi en sur-moi ?

J'avais lâché mes cheveux, et choisi une robe très moulante, au genou, avec le mot « Sur-moi » écrit au marqueur rouge. J'avais hésité sur les chaussures et opté pour des ballerines. Darren sourit sous sa fausse barbe.

— Tu es parfaite.

Ce soir-là, quelque chose a changé entre nous. Au lieu de me présenter son bras avec une galanterie surjouée, il m'a pris la main pendant que nous faisions à pied le trajet jusqu'à chez ses amis. Nous nous sommes rapidement fait embrigader dans une partie de *flip cup*, puis une autre et une autre encore, dont il est ressorti éméché et moi, un stade au-dessus.

Pendant toute la soirée, il ne m'a pas quittée des yeux, comme s'il s'assurait que tout allait bien pour moi, et que j'étais toujours là. Je me suis souvenue des soirées où je faisais pareil avec toi. C'était agréable, cette inversion des rôles.

Quand la fête a commencé à s'essouffler, il s'est approché de moi. J'étais en train de bavarder avec d'autres filles.

— Je commence à être un peu fatigué, a-t-il dit.

— Moi aussi, ai-je répondu en me tournant vers lui. On y va ?

— Je vais chercher nos manteaux et je te retrouve à la porte.

J'ai pris congé des filles et suis allée rejoindre Darren qui parlait avec Gavin. On me l'avait désigné pendant la soirée, mais nous n'avions pas été présentés.

— Voilà Lucy, a dit Darren quand je me suis approchée.

— Alors c'est toi, la poupée de cire ? s'est exclamé Gavin.

— La quoi ?

J'ai vu Darren jeter un regard sévère à Gavin.

— Tu es si belle, s'est-il hâté de dire. Ma poupée adorée.

— Merci, ai-je répondu en souriant.

Je savais que j'avais raté une allusion, mais tant pis. En quittant cette soirée d'Halloween, j'avais l'impression d'être très aimée. Et heureuse. Et tout émue que Darren me prenne la main quand nous sommes sortis dans la nuit froide et sèche d'automne.

— Je te raccompagne ? a-t-il proposé.

— D'accord.

Mon regard s'est attardé sur ses lèvres, ou ce que la barbe freudienne en laissait voir. S'il avait essayé de m'embrasser trois semaines auparavant, j'aurais mal réagi. Peut-être même ne l'aurais-je jamais revu. Mais à présent, j'en avais envie, de ce baiser. Et de lui. Il n'était pas toi, il ne serait jamais toi, mais il était charmant, gentil, drôle, intelligent et attachant. Il y avait quelque chose de merveilleux dans tout cela.

Une fois arrivés devant ma porte, nous nous sommes arrêtés, face à face. Il avait ôté sa fausse barbe et mes yeux se sont posés sur ses lèvres.

— Lucy, a-t-il dit, je ne voudrais pas aller trop vite, mais j'ai envie…

— … de t'embrasser, ai-je conclu.

Il a levé les sourcils.

— Tu as envie de m'embrasser, ai-je répété. Eh bien, qu'est-ce que tu attends ?

Il s'est penché et nos lèvres se sont rencontrées, douces et chaudes dans l'air de la nuit. Nos corps se sont serrés l'un contre l'autre. J'ai senti cette eau de toilette de Kenneth Cole que la moitié de mes collègues s'étaient mis à porter cette année-là.

Il ne sentait pas comme toi. Il n'avait pas le même goût que toi. J'ai refoulé les larmes qui me montaient aux yeux.

Je me suis demandé si je devais l'inviter à entrer, si c'était la chose à faire. Je n'en avais pas vraiment envie, mais je ne voulais pas lui donner l'impression qu'il me laissait indifférente. Avant que j'aie eu le temps de me décider, il a repris :

— Je vais rentrer… C'était une soirée très réussie. Tu es libre jeudi ?

— Oui, ai-je répondu avec un sourire.

Il s'est penché et m'a embrassée encore une fois.

— Je t'appelle, a-t-il dit en s'éloignant tandis que j'ouvrais ma porte.

Pour la première fois depuis ton départ, j'ai rêvé de quelqu'un d'autre.

31

C'est drôle de faire la même expérience avec différentes personnes. On voit comment elles réagissent, comment elles répondent à vos attentes ou les détournent. C'est arrivé à maintes reprises avec Darren. J'avais cru que tu étais la norme masculine, que tu agissais comme tous les hommes. Mais en réalité, il n'y a pas de norme.

La première fois que Darren et moi sommes allés courir ensemble, c'était après sa seconde nuit passée dans mon appartement. Il était venu directement de son travail avec un sac de sport qu'il n'avait pas eu l'occasion d'utiliser à son club. Il m'a dit qu'il avait eu l'intention d'y aller avant de bosser, mais qu'il y avait eu un retard dans le métro. Je l'ai cru. Pourtant ce matin-là, tandis que nous courions, il a reconnu la vérité : il avait apporté ce sac parce qu'il espérait que je l'inviterais à rester. Ainsi, il aurait d'autres vêtements que son costume de travail.

— Et si je ne t'avais pas dit de rester ?

— Alors j'aurais remporté mon sac de sport chez moi et je me serais consolé avec des bretzels trempés dans du beurre de cacahuète.

— Des bretzels trempés dans du beurre de cacahuète ? Euh…

— Un régal. Je te jure. Quand on aura fini ce jogging, on pourra en acheter.

Darren court plus vite que moi, mais il n'en a pas fait toute une affaire. Il a attendu que je trouve mon rythme, et il s'est calé sur le mien pour rester à ma hauteur. Ainsi, nous pouvions parler sans problème. C'était une surprise agréable. As-tu remarqué que j'allais rarement courir avec toi ? Nous n'en avons jamais parlé. Nous aurions peut-être dû. Quand nous faisions un jogging, j'avais toujours le sentiment que je te freinais alors que tu avais envie de t'envoler.

J'ai commencé à ralentir l'allure.

— Ça va ? a demandé Darren.

J'ai hoché la tête, et rassemblé mes forces.

— Je peux tenir le rythme encore un peu.

— Tu n'es pas obligée, a-t-il répondu en se mettant à marcher.

— Tu peux continuer, ai-je dit en ralentissant aussi. Suis ton programme.

C'était ce que tu faisais quand je déclarais forfait.

Il a secoué la tête.

— Je préfère marcher avec toi que courir tout seul. Et tu sais, marcher est un excellent exercice aussi. On brûle exactement le même nombre de calories au kilomètre. Ça prend juste plus de temps.

Je lui ai lancé un regard en coin. Je me demandais s'il était sincère. Il en avait l'air.

— Oui, mais tu ne fais pas travailler ton cœur.

— Non, mais je passe du temps avec toi, a-t-il dit en haussant les épaules.

J'ai fait l'amour avec lui pour la première fois cet après-midi-là. Une expérience différente d'avec toi, aussi. Pas pire, juste différente. Il était plus lent, plein d'égards, et vérifiait si j'aimais ce qu'il faisait, si je désirais autre chose. Au début, j'ai trouvé ça un peu bizarre, mais j'ai fini par m'y habituer et je me suis mise à lui donner des directives, ce qui ne s'était jamais produit avec toi.

— Mets mes jambes sur tes épaules.

Il a obéi, m'a pénétrée encore plus profondément, et a soupiré d'aise en accélérant son rythme. Je le sentais accéder au point secret qui me provoquerait un orgasme.

— Si tu continues, je vais jouir, ai-je dit.

— Moi aussi. On jouira ensemble.

J'ai ouvert les yeux et vu les siens qui me regardaient. S'ils étaient bruns en temps normal, ils paraissaient presque noirs en cet instant.

Ma respiration s'est accélérée, la sienne aussi. Nous étions l'un et l'autre tout près de l'explosion mais nous nous attendions.

— Maintenant ? a-t-il demandé.

— Oui.

Et nous avons tous deux lâché prise. J'ai senti mes yeux se mouiller quand j'ai joui et les larmes ont coulé jusque dans mes oreilles.

— Tu vas bien ? a-t-il demandé après avoir ôté le préservatif et en se retournant vers moi sur le lit.

— Mieux que bien. Je vais super.

— Moi aussi. Je plane.

Il m'a entourée de ses bras et nous sommes restés ainsi un moment, dans un silence à peine troublé par notre souffle.

Alors j'ai pensé à toi quelques instants. À tout ce qui était différent avec Darren. Mais je ne me suis pas effondrée. Je n'ai pas craqué.

Peut-être est-ce vrai qu'un homme chasse l'autre – ou peut-être Darren m'aidait-il à me remettre sur pied, pour de bon.

32

Il est toujours révélateur d'observer les couples non mariés aux mariages des autres. Il y a ceux qui multiplient les gestes tendres, qui s'enlacent quand leurs amis prononcent leurs vœux. Et ceux qui regardent droit devant eux pendant la cérémonie, sans prêter la moindre attention à leur compagnon ou compagne, et qui se soûlent copieusement sur la piste de danse. On dirait qu'ils s'amusent, mais je crois qu'au fond, ils doivent être malheureux. Parfois les mariages sont une épreuve quand on ne sait pas très bien soi-même où on en est de sa relation.

Darren et moi n'étions pas ensemble depuis très longtemps quand j'ai reçu par mail l'invitation au mariage de Jason et de Vanessa. Jay m'avait dit que je pouvais venir seule ou accompagnée, comme je préférais. Avec un garçon, ou une de mes amies, ce qui me ferait le plus plaisir.

J'en ai discuté pendant des heures avec Kate. Elle m'a proposé de venir, bien entendu. Toutefois je renâclais à l'idée d'assister au mariage de mon frère avec ma meilleure amie d'enfance : j'imaginais les regards de pitié des amis de mes parents, et je n'avais pas envie de les subir.

J'ai envisagé d'y aller seule, mais je n'étais pas sûre de pouvoir surmonter cette épreuve toute la soirée sans personne à mes côtés. Si nous étions séparés depuis sept mois à ce stade, je ne pouvais toujours pas parler de toi sans que ma voix se brise, et j'évitais encore de manger des gaufres.

— Emmène Darren, répétait Kate.

J'hésitais.

— Ça ne fait que trois mois. Je me demande combien de temps ça va durer.

— Que trois mois, a-t-elle répété en me singeant. Combien de temps es-tu sortie avec Gabe avant que vous emménagiez ensemble ?

— Ça n'a rien à voir. Nous nous étions rencontrés bien avant.

Et nous nous aimions comme des fous, ai-je complété en silence. Darren était génial, mais ce n'était pas la même chose.

— Hum, a-t-elle dit, avec le ton d'une tante vieux jeu. Tu t'amuses avec Darren ?

— Oui.

— Est-ce que tu crois que tu t'amuserais au mariage de ton frère si tu étais avec lui ?

J'ai réfléchi.

— Oui, je crois.

— OK. Invite-le. Affaire réglée.

J'ai encore attendu un mois jusqu'au jour où mon frère et Vanessa avaient besoin du nombre exact d'invités pour la réception. Alors, je lui ai demandé s'il voulait venir.

— Tu es sérieuse ? Au mariage de ton frère ?

J'ai senti mon visage s'enflammer. J'étais toujours partie du principe qu'il voudrait y assister.

— Tu n'en as pas envie ? ai-je dit.

— Non, ce n'est pas ça du tout. J'en ai très envie au contraire. Oui, j'adorerais aller au mariage de ton frère. Merci de m'inviter.

Là-dessus, il m'a adressé son sourire le plus radieux, un croissant parfait.

— Tant mieux. Je crois qu'on passera un très bon moment.

Il a tapoté ses lèvres d'un doigt.

— Tu as dit dans un mois, c'est ça ?

J'ai hoché la tête.

— Je sais que c'est ridicule, mais je crois que c'est un signe.

— Un signe de quoi ?

Il a plongé la main dans sa serviette et en a sorti un prospectus bariolé.

— Regarde ça. On me l'a distribué à l'entrée du métro près de mon bureau et quelque chose m'a retenu de jeter le papier. La main de la providence, sans doute.

C'était un bon de réduction de cinquante pour cent pour quatre semaines de cours de danse en couple. *Apprenez à danser le fox-trot, le cha-cha-cha, le tango et le rock !*

Je me suis mise à rire.

— Tu veux vraiment apprendre à danser ? lui ai-je demandé.

Jamais au grand jamais tu n'aurais suggéré une chose pareille.

— Pour être honnête, je ne suis pas un danseur émérite, mais je crois que ça pourrait être très marrant. Et cinquante pour cent de réduction ! Qui peut laisser passer une occasion pareille ?

Il a haussé les épaules, et sa façon de les remonter jusqu'à ses oreilles m'a attendrie. Je l'ai embrassé. Puis j'ai glissé un bras autour de ses épaules et ai appuyé ma tête contre la sienne. C'était si bon.

Après quatre semaines d'initiation, nous n'étions guère meilleurs danseurs qu'au départ. Si nous étions sans doute les deux plus mauvais élèves du cours, nous étions aussi ceux qui s'amusaient le plus. Nous éclations de rire si souvent que le professeur passait son temps à nous demander de la mettre en sourdine, et pendant la leçon de tango, elle a même menacé de nous exclure.

Au mariage, j'étais dans la rangée des demoiselles d'honneur et j'ai gardé un œil sur Darren pendant la cérémonie. Ses yeux allaient et venaient entre son programme et moi, et de temps en temps, il regardait Jason et Vanessa.

Dès le début de la réception, il m'a entraînée sur la piste de danse et nous nous sommes essayés au fox-trot, au tango et au cha-cha-cha, nous marchant sur les pieds et riant. En plein milieu du cha-cha-cha, mon talon s'est pris dans ma robe et j'ai basculé en avant, retenue par les bras de Darren.

— Ben dis donc, tu as un certain style dans le plongeon.

Lorsqu'il m'a aidée à me relever, il s'est agenouillé et a dégagé mon talon du tissu de ma jupe.

— Merci, ai-je dit en remontant celle-ci d'une main pour ne plus me prendre les pieds dedans.

— Tout le plaisir était pour moi, madame la marquise, a-t-il dit, et un gloussement involontaire m'a échappé.

L'oncle Jack, qui prenait des photos à côté de nous avec l'un des appareils jetables que Vanessa avait disposés dans la salle, a lancé :

— Alors, c'est vous les suivants ?

Je me suis sentie rougir et j'ai jeté un regard vers Darren, espérant qu'entendre ce genre de réflexion au bout d'à peine cinq mois n'allait pas le mettre dans ses petits souliers. Parce que moi, cela me faisait complètement flipper. Il s'est contenté de sourire et de répondre : « Si j'ai de la chance. »

J'ai essayé de maîtriser mon cœur paniqué. Je n'étais pas encore prête à songer à l'avenir. Mais je ne pouvais m'empêcher de penser que la femme qui finirait avec Darren aurait de la chance. Pourtant, je n'étais pas sûre de vouloir être cette femme-là.

33

La fête de la Saint-Valentin m'a toujours semblé bizarre. Même à l'école primaire, quand on nous demandait d'écrire des cartes pour chaque élève et de les mettre dans une des boîtes aux lettres en papier en forme de cœur que nous avions fabriquées avec de la colle et des agrafes. J'avais peine à décider quelle carte des Peanuts j'allais donner à chacun de mes camarades : celle de Snoopy ou de Charlie Brown ; ou ma préférée, celle de Lucy, puisque nous avions le même prénom mais aussi, à l'époque, la même coiffure. Seuls mes amis les plus proches avaient droit à la carte de Lucy.

Quand j'ai atteint l'âge adulte, ce jour était devenu une fête au même titre que le réveillon du 31 décembre ou le jour de l'Indépendance : une célébration qui promettait tant d'être exceptionnelle qu'à force d'en attendre monts et merveilles, on était fatalement déçu, quoi qu'on fasse. On se retrouvait dans un bar bondé, ou couchée sur une couverture à regarder un ciel nuageux et à se demander *Pourquoi est-ce que je ne m'amuse pas plus que ça ?*

Le premier soir de la Saint-Valentin après la fac, un mois avant nos retrouvailles, je suis sortie avec Alexia, Julia et Sabrina et nous nous sommes bêtement soûlées aux martinis-pomme et aux cosmopolitans. Julia n'a émergé du lit qu'à deux heures de l'après-midi et Alexia nous a envoyé des messages chaque fois qu'elle vomissait, ce qui d'après mes souvenirs a bien dû arriver six fois ce jour-là. J'ai juste eu mal à la tête durant onze heures non-stop. Sabrina, en grande habituée, n'a pas été affectée.

Et puis il y a eu tes célébrations épiques. La Saint-Valentin que nous avons passée ensemble a été mémorable, une fête comme toi seul pouvais en avoir l'idée. Quand je suis rentrée à la maison, tu avais découpé des photos de nous deux en forme de petites étoiles et tu les avais collées au plafond.

— « Et il rendra la face du ciel si splendide / que tout l'univers sera amoureux de la nuit / et refusera son culte à l'aveuglant soleil[1] », ai-je cité.

— Mon Dieu, que je t'aime ! t'es-tu exclamé en me prenant dans tes bras.

— Et moi tout autant !

Tu avais poussé les meubles et dégagé l'espace pour étendre une grande couverture de pique-nique au milieu du studio. Une assiette de sandwichs grillés au fromage à la truffe était posée dans un coin ; une bouteille de champagne rafraîchissait avec des glaçons dans une petite poubelle dans un autre. Quand j'ai ôté mon manteau, tu as lancé le CD d'un album des sonnets de Shakespeare mis en musique.

1. Shakespeare, *Roméo et Juliette*, Acte III, scène II, v. 24-26.

J'ai accroché mon manteau dans le placard et me suis exclamée : « Waouh, Gabe ! »

Tout ce que tu avais préparé m'époustouflait, au point que je m'en sentais un peu indigne. Moi, je n'avais rien fait d'analogue pour cette Saint-Valentin.

— Je me suis dit qu'il ferait trop froid pour un pique-nique sous les étoiles, alors j'ai amené les étoiles à nous. Celles de Shakespeare.

Je t'ai embrassé fougueusement, puis j'ai ôté mes talons et me suis assise avec toi sur la couverture.

— Je n'ai pas eu de meilleure idée pour nous célébrer. Tu as faim ? as-tu demandé en prenant un triangle de fromage grillé.

J'ai hoché la tête et tu as tenu le sandwich pour que je morde dedans, avant de le croquer toi aussi.

J'ai avalé la bouchée et dit :

— Ce que j'ai prévu pour toi est beaucoup moins… sophistiqué.

J'ai traversé le studio pour aller chercher un paquet emballé sous mon côté du lit. C'était une écharpe en cachemire que je t'avais tricotée ce dernier mois pendant mes pauses déjeuner, d'un bleu exactement assorti à celui de tes yeux.

— Joyeuse Saint-Valentin, ai-je dit en te tendant mon cadeau.

Tu as ouvert le paquet et un sourire a illuminé ton visage.

— C'est toi qui l'as faite ?

J'ai hoché la tête, un peu rassurée.

— Ce qu'elle est douce ! Je l'adore. Presque autant que toi !

Tu as noué l'écharpe autour de ton cou et l'as gardée toute la soirée.

Je t'ai vu mettre cette écharpe dans tes bagages quand tu es parti en Irak. L'y as-tu portée ? T'a-t-elle fait penser à moi ? Si je retourne dans ton appartement maintenant, l'y trouverai-je au fond d'un de tes cartons ?

La Saint-Valentin 2005 tombait deux semaines environ après le mariage de Jason et Vanessa. Darren n'est pas le genre de type à imaginer comme toi un pique-nique raffiné pour l'occasion, mais il est bon et généreux et je savais qu'il la fêterait. En revanche, j'ignorais si j'en avais envie. Je me demandais si je ne devais pas rompre car je n'étais pas sûre de tenir à lui autant qu'il tenait à moi.

J'ai appelé Kate et lui ai fait part de mes interrogations.

— Je ne ressens pas du tout la même chose qu'avec Gabe.

Je l'ai entendue prendre une grande inspiration.

— Il faut que tu sois honnête avec lui. Parce que je pense qu'il était sérieux quand il a répondu à la réflexion de ton oncle au mariage de ton frère.

— Je sais. C'est ce qui m'a poussée à réfléchir. Et c'est aussi qu'on est presque à la Saint-Valentin.

— Tu te plais en sa compagnie ?

— Oui.

— Est-ce que tu es bien quand tu es avec lui ?

— Oui.

— Parfait. Est-ce que tu te vois tomber amoureuse de lui ?

J'ai réfléchi. J'ai pensé à Darren, à sa gentillesse, sa générosité, son sens de l'humour. J'ai pensé à ces soirées, à ces moments où nous allions courir, et à ceux où nous faisions la cuisine ensemble à la maison. J'ai pensé à son corps nu à côté du mien.

— Je crois que je pourrais l'aimer, ai-je répondu.

— Tu crois que tu pourrais l'épouser ? Parce que, tu sais, il a presque trente ans. Il va commencer à y penser très sérieusement, s'il n'y pense pas déjà.

J'ai essayé d'imaginer la chose : moi, Darren, un mariage, un bébé, le retrouver à la maison tous les soirs.

— Peut-être, ai-je répondu. Je ne sais pas. Peut-être.

Kate a gardé le silence quelques instants.

— Je ne pense pas que tu doives rompre, a-t-elle déclaré. Si tu m'avais dit que non, tu ne pourrais pas l'aimer ou que tu ne te voyais pas l'épouser, je t'aurais conseillé de le faire. Sinon, ce ne serait pas honnête. Mais comme tu n'es pas hostile à l'idée, je crois que tu te dois, ainsi qu'à lui, de voir où tout ça te mène. Une chose à la fois.

— D'accord, ai-je répondu. C'est cohérent. Je verrai la tournure que prennent les événements.

— Autre chose, a dit Kate. Tom et moi voudrions faire un dîner de Saint-Valentin. Est-ce que tu veux venir avec Darren ?

Je me suis demandé une fraction de seconde si la raison pour laquelle elle me dissuadait de rompre était qu'elle voulait nous avoir ensemble à son dîner.

— Je vais poser la question à Darren et je te dirai, ai-je répondu.

Darren a accepté ; toutefois, il a ajouté :

— Mais nous pourrons passer ce dimanche ensemble avant le dîner, non ?

— Si, si. Tu veux qu'on programme quelque chose ?

— J'ai quelques idées.

Et le jour de la Saint-Valentin, Darren m'a emmenée dans une boutique de cycles à Chelsea.

— Tu vois, je cherchais quoi t'offrir pour la Saint-Valentin. Je voulais trouver un cadeau qui fasse... couple. Quand je suis passé devant ce magasin, j'ai vu cette annonce. (Il a montré une affiche qui disait « Spécial Copine ! Roulez avec votre chère et tendre. ») Je suis entré voir la promo, et bref, à l'occasion de la Saint-Valentin, on peut acheter deux vélos du même modèle pour le prix d'un !

J'ai cligné des yeux.

— Tu veux m'offrir un vélo ?

— En fait, je voulais nous acheter des vélos à tous les deux. Alors on pourra peut-être se balader ensemble cet été. Ici, ou dans les Hamptons, si on loue une maison à plusieurs. Ça pourrait être très sympa d'aller à la plage à vélo tous les deux.

J'ai sourcillé à nouveau. Après avoir intégré le fait que Darren voulait m'offrir une bicyclette – une idée bizarre à première vue –, j'ai compris qu'en réalité, c'était un cadeau bien pensé. Il signifiait qu'il nous voyait toujours ensemble au printemps suivant, et l'été aussi. Si j'acceptais, cela revenait-il à une approbation tacite ? J'ai imaginé nos futures balades à vélo – on s'amuserait sans doute beaucoup. Et l'idée de louer avec lui une maison partagée, et non plus seule comme l'an dernier, était tentante. J'aimais bien ma vie maintenant que Darren y était, et j'étais à peu près sûre que ça ne changerait pas. Bien au contraire.

— C'est un énorme cadeau, ai-je dit.

— Oh, ta bicyclette sera un peu plus petite que la mienne.

Ça m'a fait rire.

— Il faut que les deux aient la même couleur ?

— Pas nécessairement, a-t-il répondu en se grattant la tête. Mais on va demander ?

C'était une question, comme s'il n'était pas sûr à cent pour cent que j'accepterais son cadeau ou sa suggestion d'entrer dans le magasin.

J'ai pris sa main gantée dans la mienne.

— D'accord. Allons-y. Et si j'oublie de te le dire plus tard, merci.

J'avais prévu de lui offrir une bouteille de son bourbon préféré, mais j'ai vite changé mon fusil d'épaule.

— Dis donc, ai-je repris quand nous avons franchi le seuil. Je renonce au cadeau de Saint-Valentin que j'allais te faire.

Il m'a lancé un regard interrogatif.

— Je vais nous acheter des casques de vélo assortis à la place.

Et j'ai désigné une pancarte qui disait : « Soldes d'hiver : Deux pour le prix d'un ! »

Il a souri et s'est penché pour me planter un baiser sur la joue.

— Je savais bien que j'avais trouvé la fille selon mon cœur.

Et je n'étais pas loin de penser la même chose.

34

Une semaine après la Saint-Valentin, mon portable a sonné et un indicatif étranger est apparu sur l'écran. Je n'ai pas reconnu le code du pays et – curieusement – tu n'es pas la première personne à laquelle j'ai pensé. Je me suis dit que l'une des chaînes européennes auxquelles nous avions vendu nos programmes souhaitait joindre Phil et que, ne le trouvant pas au bureau, on essayait mon numéro à moi (peu vraisemblable, je sais). J'ai décroché.

— Allô, ici Lucy Carter.

Silence au bout du fil.

— Allô ? ai-je répété.

— Luce ?

C'était toi. Ta voix. J'ai ressenti un choc au creux de l'estomac, qui s'est réverbéré dans tout mon corps. Heureusement que j'étais assise à mon bureau, car sinon mes jambes se seraient dérobées sous moi.

— Gabe ?

Je t'ai entendu renifler au bout du fil.

— Ça va, Gabe ? Qu'est-ce qui se passe ?

— J'ai un œil au beurre noir. La joue tailladée. Les lèvres explosées. Et des côtes fêlées.

Mon cœur s'est mis à battre plus vite.

— Où es-tu ? Qu'est-ce qui t'est arrivé ?

— On a essayé de me voler mon appareil photo et j'ai résisté, alors j'ai été tabassé jusqu'à ce que des soldats américains interviennent.

— Tu es à Bagdad ?

— Oui. Je suis dans la zone verte maintenant. Je ne crains rien, ça va, je voulais juste… J'avais juste besoin d'entendre ta voix. J'espère que ça ne te dérange pas que je t'aie appelée.

— Non, bien sûr que non.

J'avais les larmes aux yeux en t'imaginant meurtri, ensanglanté, désireux de me parler. Je me suis demandé qui, de toi ou de Darren, me réconforterait le plus dans la même situation. Kate, peut-être. Ou mes parents.

— Est-ce que je peux faire quelque chose ? ai-je demandé.

— Rien de plus : tu es là, tu me parles. Quand ces types me tapaient dessus, tout ce que je me disais, c'était : « Et si je n'entends plus jamais la voix de Lucy ? » Maintenant, je suis en sécurité, j'entends ta voix. Alors c'est bien. L'univers tourne rond.

Je n'ai pas su comment réagir à cela. Je suis restée sans voix. Après tous ces mois de silence, tu étais là, je te manquais et tu étais blessé.

— Est-ce que tu rentres à New York dans un futur proche ?

— L'Associated Press me donne congé la semaine prochaine et je crois que je vais aller voir ma mère. Mais cet été j'ai des vacances à prendre, alors je me disais que j'en profiterais pour voir tout le monde. Vous me manquez tous. Et toi plus que tout.

J'aurais aimé savoir si tu rentrais pour de bon. Si tout le monde te manquait au point de renoncer à l'idée de vivre en Irak. Si je te manquais assez pour ça. Mais je me suis contentée de dire : « Tu me manques aussi, Gabe. » C'est alors que j'ai vu Phil dans l'encadrement de ma porte. Il m'a demandé si j'avais les notes de la réunion de la veille sur le budget.

Je lui ai fait signe que oui et t'ai dit que je devais te laisser. Tu as promis de me rappeler sans tarder, et j'ai répondu que nous parlerions plus à loisir alors.

Mais je n'ai plus eu de nouvelles de toi jusqu'au dernier jour de ta visite à ta maman. Tu m'as écrit un bref e-mail pour me dire que tu allais mieux et que tu avais hâte de rentrer à Bagdad. Alors, toute l'émotion que j'avais ressentie en entendant ta voix et le souci que je m'étais fait pour toi se sont changés en un noyau dur de colère. Comment avais-tu pu me téléphoner ainsi, réactiver tous ces sentiments, si tu n'avais pas l'intention de donner suite ? Ce n'était pas honnête, Gabe. Quand je pense à ce que tu as fait, à ce que tu as exigé de moi, je me dis que si la vie était un sport et moi l'arbitre, je me lèverais et hurlerais *Faute !*. Mais dans la vraie vie, il n'y a pas d'arbitres.

Ce soir-là, j'ai embrassé Darren avec fougue.

Cependant, je n'arrivais pas à te chasser de mon esprit. Je ne pouvais m'empêcher de penser que c'était pour mettre un frein à la violence que tu t'efforçais de montrer aux gens du monde entier que nous nous ressemblons tous. Et au lieu de ça, tu avais été la victime de cette violence.

Il devait y avoir un message quelque part. Une leçon que je pourrais en tirer et transmettre à la jeune génération. Je voulais transformer une chose horrible en chose utile, poursuivre ta mission d'une certaine manière.

Quelques semaines plus tard, j'ai proposé un nouveau scénario pour un épisode de *Bonjour la galaxie*. C'était une histoire à propos de Roxie, l'alien grise qui partait pour une autre planète et prenait des photographies pour son livre de Ce-qui-Tient-à-Cœur, le fascicule qu'elle composait et partageait avec ses amis et ses voisins dans les épisodes précédents. Quand elle arrivait sur cette nouvelle planète, elle commençait à prendre des clichés, mais certains des habitants ne comprenaient pas ce qu'elle faisait, ni pourquoi elle les photographiait. Et ils l'attaquaient et la battaient à cause de cela. Nous avons eu une discussion très enflammée au bureau à ce sujet, mais la violence allant croissant chez les enfants, Phil a décidé de retenir l'idée.

Je ne sais pas si tu en as lu des critiques, mais ça reste l'épisode le plus notoire de tout le programme. Il a provoqué des débats sur Internet. C'était la première fois que la violence physique était représentée dans une émission télévisée pour enfants. Des sommités en ont discuté aux informations. Cela a accru la visibilité de notre émission et nous a ouvert la voie pour aborder d'autres sujets difficiles. Cet épisode a orienté l'émission dans une nouvelle direction, très différente. Et cela m'a valu une deuxième promotion.

J'aurais dû te dire merci d'avoir été la source de mon inspiration. Je suis désolée de ne pas l'avoir fait plus tôt. Mais je te remercie aujourd'hui.

35

C'est drôle, quand nous étions ensemble, toi et moi, il m'arrivait de rêver à l'avenir, mais pas d'une façon concrète. Des idées me venaient par bribes, par flashs. Je me voyais rencontrer ta mère – ce qui ne s'est, à mon grand regret, jamais produit. Ou j'imaginais emménager dans un plus grand appartement pour que tu puisses avoir un bureau autre que la table basse. Ou encore partir pour de longues vacances, autre chose que nous n'avons jamais faite et que je regrette.

Avec Darren, le futur ne survenait pas par flashs. On en discutait tout à loisir. Darren a toujours un projet. Il joue aux échecs et j'en suis arrivée à me dire qu'il considère la vie un peu comme un jeu d'échecs et qu'il prévoit six ou sept coups à l'avance afin d'être sûr d'atteindre le but qu'il s'est fixé. Conclure le contrat. Prendre la reine. Échec. Et mat.

La première année où nous sortions ensemble, quinze jours avant mon anniversaire, il m'a demandé si j'avais une liste d'envies.

— Une quoi ?

— Tu sais, une liste de tout ce que tu désires faire avant de mourir.

Il a sorti son portefeuille et déplié une feuille qui était rangée dedans.

— J'ai démarré la mienne à vingt-cinq ans – il y a presque cinq ans déjà, wow ! Depuis, j'ai commencé à barrer certaines choses que j'avais réalisées et à en inscrire d'autres.

Sortir avec un type qui avait presque cinq ans de plus que moi était parfois très plaisant – ça montrait que les carrières évoluent, que les couples se forment, que les choses se terminent bien –, mais de temps en temps, l'écart entre nous semblait encore plus vaste, comme s'il avait vécu beaucoup plus que moi. Et ce jour-là, c'est l'impression que j'ai eue.

Il a posé sa feuille devant nous sur la table, chez Teresa, à Montague Street – son restaurant préféré pour dîner le dimanche soir. J'ai regardé la liste.

Liste d'envies

1. Conduire un gyropode
2. Courir un marathon
3. Faire du cabotage dans les îles grecques
4. Apprendre la plongée sous-marine
5. Partir en croisière
6. Adopter un animal de compagnie dans un refuge
7. Apprendre le chinois
8. Conduire une voiture de course
9. Me marier
10. Devenir père
11. Aller en Australie
12. Courir un triathlon

13. Acheter une maison sur la plage
14. Aller à vélo de Brooklyn à Montauk Point[1]

Impressionnant, comme liste. Impressionnant aussi, le nombre de rubriques barrées.

— Comment était la Grèce ?

— Sublime ! J'y suis allé avec mon cousin Frank. Il vit dans la Silicon Valley. Un chic type. On a bu beaucoup d'ouzo, et on a fait de la pêche sous-marine et de la voile. Et on s'est régalés avec la cuisine grecque.

— Alors, quel est le prochain point à l'ordre du jour ? ai-je demandé, espérant qu'il ne dirait pas « me marier » et que cela ne signifiait pas qu'il allait me proposer de l'épouser là, maintenant.

Il a étudié la liste.

— Je crois que ce sera soit le gyropode, soit la randonnée à vélo. Ou peut-être le triathlon. Si je me décide, ça implique un sérieux entraînement.

— Quelle est la distance de New York à Montauk Point ? ai-je demandé.

— Environ deux cents kilomètres. J'ai repéré le trajet sur la carte, mais je ne suis pas sûr d'être encore prêt.

— Maintenant qu'on a des vélos neufs…, ai-je dit en souriant.

Il m'a regardée, un sourcil levé.

— Tu serais prête à faire ça avec moi ?

J'ai haussé les épaules.

— Et si on visait ton anniversaire ? ai-je suggéré. Ça nous laisserait jusqu'en juin pour nous mettre en forme. On peut s'entraîner en trois mois.

---

1. Phare à la pointe est de Long Island.

Il s'est penché et m'a embrassée par-dessus la table.

— Je n'imagine pas de façon plus chouette de célébrer mon trentième anniversaire. Mais je te posais la question de la liste pour ton anniversaire à toi. Y a-t-il quelque chose que tu désires faire ?

De but en blanc, je n'avais pas d'idée.

— Peut-être devrais-je commencer une liste et voir ce qui me vient en tête, ai-je proposé.

J'ai sorti de mon sac un stylo et un vieux ticket de caisse de pharmacie. Ma liste est toujours inscrite au dos de ce vieux bout de papier. Je ne crois pas te l'avoir jamais montrée. Je devrais y ajouter : *Montrer cette liste à Gabe*. Et peut-être : *Demander à Gabe s'il a jamais fait une liste de ses rêves.* Mais je ne crois pas que je pourrais réaliser un jour ces deux souhaits. Prouve-moi que j'ai tort, Gabe. S'il te plaît.

J'ai écrit « Liste d'envies » en haut du ticket de caisse en piquant quelques idées à Darren, même si les numéros 2 et 3 me paraissaient plus des éventualités que des désirs.

1. Aller en Australie

2. Me marier

3. Avoir des enfants

4. Monter en haut de l'Empire State Building

5. Conduire un bateau

6. Aller à Paris passer un long week-end sans raison particulière

7. Devenir productrice exécutive d'un programme pour enfants à la télévision

8. Posséder une paire d'escarpins Manolo Blahnik

9. Avoir un chien
10.

— Je suis à court d'idées, ai-je dit à Darren.

— Il t'en viendra d'autres. Moi, j'en ai tout le temps de nouvelles. En tout cas, c'est un très bon début.

Il a pris ma liste.

— Oh, certaines sont faciles à réaliser ! Tu sais ce qu'on fera pour ton anniversaire ? On montera en haut de l'Empire State. Comme ça, tu pourras déjà rayer une ligne.

— C'est vrai ?

— Absolument !

J'avais l'impression de voir tourner les rouages de son esprit pour imaginer ce que nous pourrions faire d'autre. Je ne sais si c'est à ce moment-là qu'il a eu l'idée du voyage à Paris afin de m'y demander en mariage. Ou s'il prévoyait déjà de m'emmener en Australie pour mon trentième anniversaire. Ou de m'offrir une paire de Manolo Blahnik. C'est un excellent planificateur. Et il n'a pas peur d'attendre, s'il pense que son projet se réalisera. C'est quelque chose que j'admire vraiment chez lui.

Mais il a ensuite regardé mon numéro 7.

— Tu veux devenir productrice d'un programme télévisé pour enfants ?

— Oui.

— C'est mignon.

Stupéfaite, j'ai demandé :

— Pourquoi ?

— Ton travail est adorable. Comme toi.

J'ai cillé. Sa remarque semblait tellement… réductrice… Je savais bien que ce n'était pas son intention de me dévaloriser. Du moins, j'espérais que non. Je n'ai pas pu m'empêcher de penser à toi qui prenais mes rêves au sérieux. Et pour qui ils comptaient tant.

— Mon travail n'est ni mignon, ni adorable, ai-je déclaré.

Darren a paru pris de court. Je l'avais surpris. Il ne s'était pas douté qu'il avait commis un impair. Ce qui en un sens, aggravait presque la chose.

— Est-ce que tu dirais à un homme qui est producteur exécutif de… mettons *New York, Unité spéciale*, que son job est mignon ? ai-je demandé. Qu'est-ce qui te fait trouver mes aspirations professionnelles « mignonnes » ?

Darren a retrouvé sa voix.

— Holà, holà ! je n'avais aucune arrière-pensée en disant ça. Je suis désolé. Mon mot était mal choisi. Tu sais que je te trouve adorable, comme tout ce qui te touche : tes chaussures, ta brosse à cheveux, le paquet de chewing-gums dans ton sac. Tout ça. Parce que ce sont des objets à toi.

J'ai repris une bouchée des pâtes que je pensais avoir finies, afin de différer un instant ma réponse. Ce que je voulais dire, c'était *Je ne suis pas qu'adorable. J'ai besoin que tu comprennes à quel point mon travail compte pour moi. J'ai besoin que tu m'aimes à cause de ça et non pas malgré ça.* Mais Darren avait tant de qualités… Et il s'excusait. Il n'avait pas voulu me blesser. Et puis, c'était un type intelligent. Je me suis dit qu'il finirait par comprendre.

J'ai avalé ma bouchée de pâtes.

— J'espère que tu ne me trouves pas seulement « adorable », ai-je dit.

— Bien sûr que non ! Tu es belle aussi, et gentille, drôle et futée. Tu veux que je continue ? Je ne suis pas à court d'adjectifs pour te décrire.

— Ma foi, j'en prendrais bien encore quelques-uns, ai-je lancé en riant.

Darren a souri, soulagé.

— Hum. Que dirais-tu de sexy ? Et d'attentionnée ?

— Je n'ai rien contre ces deux-là.

Je me demande parfois si je n'aurais pas dû prendre cette conversation plus au sérieux. Si je n'aurais pas dû pousser plus loin et dire tout ce que je pensais. Parce qu'il ne comprend toujours pas. Pas réellement.

36

En prévision de l'anniversaire de Darren, nous avons acheté des sacoches pour nos vélos ainsi que trois paires de shorts de cycliste chacun, et réservé des gîtes à Sayville et Southampton. Il était entendu que nous fêterions son anniversaire avec un peu d'avance et ferions la balade le week-end du Memorial Day[1]. Comme nous avions pris une location partagée pour une maison à Montauk cet été-là, il était prévu que nous y passerions la dernière nuit de notre excursion avant de rentrer par le train. Tout se combinait à merveille, ce qui était exactement au goût de Darren.

Dès la fin du mois de mars, nous nous étions exercés aux randonnées à vélo et étions allés à Westchester, à Coney Island, ou avions traversé le George Washington Bridge. Darren avait tenu à emplir nos sacoches de snacks, de couvertures et d'eau afin de pouvoir faire des pique-niques impromptus partout, et de nous habituer à pédaler avec des charges. En guise d'entraînement

1. Dernier lundi de mai. Jour des soldats morts au champ d'honneur.

final, nous avons traversé Brooklyn Bridge jusqu'à Manhattan et terminé aux Cloisters. Il faisait un temps superbe, frais et ensoleillé, et nous avons ri de mille choses différentes qui ne te paraîtraient même pas drôles si je te les racontais. Mais dans l'état d'esprit où nous étions, tout était prétexte à rire.

— J'ai une chance incroyable de t'avoir rencontrée, a dit Darren quand nous sommes rentrés ce jour-là.

— Nous avons de la chance tous les deux. Nous nous sommes bien trouvés.

Et ce jour-là, à ce moment-là, je le pensais. Vraiment.

Le matin de la randonnée, je me suis levée de très bonne heure. Me remémorant notre dernière longue balade ensemble, j'étais excitée et impatiente, mais aussi un peu inquiète. Jamais Darren et moi n'avions encore passé autant de temps seuls ensemble. J'avais l'impression que c'était un galop d'essai pour l'avenir. Si nous nous tapions sur les nerfs, qu'est-ce que cela voudrait dire ? Ou surtout, si c'était le contraire qui se produisait ?

Darren s'est réveillé et s'est tourné vers moi.

— Merci de faire ça avec moi. Je me réjouis. Et je tiens à ce que tu saches que si nous devons nous arrêter pour nous reposer et prendre le train sur une partie du trajet, ça n'est pas un problème. Je ne veux aucun stress ni pour toi ni pour moi, d'accord ?

Je me suis calmée. Je l'ai embrassé et j'ai répondu :

— Mais on va y arriver !

La première journée a été très réussie, même si au bout de cinquante kilomètres, ça a commencé à être un peu monotone. Nous ne pouvions pas beaucoup parler et nous ne faisions guère que pédaler. Darren était devant puisqu'il connaissait le chemin, et je suivais. J'ai chanté des chansons dans ma tête jusqu'au moment où il a lancé : « Pause sandwich ! »

Avant de partir, il avait préparé dix sandwichs au beurre de cacahuète et à la confiture. Il avait utilisé du beurre lisse spécialement pour moi, et du croquant pour lui. Notre confiture préférée à tous deux était celle à la fraise.

— Madame la marquise, a-t-il dit quand nous nous sommes arrêtés au bord de la route et avons couché nos bicyclettes dans l'herbe, vous laisseriez-vous tenter par un ou deux sandwichs ?

J'ai étiré mes muscles en riant.

— Un pour l'instant.

Nous avons ôté nos casques et nos gants de vélo, nous sommes rincé les mains et nous sommes assis pour pique-niquer.

— Sieste digestive ? a-t-il demandé quand il s'est étendu sur l'herbe ensuite, se calant la tête sur sa sacoche.

— Sieste digestive, ai-je confirmé, puis j'ai posé ma tête sur sa poitrine.

— C'est fabuleux, tout ça. T'ai-je dit que l'an dernier, pour mon anniversaire, j'ai souhaité rencontrer dans l'année une fille merveilleuse qui soit aussi belle, drôle, aventureuse et intelligente… et puis à peine trois mois plus tard, je tombe sur toi dans cette maison à la plage.

Je me suis redressée pour pouvoir le regarder.

— Tu as intérêt à faire attention à ce que tu souhaites pour cette année si tes vœux ont une puissance pareille.

— Oh, j'ai déjà fait mon vœu.

— Ça ne m'étonne pas de toi.

— Mais je ne peux pas te le dire, parce que quand on dévoile son vœu, il ne se réalise pas.

— OK. Garde le secret alors.

Il a repoussé ma frange sur le côté.

— On va avoir mal partout ce soir. Mais j'ai apporté des glaçons d'eau minérale et de l'Advil. Et de la vaseline pour nos fesses. Tu sais, en cas de frottement.

— Quoi ?

— Je n'ai pas envie de faire du vélo avec un cul irrité, a-t-il répondu avec un air confus qui m'a fait entrevoir à quoi il devait ressembler à six, huit et treize ans.

J'ai vu toute sa vie dans ce regard. Il m'a paru si craquant à ce moment-là, que j'ai senti mon cœur se gonfler de tendresse.

— Je t'aime, lui ai-je dit.

C'était la première fois que l'un de nous deux prononçait ces mots-là.

Il m'a regardée, silencieux quelques instants, puis a souri.

— Moi aussi, je t'aime.

Il s'est redressé et m'a embrassée.

— Je peux te dire un secret ? a-t-il repris.

J'ai hoché la tête.

— Ça fait des mois que je t'aime. Depuis que nous avons pris ces cours de danse où nous avons tant ri. Je me suis mis à t'aimer à ce moment-là.

— Pourquoi n'as-tu rien dit ?

— Parce que je ne voulais pas te faire fuir.

Sa franchise était rafraîchissante. Et désarmante. Je l'ai embrassé à nouveau parce qu'il avait raison. Il m'aurait fait fuir.

Darren comprend tant de choses chez moi. Et ce, depuis le début. Bien qu'il n'ait jamais compris mon lien à toi. Mais je ne lui en tiens pas rigueur.

37

Dans la vie, nous rencontrons certaines personnes qui, lorsqu'elles sortent de notre orbite, disparaissent pour de bon. Même si on les revoit, cela se solde par un rapide et banal « Tiens, comment ça va ? ». Mais il y en a d'autres avec lesquelles on reprend la relation d'emblée là où on l'avait laissée. C'est extrêmement facile, comme si le temps intermédiaire était aboli.

C'est ce qui s'est passé quand je t'ai revu. Tu étais parti depuis un peu plus d'un an. Et quelques mois après ton coup de téléphone, tu m'as envoyé un e-mail :

> Salut, Lucy,
> Je viens d'atterrir à JFK. Tu es là cette semaine ? Ça me ferait super plaisir de te voir. On prend un verre mercredi ou jeudi ?
> Gabe
> PS. Regardé *Bonjour la galaxie* dans l'avion. Adoré l'épisode du rêve, très réussi.

J'étais chez Darren quand l'e-mail est arrivé. C'était un dimanche et nous rentrions tout juste de Montauk.

Je voulais rentrer chez moi ce soir-là, mais Darren avait de quoi manger dans son frigo alors que le mien était vide, aussi avions-nous prévu de grignoter quelque chose rapidement avant que je rentre faire tourner une machine et tout préparer pour partir au travail le lendemain. Pendant que Darren déballait ses affaires de plage mouillées et les mettait dans la baignoire pour qu'elles ne moisissent pas, j'inspectais le contenu de ses placards de cuisine afin d'améliorer un peu notre dîner de sandwichs. J'avais sorti mon Blackberry pour vérifier si des urgences de travail avaient surgi pendant que nous étions dans le train. Rien du bureau, mais cet e-mail de toi. Heureusement que Darren était dans l'autre pièce.

Tu provoques toujours chez moi des réactions physiques très fortes. C'est comme ça depuis que je t'ai rencontré et j'ai toujours cru – peut-être même espéré – que cela changerait un jour. En vain.

Quand j'ai vu ton nom, j'ai eu l'estomac retourné. J'ai cliqué pour ouvrir l'e-mail. Même si une partie de moi pensait *Ce n'est pas une bonne idée*, j'ai tout de suite su que je te donnerais rendez-vous. Je voulais te voir, avoir de tes nouvelles. Je savais aussi qu'il fallait que je le dise à Darren. Pas pour demander sa permission, mais parce que j'estimais que c'était mal de ne pas lui en parler.

Son visage est resté parfaitement calme quand je lui ai annoncé que je venais de recevoir un e-mail de mon ex. Sa neutralité s'est un peu fissurée quand je lui ai dit que j'avais l'intention de te retrouver pour prendre un verre, mais il s'est ressaisi.

— Tu me diras quand ? a-t-il demandé.

— Bien sûr.

— Tu viendras ici ensuite ?

Je n'avais pas l'intention de faire l'amour avec toi. Ni de rentrer tard. Mais j'avais le sentiment que j'aurais envie d'être seule ce soir-là. Malgré tout, je savais qu'il me faudrait faire un compromis. Pour Darren. Parce que je l'aimais.

— Absolument.

Il a paru se satisfaire de cela et nous avons parlé d'autres choses. Du nouveau mec avec lequel sortait Alexia, le surfeur qu'elle avait rencontré à Ditch Plains le week-end précédent. Des trois mariages auxquels nous assisterions cet été-là – tous des amis de Darren – et du choix entre une location de voiture pour aller à Philadelphie, au mariage de Brad et Tracey et un voyage en train puis en taxi une fois à la gare. J'étais tout à fait normale en apparence pendant que je discutais de tout cela avec Darren, mais je n'avais qu'une envie, regarder mon Blackberry pour voir si tu m'avais répondu. Pour savoir quand j'allais te revoir. À l'évidence, il valait mieux que nous ne soyons pas en contact. L'attente est toujours une torture.

Le jeudi matin, j'ai changé quatre fois de tenue. J'avais d'abord passé une robe ample et fluide, qui rendait ma silhouette informe. Je m'étais dit que c'était peut-être une bonne façon de maintenir la relation sur le mode platonique. Mais quand je me suis regardée dans la glace, j'ai pensé que ne t'ayant pas vu depuis un an, je risquais de te donner l'impression que je me laissais aller. J'ai alors mis une robe ajustée, qui m'a semblé un peu trop provocante, et je l'ai encore troquée contre un pantalon d'été et un débardeur. Et puis je me suis souvenue que tu m'aimais en jupe. J'ai donc passé une jupe crayon, un corsage en soie sans manches et des chaussures à talons à bouts découverts. C'était une tenue dans laquelle je me sentais sûre de moi, où j'avais la sensation d'être une battante et de mener le jeu. Je m'habillais ainsi quand j'avais une présentation à faire au travail. Je me suis lissé les cheveux au fer et ai passé un certain temps à coiffer ma frange.

Pendant toute la journée, j'ai eu du mal à me concentrer sur mon travail. J'étais censée examiner des scénarios pour les épisodes suivants de *Bonjour la galaxie* et j'ai dû en relire un quatre fois avant d'intégrer ce qui s'y passait.

Après le travail, je suis allée à pied sans me presser à Pazza Notte. J'étais quelques minutes en avance et ai hésité à faire le tour du pâté de maisons, mais finalement, je suis entrée et nous ai pris deux sièges au bar. Tu m'as envoyé un message pour me dire que tu aurais du retard, ce qui ne t'arrivait pas souvent. Je me suis commandé un verre de vin. J'en avais bu la moitié quand tu es apparu, dans un tourbillon de fossettes et d'excuses.

— Ce que je suis content de te voir, Luce, as-tu dit en me prenant dans tes bras.

Je t'ai rendu ton étreinte ; ton odeur était toujours la même. Les scientifiques disent que l'odeur est l'un des plus puissants activateurs de la mémoire. Je le crois volontiers. Le visage enfoui dans ta chemise, j'ai été catapultée dans le passé.

Lorsque nous nous sommes détachés l'un de l'autre, tu m'as contemplée longuement.

— Je ne me lasse pas de te regarder. Tu es… superbe. J'aime bien ta coupe de cheveux.

Je me suis sentie rougir.

— Merci. Tu n'es pas mal non plus.

Et c'était vrai. Pendant ton absence, tu avais perdu un peu de poids et les contours de ton visage étaient plus prononcés. Tes boucles, plus courtes et plus serrées, étaient toujours là. Tu étais bronzé et le duvet sur tes avant-bras avait blondi.

Tu monopolisais mon attention au point que tout le reste était flou et que je ne me souviens même plus de ce dont nous avons parlé ce soir-là. Tu le sais, toi ? Je suis sûre qu'il a été question de mon émission, de ton travail, de nos familles. Je me rappelle juste m'être sentie intensément vivante. Comme si chaque molécule de mon corps était en éveil, agile et excitée. Tous les autres sentiments étaient mis à l'écart et anéantis parce que tu étais là, devant moi, et que tu me souriais comme si personne d'autre n'existait.

Je ne voulais pas tromper Darren et je ne crois pas que je l'aurais fait, mais j'avoue avoir été un peu déçue que tu n'aies pas eu le moindre geste tendre. Un baiser qui serait descendu de ma joue à mes lèvres, une main sur ma cuisse. Je me demande parfois ce qui serait arrivé si tu l'avais fait, ce geste. Cela aurait-il changé quelque chose ? Cela aurait-il tout changé ?

Darren m'a envoyé un petit coucou par SMS. J'ai pris conscience que ce n'était pas facile pour lui de me savoir avec toi et qu'il devait être à la maison, en train de se ronger les sangs. Pourtant, il n'avait rien à craindre alors. C'est plus tard qu'il aurait eu des raisons de s'inquiéter, mais je crois que par la suite il n'a plus pensé que je pourrais coucher avec toi. Il croyait que j'étais pleinement et complètement sienne. Alors qu'il ne m'a jamais possédée tout entière.

38

Quelques jours après t'avoir vu, je suis allée faire du shopping avec Kate. Elle m'avait envoyé un message me disant que Tom et elle partaient ensemble – loin – pour la première fois, et allaient passer dix jours en Espagne. Et elle voulait renouveler un peu sa garde-robe.

Je l'ai rejointe dans son appartement, celui que j'avais jadis partagé avec elle. Tom et elle n'habitaient pas ensemble. Elle lui avait dit qu'elle ne vivrait avec personne tant qu'il n'y aurait pas de bague de fiançailles à son doigt. Quand elle m'a rapporté ses propos, je n'ai pas pu m'empêcher de me sentir visée rétrospectivement. Je savais que cela avait toujours été à son programme, mais j'avais cru qu'elle changerait d'avis quand elle rencontrerait quelqu'un d'exceptionnel. Et Tom l'était vraiment – calme, tendre et généreux. Mais elle avait persisté.

— Que cherches-tu ? ai-je demandé.

Elle a sorti la liste qu'elle avait préparée sur son Blackberry.

— Deux maillots de bain, une robe de plage et une robe maxi pour notre séjour à San Sebastian et Barcelone. Peut-être une paire de chaussures compensées confortables pour Madrid. Et j'aimerais bien me trouver un grand chapeau de paille. Tu ne trouves pas ceux-ci fabuleux ?

Je lui ai souri.

— Tu ressemblerais à une star. Très, hum… très Greta Garbo.

Elle m'a regardée du coin de l'œil et nous avons éclaté de rire.

— Tu n'as aucune idée du style de Greta Garbo, a-t-elle dit en posant un bras sur mes épaules.

— Aucun. Mais elle n'était pas censée être hyper glamour ?

— Si, a soupiré Kate. Mais je crois que tu parles plutôt d'Hedy Lamarr. Elle était sublime avec ses grands chapeaux à large bord.

— Ah oui, bien sûr, Hedy Lamarr ! ai-je dit en passant mon bras autour de sa taille. Alors, où allons-nous ? Petites boutiques ou grands magasins ?

— Grands magasins, a-t-elle répondu sans l'ombre d'une hésitation. Je pensais à Bloomingdale's, c'est le plus proche. Et ensuite, on pourra y déjeuner et essayer leur fameux yogourt glacé.

Naturellement, Bloomingdale's m'a fait penser à toi. J'avais évité d'y aller pendant toute cette dernière année, ce qui n'était pas trop difficile puisque j'habitais Brooklyn. Mais je me suis dit qu'il était temps de commencer à réintégrer dans ma vie des choses qui t'étaient associées. Aussi me suis-je bornée à répondre :

— Je l'adore, leur yogourt.

Nous y sommes allées et avons fouillé sur les portants où étaient suspendus les maillots. Kate en voulait deux qui aillent avec le chapeau à la Hedy Lamarr qu'elle n'avait pas encore acheté, aussi avons-nous cherché des styles rétro et des couleurs classiques. Avec six ou sept modèles, nous sommes entrées dans une cabine. Je me suis assise, les maillots sur les genoux et ai dit à Kate – pour la première fois en fait – que je t'avais vu et avais pris un verre avec toi.

— Comment ça s'est passé ? a-t-elle demandé, prudente.

— C'était bizarre. J'aime Darren, sincèrement, il n'y a aucun doute là-dessus. Mais c'est très différent de ce que j'éprouve pour Gabe. Je ne saurais pas dire si c'est juste que j'aime moins Darren, ou que je l'aime autrement… Est-ce que tu as l'impression d'être plus vivante quand tu es avec Tom ?

Kate m'a regardée, la mine très sérieuse, comme si elle réfléchissait à la meilleure réponse à me donner. C'est ce que j'aime chez Kate. Elle pèse toujours ses mots, et ce, depuis que je la connais.

— Non, a-t-elle dit finalement. Je me sens tout aussi vivante maintenant, dans cette cabine d'essayage, que quand je suis avec Tom.

Je lui ai tendu l'un des maillots.

— Moi je me sens plus vivante quand je suis avec Gabe qu'avec n'importe qui d'autre sur cette planète. Ce qui n'enlève rien à mes sentiments pour toi, ai-je précisé.

— Ou pour Darren ?

— C'est juste que… c'est différent. Et je crains que ça ne suffise pas. Que compte tenu de la puissance de mes sentiments pour Gabe, rien d'autre ne puisse jamais supporter la comparaison.

Kate a enfilé le maillot de bain et passé les bras dans les bretelles.

— Qu'est-ce que tu en penses ? a-t-elle demandé en se regardant dans la glace.

— Honnêtement ?

— Toujours.

— Je trouve qu'il te coupe les fesses et que ça n'est pas très heureux.

Elle s'est retournée et a tordu le cou pour se voir de derrière.

— Aïe, tu as raison. L'effet est bizarre.

Elle a commencé à ôter le maillot et a dit :

— Un peu plus tôt cette année, je parlais avec ma sœur des relations amoureuses, et elle a eu un commentaire intéressant.

Tu as rencontré la sœur de Kate, Liz ? J'ai dû te parler d'elle, même si tu ne l'as jamais vue. Elle a fait ses études à Brown[1] et est le contraire de Kate, à tous points de vue. Elle est extrêmement créative, artiste, et s'est installée à Paris après la fac pour travailler chez *Vogue* alors que Kate et moi avions seize ans. Elle a eu toute une série d'histoires d'amour avec des hommes et des femmes, et reste à ce jour l'une des personnes les plus intéressantes que je connaisse.

1. Université privée américaine fondée en 1764, qui fait partie de la Ivy League (groupe d'universités américaines comprenant les plus anciennes et les plus prestigieuses du pays, dont Harvard, Princeton et Yale). Elle est située à Providence, dans l'État de Rhode Island.

— Qu'a dit Liz ? ai-je demandé.

— Pour elle, chaque histoire peut se comparer à un type de feu. Certaines, impérieuses et dangereuses, sont un puissant incendie, et peuvent te consumer avant même que tu ne t'en rendes compte. Et d'autres sont comme un feu dans la cheminée – solides, stables, confortables, rassurantes. Elle m'a donné d'autres comparaisons – un feu de joie, un cierge magique – celui-là, c'était pour le coup d'un soir, je crois – ; mais l'incendie et le bon feu dans la cheminée sont ceux qui m'ont le plus frappée.

— Tom et toi, vous êtes un feu dans la cheminée ? ai-je demandé.

Elle a hoché la tête.

— Oui. Et je pense que c'est ce que je cherche. La sécurité, la stabilité et la chaleur.

— Je crois que Darren et moi en sommes un aussi, ai-je repris, réfléchissant à ce qu'elle venait de me dire. Mais entre Gabe et moi, c'était un incendie.

— Oui, ça me paraît juste.

Kate avait passé un bikini taille haute à pois rouges et blancs.

— Oh, celui-là est super, ai-je lancé.

Elle s'est regardée et a hoché la tête en direction de son reflet.

— Il me plaît. Et d'un ! Encore un à choisir.

— Alors, est-ce que Liz a dit quel type de feu est le meilleur ?

Kate a secoué la tête en dégrafant le soutien-gorge du bikini.

— D'après elle, ça dépend de qui tu es. De ce que tu cherches. Les relations du type coin du feu l'ennuient au bout d'un moment, elle préfère les incendies, mais elle commence à se dire qu'elle aimerait bien trouver l'intermédiaire. Une sorte de feu de camp, où la relation est toujours sur le point de devenir dévorante, mais s'arrête juste à temps.

— Est-ce qu'on peut maîtriser un incendie ou passer de la cheminée au feu de camp ? ai-je demandé.

— Je n'en sais rien, a dit Kate en quittant la culotte du bikini. Liz prétend qu'elle n'a jamais réussi à transformer la nature d'une relation. Mais si tu files la métaphore, puisque les pompiers réussissent à éteindre les incendies, alors pourquoi pas les gens ? Je crois que la vraie question est de savoir si on peut les maîtriser sans les éteindre complètement.

J'ai tendu à Kate un autre bikini. Devais-je moi aussi essayer toutes les sortes de relations avant de décider laquelle me convenait ?

— La question que je me pose, a repris Kate, c'est de savoir ce que tu fais si tu abandonnes un merveilleux coin du feu pour essayer un feu de camp et que tu découvres qu'au bout du compte ce n'était pas ce que tu voulais. Alors, tu as perdu ton feu dans la cheminée.

— C'est de Tom et toi que tu parles, là ?

Elle a haussé les épaules.

— Peut-être. Je ne sais pas.

— Ce n'est pas simple. Ah, avec ce bikini, on te voit tout le côté des seins.

Kate a baissé les yeux.

— Ah, ce que c'est moche ! a-t-elle dit en passant la bretelle par-dessus sa tête. Je crois que quand tu es engagée dans une relation, tu dois faire une analyse de risques. Si tu prends en compte ton bonheur, est-ce que tu es prête à le perdre pour essayer d'être plus heureuse avec quelqu'un d'autre ? Je ne sais pas si je suis disposée à m'aventurer ainsi. Parce que je ne sais pas où mettre la barre. Si je suis heureuse à quatre-vingt-cinq pour cent avec Tom, est-ce que je cours le risque de le perdre dans l'espoir d'être heureuse à quatre-vingt-quinze pour cent avec un autre ? Et quel est le niveau de bonheur maximal que tu peux espérer atteindre avec quelqu'un ? Je ne crois pas qu'on arrive à cent pour cent.

— Non, sûrement pas. Rien n'est jamais parfait.

Je me suis alors demandé quel avait été mon pourcentage de bonheur avec toi. Et avec Darren.

Et puis comment Darren ou toi répondriez à cette question. Quel était votre pourcentage de bonheur avec moi ? Qu'en penses-tu ? Notre pourcentage était-il égal à cette époque ? Étions-nous heureux à quatre-vingts pour cent ? Quatre-vingt-cinq ? J'ai le sentiment d'avoir été plus heureuse que toi, parce que c'est toi qui as pris le large, qui as voulu partir. Même si tu n'as pas évalué la situation dans ces termes, tu étais à l'évidence prêt à courir ce risque et à voir si tu étais plus heureux sans moi, en privilégiant ta carrière.

Est-ce que ça a marché ? Même de façon temporaire ?

Je sais que non, au bout du compte.

39

Parfois, une année semble durer une éternité, émiettée en petits fragments. Chaque fragment est si considérable qu'on dirait une vie à l'intérieur d'une autre vie. C'est le cas de l'année 2004 pour moi. Il y a eu le fragment où nous avons vécu ensemble, celui après notre rupture, et le fragment après ma rencontre avec Darren. L'année a été divisée en trois sections distinctes. Mais les douze mois après ma rencontre avec Darren me font l'effet d'une unité homogène. Quand je suis arrivée chez lui un samedi après avoir déjeuné avec Julia, je ne m'attendais pas à l'entendre me dire : « Notre anniversaire est dans quinze jours. Tu avais une idée particulière pour le fêter ? »

J'ai failli vérifier sur le calendrier de mon Blackberry, mais je savais qu'il ne se trompait pas. Darren n'était pas homme à oublier une date. Et puis, l'été touchait à sa fin et c'était à ce moment-là que nous nous étions rencontrés l'année précédente – au terme du plus triste été de ma vie.

— Ça tombe un week-end où nous serons à Montauk ? ai-je demandé en allant me servir un verre d'eau.

C'était Darren qui avait organisé le calendrier des week-ends et qui savait quand nous disposions de la maison.

— Bien entendu.

J'aurais dû m'en douter. Il avait sûrement pris le soin de sélectionner la date de notre anniversaire quand il avait transmis nos préférences.

— Peut-être un dîner de fruits de mer ? ai-je suggéré en mettant des glaçons dans mon verre. Dans ce resto branché sur les quais ? Tu sais, là où il y a peu d'enfants et où tout le monde vient très bien sapé ?

Darren a traversé la cuisine pour venir m'étreindre.

— Tu crois qu'on n'est plus des enfants ?

— Tu vois ce que je veux dire, ai-je répondu en riant.

Il m'a embrassée sur le nez.

— C'est une super idée. J'en ai eu une autre aussi. Pour les cadeaux.

Allait-il parler d'une bague de fiançailles ? Sabrina s'était fiancée le mois précédent – surtout parce qu'elle s'était retrouvée enceinte – mais l'idée ne semblait pas si mauvaise. Satisfaisante, en fait, comme quand on tombe sur la bonne pièce dans un puzzle, qu'on essayait de trouver depuis longtemps et qu'on n'aura plus besoin de chercher. Même si on ne l'utilise pas tout de suite.

— Tu pensais à quoi ? ai-je demandé.

— Ma foi, à nos listes d'envies. Sur la mienne, j'ai marqué « Adopter un animal de compagnie dans un refuge » et sur la tienne, tu as écrit « Avoir un chien ». Et ça fait des années que j'en rêve, alors… J'ai une surprise pour toi. Je sais que je suis un peu en avance, mais une fois que j'ai eu cette idée, je n'ai pas pu attendre plus longtemps !

Il s'est dirigé vers la porte de sa chambre, qui, pour une fois, était fermée, et est revenu avec dans les bras une petite peluche. Qui a aboyé. Un chiot. Il avait un chiot dans les bras. Je me suis figée.

— Regarde ce que je t'ai trouvé ! Je me suis dit qu'elle pourrait rester chez moi et que peut-être un jour tu viendrais vivre avec la chienne et moi.

— Une chienne ! Tu m'as offert une chienne ?

J'étais sidérée.

— J'espère que tu la partageras avec moi, a dit Darren. Et qu'elle sera à tous les deux.

Il me l'a tendue et je l'ai prise par réflexe. Elle m'a léché le cou, le menton et le nez.

— Il n'y avait pas plus mignonne qu'elle parmi les chiens du refuge de la rive nord, a-t-il dit. Je les ai tous passés en revue.

J'ai regardé le petit animal qui a aboyé en guise de salut. Je lui ai dit bonjour moi aussi et elle m'a fait un grand sourire de chienne. Cette initiative était très généreuse, bien dans la manière de Darren. Mais ce qu'il ne comprenait pas et n'a toujours pas compris, c'est que j'aurais voulu, *moi*, passer tous les chiens du chenil en revue. J'aurais voulu, *moi*, être partie prenante dans ce choix – ou même dans celui d'avoir un chien. Il doit s'imaginer qu'il y a quelque chose de très chevaleresque dans ces grands gestes qui me mettent devant le fait accompli, mais pour moi, c'est juste… infantilisant. Ou condescendant. Comme si mes opinions ne comptaient pas. Jamais tu n'aurais fait une chose pareille.

— J'aurais bien aimé les voir tous, ai-je dit à Darren. C'est un très beau cadeau, mais… J'ai l'impression d'avoir raté la partie intéressante.

Il a eu l'air perplexe, un sourcil levé.

— Mais la partie intéressante, c'est maintenant. Nous, avec un chien !

— Oui, bien sûr, ai-je soupiré. Mais j'aurais bien aimé qu'on le choisisse ensemble. Pour qu'il soit *notre* chien. Un chien sur lequel nous aurions été d'accord. Je voudrais que nous soyons une équipe, Darren.

— Lucy, a-t-il dit en s'approchant de moi, bien sûr que nous sommes une équipe. Je voulais juste te faire une surprise qui sorte de l'ordinaire. Je n'ai donc pas le droit de surprendre ma sublime petite amie avec un cadeau exceptionnel de temps en temps ?

À cela, je n'ai pas su quoi répondre. Parce que dans ce contexte, ça aurait donné l'impression que je compliquais tout à plaisir. Je ne pouvais pas lui dire de ne jamais me faire de surprises, que c'était interdit. Et comment aurais-je pu me disputer avec quelqu'un qui venait de m'offrir ce cadeau incroyable : une chienne ?

Laquelle a essayé de me lécher l'intérieur d'une narine, comme si elle espérait me dérider. Peut-être qu'elle comprenait, elle.

— Si, bien sûr que tu en as le droit, ai-je concédé finalement. Elle a déjà un nom ?

— Ils l'ont trouvée sans identification. L'une des employées a commencé à l'appeler Annie[1], à cause

1. Allusion à l'héroïne d'un film de 1982 (lui-même tiré d'une célèbre comédie musicale de Broadway créée en 1976) où une petite pensionnaire d'un orphelinat de New York recueille un chien.

de son poil bouclé, mais je m'étais dit qu'on pourrait compléter.

— Anicroche ?

— Anniversaire ! a-t-il proposé.

Alors j'ai ri. Parce que c'était un nom absurde pour un chien, et en même temps parfait. Et parfaite, elle l'était : affectueuse, intelligente et aboyant peu. Ce n'était pas une bague de fiançailles, Dieu merci, mais le fait de partager la responsabilité d'un être vivant semblait un engagement solide. Je voyais bien qu'une fois que j'aurais dit oui à Annie, il serait facile de dire oui à d'autres choses dans la foulée.

40

J'ai toujours pensé qu'il y avait deux types de personnes : celles qui aiment faire des cadeaux et celles qui aiment les recevoir. J'ai toujours adoré recevoir des cadeaux, et c'est encore vrai aujourd'hui. Mais lors du second Noël que j'ai passé avec Darren, je me suis rendu compte que j'adorais aussi en faire.

Nous étions censés aller dans sa famille, dans le Colorado ce Noël-là. J'avais déjà rencontré la plus jeune de ses trois sœurs aînées ainsi que son mari. Puis les deux autres sœurs, leurs maris et leurs enfants. Puis ses parents. Puis différentes permutations et combinaisons de sa famille en diverses occasions. Mais c'était la première fois que je devais passer plusieurs jours pour une fête de famille chez lui et les affronter tous ensemble. Ils étaient charmants individuellement, surtout son père, un homme tranquille – l'œil du cyclone du clan Maxwell –, mais j'étais un peu inquiète à l'idée de passer autant de temps avec eux tous et je craignais que ma propre famille ne me manque.

Les parents de Darren avaient loué un immense chalet à Vail, et sa mère avait promis qu'il y aurait un grand arbre de Noël. La famille avait expédié deux malles de cadeaux qui devaient arriver en avance. Nous avions pris un peu de retard avec les nôtres, aussi avions-nous acheté des objets de taille réduite, susceptibles de tenir dans nos valises. Nous avions envisagé de descendre avec Annie, mais mon frère avait proposé de la garder et de l'emmener chez nos parents. La savoir là-bas me donnait l'impression d'y être un peu moi-même, aussi avais-je accepté.

— Dis donc, Lulu, c'est du sérieux, m'avait dit Jay quand je lui avais parlé de mon projet de passer Noël dans la famille de Darren au lieu de chez nous. Alors, la réaction oscillante s'est produite avec lui ?

Je me suis souvenue de la conversation que nous avions eue plus d'un an et demi auparavant, quand je lui avais dit que je ne voulais aimer personne d'autre que toi. À l'évidence, mes sentiments avaient changé.

— On dirait, ai-je répondu.

J'ai entendu le sourire dans sa voix quand il m'a dit :

— Je suis heureux pour toi, même si tu vas me manquer à Noël.

— Toi aussi, tu vas me manquer. Beaucoup. Mais je te verrai en rentrant. Si on prévoyait un brunch le premier janvier ? Toi, Vanessa, Darren et moi ?

— Bonne idée. Vivement la nouvelle année !

Nous étions allés chez mes parents le week-end précédent pour que je prenne ma tenue de ski, le casque et les lunettes que j'avais rangés dans leur sous-sol.

— Darren est un type bien, m'avait dit mon père en m'aidant à chercher mes affaires ; je regrette de ne pas vous avoir tous les deux pour Noël, mais vous viendrez peut-être l'année prochaine. Et à Pâques ?

— Pourquoi pas ? ai-je répondu.

Ma famille aimait bien Darren et nous passions beaucoup plus de temps avec eux que nous ne l'avions fait toi et moi. Je ne sais pas pourquoi au juste. Peut-être que quand nous étions ensemble nous n'avions besoin de personne et nous ne pensions à personne d'autre. Le monde de Darren et moi comprenait tous ceux que nous connaissions. C'était lui qui gérait notre vie sociale, beaucoup plus que moi, et il se débrouillait pour que nous puissions inclure tout le monde dans notre agenda.

Il se faisait une joie de ces vacances de Noël. Il avait dressé liste après liste pour s'assurer que nous n'oublierions rien et après avoir vérifié et revérifié nos valises, avait annoncé que nous serions prêts à partir la veille de Noël. C'est alors que la grippe s'est déclarée.

Le vingt-trois, son nez coulait et il toussait un peu, aussi s'est-il couché de bonne heure en espérant que ça le remettrait d'aplomb. Nous devions passer la nuit chez lui et aller ensemble à l'aéroport. J'ai donc fini par regarder toute seule *Bonjour la galaxie* dans son salon et me suis glissée dans le lit juste après minuit, environ trois heures après lui.

Quand je me suis blottie contre lui pour me réchauffer, je me suis vite rendu compte qu'il était très chaud. Je me suis retournée et ai posé mes lèvres sur son front comme le faisait toujours ma mère quand mon frère ou moi étions malades. J'ai trouvé sa peau brûlante.

Ses yeux se sont entrouverts et j'ai vu qu'ils étaient vitreux dans la pénombre.

— Darren, ai-je chuchoté. Tu es bouillant. Tu te sens comment ?

Il a toussé. Une longue toux déchirante.

— Pas très bien. J'ai mal à la tête. Tu crois que j'ai de la fièvre ?

Je suis allée chercher le thermomètre dans son armoire de toilette et il a pris sa température. 39°1.

— Il est peut-être cassé, a-t-il dit.

Je l'ai nettoyé à l'alcool et ai pris la mienne. 37°.

— Je ne crois pas, ai-je répondu. Tu dois avoir la grippe.

Je lui ai donné du paracétamol et nous nous sommes endormis tous les deux.

Le lendemain matin, il s'est réveillé de bonne heure avec la même fièvre, la même toux striduleuse, mal à la tête et un nez qui coulait encore davantage.

— Je suis vraiment malade, a-t-il dit quand sa toux m'a réveillée.

— Oui, j'en ai peur.

Alors ses yeux se sont emplis de larmes. C'était la première fois que je le voyais pleurer.

— Notre avion décolle dans quatre heures. Je ne crois pas être en état de partir dans le Colorado aujourd'hui. Je ne sais même pas si je suis capable de me lever.

Bien que ce soit Darren qui s'occupe en général de la logistique, j'ai vite appelé la compagnie aérienne et, à force d'argumenter pied à pied, j'ai obtenu qu'on transfère nos réservations sur un vol deux jours plus tard. Puis j'ai appelé la mère de Darren et lui ai expliqué la situation. Après quoi j'ai mis des bottes et un manteau et suis allée à la pharmacie chercher les médicaments adéquats – antitussifs, antipyrétiques et antigrippaux.

— Pardon de te gâcher ton Noël, a-t-il dit quand je suis rentrée.

— Du moment que je le passe avec toi, il n'est pas gâché, ai-je répliqué en baisant son front fiévreux.

Il a pris ses médicaments et s'est rendormi. Je suis ressortie sans bruit et ai acheté un sapin d'un mètre, le plus grand que je pouvais porter seule, des lumières et des guirlandes, ainsi que des flocons de neige scintillants sur lesquels il y avait déjà une réduction de vingt pour cent chez Duane Reade. J'ai trouvé une boîte de décorations rouge et or, et pour le haut de l'arbre, une danseuse, parce que les magasins avaient été dévalisés. Puis, pendant que Darren dormait, j'ai transformé son salon en décor de Noël. J'ai même déballé les cadeaux que nous avions préparés pour sa famille et les ai mis au pied du sapin, que j'avais installé sur la table basse pour qu'il paraisse plus haut. J'avais l'impression de lui rendre un peu du bonheur qu'il m'avait donné au cours de l'année qui venait de s'écouler.

— Lucy ? a-t-il crié de son lit juste au moment où je collais le dernier flocon de neige sur le mur derrière le canapé. Tu es en train de déménager le salon ?

Je l'ai entendu traverser lentement la chambre en toussant et ouvrir la porte. Il s'est appuyé contre le chambranle, pâle et chiffonné, les yeux cernés. Il a regardé le salon sans rien dire.

— Darren ? Tu en penses quoi ? Je ne voulais pas que tu rates Noël sous prétexte que tu es malade.

En m'approchant, j'ai vu qu'il était très ému.

— Lucy, a-t-il dit entre deux quintes de toux, parfois je t'aime tant que j'ai l'impression que mon cœur ne va pas résister.

Je l'ai serré contre moi plus fort que je ne l'avais jamais fait, comme si par la fougue de ce geste j'avais besoin de lui montrer combien je l'aimais.

Darren était ma réaction oscillante. Plus nous étions ensemble, plus je l'aimais et plus notre relation progressait.

41

Il y a dans la vie de chacun certains événements qui sont des tournants, au moment même où ils se produisent. Le 11 septembre avait été un tournant de ma vie. Ton départ en a été un autre. Et ce Noël avec Darren en a été un troisième. À ce stade, nous étions ensemble depuis un peu moins d'un an et demi, mais je savais déjà que nous nous marierions, sauf si un événement imprévu survenait. Sauf si tu survenais, en fait. J'ai toujours pensé que seul ton retour pouvait m'empêcher d'épouser Darren. Je me suis demandé si cela signifiait que je ne devrais pas l'épouser, mais je savais aussi que tu étais inaccessible et je ne pouvais imaginer ma vie sans lui. Et je l'aimais – je l'aime – sincèrement. C'est juste que je ne l'aime pas de la même façon que je t'aimais – que je t'aime.

Je rêve encore de toi – je te l'ai dit – et ce, depuis ton départ. Nous sommes à Central Park en train de pique-niquer, ou nous nous trouvons dans une chambre d'hôtel, ou nous ramassons des pommes. Parfois le rêve reprend quelque chose que nous avons fait ensemble, et parfois non. Mais il se termine toujours de la même façon : tu m'attires vers toi, nos corps se serrent l'un contre l'autre, nos lèvres se rencontrent – et je me réveille, le cœur battant la chamade, rongée de culpabilité même après toutes ces années parce que je pense à un autre homme alors que je suis couchée à côté de Darren. Je me suis efforcée de mettre un terme à ces rêves. Mais ils persistent.

Un matin, vers mon vingt-sixième anniversaire, j'ai vu dans le *New York Times* une de tes photos. Des Pakistanais manifestant contre une attaque de drones qui avait fait plusieurs blessés parmi des civils. Tu avais changé de pays. Sans rien me dire.

Cette nuit-là, j'ai rêvé de toi, mais le rêve était différent. Nous marchions dans Time Square, et une foule de touristes est arrivée brusquement. Ma main a été arrachée de la tienne ; nous avons été séparés et je t'ai cherché partout. Dans le rêve, j'étais en proie à la panique et j'ai dû crier parce que je me suis soudain rendu compte que Darren me secouait l'épaule : « Tu fais un cauchemar. Réveille-toi, Lucy. »

J'étais inondée de sueur et toujours étreinte par la panique.

— De quoi tu rêvais ? a demandé Darren. Tu disais « gare ». Où étais-tu ?

J'ai secoué la tête.

— Je… Je ne sais pas, ai-je bégayé.

Mais bien entendu, je savais que je ne disais pas « gare » du tout.

Darren m'a fait boire un verre d'eau, puis est revenu au lit et m'a prise dans ses bras.

— Ne t'inquiète pas. Je suis là. Je vais éloigner les mauvais rêves.

J'ai passé mes bras autour de lui, mais je savais que personne ne pouvait éloigner ce genre de mauvais rêve. J'ai mis longtemps à me rendormir, et n'y suis parvenue qu'à l'aube.

Ce jour-là, je t'ai envoyé un e-mail du bureau.

> Sans nouvelles depuis un moment. Ai vu que tu étais au Pakistan. Adoré la photo. Tu es là-bas pour longtemps ?

La réponse est arrivée très vite.

> Hello, Lucy ! Content d'avoir de tes nouvelles. J'espère que tu vas bien. Suis au Pakistan depuis quelques mois, mais on m'a demandé si je voulais être affecté ici officiellement. Je pense accepter et serai sans doute aux États-Unis cet été. Espère te voir. Je guette la diffusion de *Bonjour la galaxie* chaque fois que je suis en voyage. Ton équipe a fait du très bon travail. J'aime toujours autant Galacto.

Tu te souviens de ce mail ? J'ai été si contente de le recevoir.

Savoir que tu n'avais pas changé d'affectation sans me le dire m'a apaisée, comme si le monde tournait de nouveau à la vitesse normale. Mais en réalité, je me demande pourquoi c'était si important pour moi. Je suppose que je tenais toujours à compter pour toi, à être celle avec qui tu partageais tes nouvelles, même si la réciproque n'était pas vraie. Cela amuserait sûrement un psychanalyste.

Ce que tu t'es bien gardé de me dire à l'époque, c'est que tu avais rencontré une journaliste – Raina – qui travaillait à Islamabad, et que c'était pour ça que tu songeais à te faire muter. Je ne suis pas sûre de la façon dont j'aurais réagi si je l'avais appris alors. Honnêtement, je suis contente que tu ne m'aies rien dit.

42

Cette année-là, Darren m'a offert une paire de Manolo Blahnik pour mon anniversaire. Et nous avons décidé de vivre ensemble. Nous étions en couple depuis un peu plus de dix-huit mois et notre bail à chacun se terminait pendant l'été.

— Trouvons-nous un nouvel appartement, a-t-il dit. Un qui ne soit ni le tien, ni le mien, et qui désormais sera à nous.

Cette idée m'a plu. J'avais trouvé bizarre que tu déménages tes vêtements d'un placard pour faire de la place aux miens, et que tu me proposes d'ôter un ou deux posters au mur pour que je puisse mettre certains des miens. Tu avais partagé ton espace avec moi, et je n'avais pas voulu prendre plus que ce qui m'était proposé, ni opérer trop de changements, alors que j'aurais préféré que l'appartement soit aménagé autrement.

— Qu'est-ce que nous devons chercher, à ton avis ? a demandé Darren en prenant un morceau de papier et un stylo sur la table basse.

Nous étions chez lui. Comme la plupart du temps. Probablement parce que c'était plus grand que chez moi, plus facile d'accès par le métro et qu'il y avait un certain panier à chien qu'Annie adorait, mais qui était trop grand pour être trimballé, et trop cher pour qu'on l'achète en double.

— Un lave-vaisselle, ai-je commencé en posant mes pieds en chaussettes sur la table. De la lumière. Et autant d'espace que nous le permet notre budget.

Il a hoché la tête et noté à toute vitesse.

— J'ajoute : proche d'une station de métro, de bons restaurants, des commerces et deux chambres.

— Deux chambres ? ai-je demandé en laissant retomber mes pieds à terre.

— Une chambre d'amis, a-t-il répondu sans me regarder.

Mais j'ai pensé aux enfants. M'installer avec Darren n'était pas la même chose que m'installer avec toi. C'était plus sérieux. Cela ressemblait davantage à un engagement mutuel. Au stade précédant les fiançailles.

Nous avons passé nos week-ends à visiter des appartements. Darren ne voulait pas arrêter de choix tant que nous n'avions pas trouvé exactement ce que nous cherchions. Notre agent immobilier était près de nous tuer.

— Je crois qu'on y est, cette fois, ai-je annoncé à Darren un dimanche vers la fin du mois d'avril.

Un appartement datant d'avant-guerre, agencé à l'ancienne, avec des couloirs et des niches. On accédait à la cuisine en passant sous une voûte, et il y avait un mur en briques apparentes dans la grande chambre. Il était au deuxième étage.

— J'adore, ai-je repris.

Darren m'a souri.

— Et moi, je t'adore.

Je lui ai envoyé une tape en riant.

— Mais l'appartement, il te plaît ? ai-je insisté.

— Oui. Et pas seulement parce qu'il te plaît à toi.

— Tant mieux.

Nous avons signé le bail le jour même et emménagé trois semaines plus tard. Nous avons pris des centaines de photos et j'ai posté nos visages souriants sur Facebook. Nous sommes allés à Bed Bath & Beyond et avons acheté tout ce qui nous a amusés – un pot à biscuits en forme de muffin, une théière avec un visage sculpté, un rideau de douche avec la photo d'un rideau de douche avec la photo d'un rideau de douche et ainsi de suite.

— *Mise en abyme*[1], ai-je dit.

Darren m'a regardée comme si je parlais une langue étrangère, ce qui était le cas.

— Une image à l'intérieur d'une image semblable, à l'infini, ai-je expliqué.

— Je ne savais pas que ça portait un nom.

Toi, tu l'aurais su, mais je n'ai pas pensé à toi sur le moment. Je n'ai pas pensé à toi quand Darren a payé tout ce qu'il y avait dans le chariot, ni quand nous sommes rentrés à la maison et avons joué avec Annie. Mais je n'ai pas pu m'empêcher de comparer ma première soirée avec Darren dans notre nouvel appartement et celle que j'avais passée avec toi dans ton studio qui est devenu le nôtre, puis le mien.

Darren et moi avons préparé le dîner ensemble – un menu élaboré avec des sauces mijotées, une volaille de premier choix et une bouteille de champagne.

---

1. En français dans le texte.

Puis nous sommes sortis promener Annie, avons regardé un film et fait l'amour.

Toi et moi avions commandé une pizza et fait l'amour sur toutes les surfaces imaginables. Le canapé, le sol, la table basse, et le lit, bien sûr. Et le lendemain au réveil, nous avions recommencé.

Mais nous ne nous sommes pas lavé les cheveux mutuellement dans la douche, comme avec Darren ce premier matin. Je ne sais pas pourquoi nous n'y avons jamais pensé, mais c'est délicieux de laver les cheveux de l'être aimé, qui vous rend la pareille. C'est un geste intime. Peut-être que cela tient au patrimoine génétique que nous partageons avec les singes, qui font toujours la toilette de leur compagnon.

Et nous ne nous laissions pas de messages dans le frigo. Des petits Post-it collés sur différents contenants, si bien que le lait était étiqueté « Je t'aime », le jus d'orange « Tu es canon » et sur le fromage râpé, on lisait « Je suis aux anges » et « Moi aussi » à côté d'une image de Vache-qui-rit.

Je ne me rappelle plus comment ça a commencé, mais je me suis mise à penser *Voilà une chose que Gabe ne ferait jamais. Il trouverait probablement ça débile*. J'espère que ce n'est pas le cas. J'espère que je me trompe. Parce que moi, j'adorais.

43

Quand nous nous sommes retrouvés pour prendre un café lors de ton passage à New York ce printemps-là, j'ai senti qu'il y avait quelque chose de différent chez toi. Et dans la ville aussi. La construction de la Freedom Tower avait commencé à Ground Zero. On aurait dit un pansement mis sur une blessure, ou un tatouage sophistiqué pour cacher une cicatrice. Je comprenais le désir de reconstruire, de créer quelque chose d'imposant, un bras d'honneur géant sur le profil de New York. Mais ce secteur me semblait sacré, et encore à vif. Il était trop tôt pour rebâtir dessus.

Cela n'avait rien à voir avec nous, mais avec le souvenir de ces gens qui, tels des oiseaux, s'envolaient des fenêtres tandis que les tours en flammes s'effondraient. Avec ce nouvel immeuble qui sortait de terre, j'avais de plus en plus de mal à me les représenter. J'évitais cette partie de Manhattan. Est-il honteux d'avouer que je n'y suis jamais allée, même maintenant que tout est terminé ? Et même maintenant qu'il y a un mémorial ? Je ne pensais pas pouvoir affronter cela seule. Et je ne voulais pas y aller avec Darren.

Nous n'avons pas parlé de la Freedom Tower ce jour-là, ni du mémorial, ni du matin de notre rencontre. Tu as commencé par me dire à quel point tu avais été impressionné par l'épisode de *Bonjour la galaxie* que tu avais vu pendant ton escale à Londres.

— Celui où Electra prouve à son grand-père qu'elle est capable de réparer son vaisseau spatial, alors qu'il pense qu'ils feraient mieux de demander ça à son frère. C'est l'un des épisodes que tu as pilotés ? as-tu demandé.

J'ai souri.

— Je plaide coupable.

— C'est ce que je pensais, as-tu répliqué en sirotant ton américano. J'avais l'impression de voyager dans ta tête.

Darren ne faisait jamais de commentaire sur *Bonjour la galaxie.* Et il n'aurait certainement jamais dit ça. J'ai éprouvé un brin de nostalgie. Cela avait été très important d'être avec un homme pour qui mon travail comptait, et qui comprenait cette partie de moi.

— Comment est la vie à Islamabad ? ai-je repris.

— Bien. C'est… bien.

Pour toi – pour nous – pareille non-réponse sonnait faux. Je t'ai examiné avec attention, essayant de déceler ce que j'avais pu ne pas remarquer. Tu paraissais détendu. Adossé à ta chaise, tu tenais ta tasse de café au-dessus de tes genoux.

J'ai commencé à poser des questions.

— Ton appartement te plaît ?

— Oui. C'est une maison, en fait. Que je partage avec d'autres journalistes.

— Ah oui ? Ça doit être cool. Des types sympas ?

Tu as baissé les yeux sur ton café.

— À vrai dire, je la partage avec Raina. Une fille que j'ai rencontrée quand l'agence m'a envoyé à Islamabad. Nous avons fini par collaborer sur le reportage.

Tu as haussé les épaules.

— Et vous avez continué à collaborer au quotidien ? ai-je poursuivi, complétant l'information.

Je me suis demandé si ce genre de collaboration était ce que tu avais imaginé pour nous quand tu m'avais proposé de partir avec toi.

Tu as haussé les épaules à nouveau, comme gêné de me dire ça.

— C'est un Pégase, as-tu dit enfin. Comme toi.

J'ai eu l'impression de recevoir un coup de poing dans le ventre en entendant ces mots, ce qui était idiot, car je n'avais jamais été d'accord avec ton interprétation de ce mythe. Mais je savais ce qu'il signifiait pour toi. Et j'avais beau être avec Darren depuis près de deux ans alors que tu n'avais été avec personne et qu'il était bien normal que tu vives toi aussi ta vie, ça m'a fait mal malgré tout. Pendant tout le temps où j'avais vécu avec lui, jamais Darren n'avait pris ta place dans mon cœur, et je détestais l'idée que quelqu'un d'autre prenne la mienne dans le tien.

— Grande nouvelle, t'ai-je dit alors. Je me réjouis pour toi, Gabe.

Tu t'es passé la main dans les cheveux, comme je t'avais vu le faire des centaines de fois.

— Merci. Et comment va ton compagnon ? Daniel ? Derrick ?

— Darren, ai-je dit. Très bien.

As-tu estropié son prénom à dessein ? J'ai toujours pensé que oui, mais me suis abstenue de tout commentaire.

Heureusement que notre rencontre n'a duré que le temps d'un café ce jour-là. Je ne crois pas que j'aurais pu la prolonger. La jalousie que j'ai éprouvée m'a effrayée. Elle me forçait à me poser des questions sur ma relation avec Darren, ce que je voulais éviter. Je l'aimais. Et toi, tu en aimais une autre.

44

Il y a certaines questions qui changent le monde. Pas le monde au sens large, mais le petit monde personnel de chacun. *Veux-tu m'épouser ?* étant, je crois, en haut de la liste.

La dernière semaine de mai, peu après que je t'ai vu, Darren m'a dit de préparer un sac de voyage parce qu'il avait prévu de fêter l'anniversaire de notre rencontre un peu en avance, le week-end du Memorial Day. Un week-end surprise de quatre jours pour célébrer notre installation ensemble et le fait que bientôt, nous serions en couple depuis deux ans. Il n'avait pas encore compris que les grandes surprises comme celle-ci n'étaient pas vraiment ma tasse de thé, mais j'essayais d'être belle joueuse. À l'évidence, il adorait organiser les choses et me surprendre. J'ai donc décidé de mettre de côté mes réactions premières et de considérer d'abord l'importance que ces surprises avaient pour lui. Malgré cela, je n'ai pu m'empêcher de spéculer sur la destination. Je m'étais imaginé que nous irions à Cape Cod ou sur la côte du Maine, puisque nous n'y étions jamais allés ensemble, que nous n'avions que quatre jours et que nous aimions tous les deux la plage. Mais quand Darren m'a donné la liste des choses à emporter, j'ai remarqué que le maillot de bain n'y figurait pas.

— Tu n'as rien oublié ? ai-je demandé en préparant mon sac.

Darren, prêt à se mettre au lit, est arrivé en T-shirt et boxer, sentant le savon et le dentifrice. Il a examiné la liste que j'avais en main.

— Non, a-t-il dit. Tout est là.

— Pas de maillot de bain ?

— Non, a-t-il répété. Tu as là tout ce dont tu auras besoin.

J'ai rectifié mes hypothèses pour le week-end. Peut-être irions-nous dans les collines des Berkshires, ou au spa dont la sœur de Darren avait parlé, dans le Connecticut. Deux endroits agréables.

— Tu peux quitter le travail demain à dix-sept heures précises ? a-t-il repris.

J'ai hoché la tête.

— Je passe te prendre demain devant ton bureau, et on partira directement.

— Je peux te retrouver à l'agence de location de voitures, ai-je proposé.

— Pas la peine. C'est plus logique que ce soit moi qui vienne te chercher, a-t-il dit en pliant avec soin un pantalon avant de le ranger dans la valise.

J'ai interrompu mes préparatifs pour le regarder rouler ses chaussettes en boule et les mettre à l'intérieur de ses chaussures – il en faisait tenir trois paires dans chacune, le cou penché pour s'assurer qu'elles étaient bien enfoncées jusqu'au bout.

Parfois, quand je l'observais, je n'avais qu'une pensée : *Il est à moi. C'est mon petit ami, le corps que je câline, la main que je tiens*. Jamais je n'ai pensé que tu étais à moi au sens où Darren l'était – l'est. J'ai toujours eu le sentiment que tu n'appartenais qu'à toi-même et que tu te prêtais à moi quand ça te convenait ; jamais je n'avais eu l'exclusivité de ta personne. Avec Darren, si. Et le fait qu'il m'appartenait complètement m'a poussée à ignorer des choses que je n'aurais peut-être pas dû méconnaître.

Je me suis collée à son dos cette nuit-là, ai passé mes bras autour de sa poitrine et embrassé sa nuque en disant :

— Soit, j'ai compris, c'est ton voyage-surprise et j'arrête d'essayer de changer tes projets.

Il s'est retourné, m'a rendu mon baiser et j'ai senti son érection contre moi.

— Tiens ! ai-je fait en haussant les sourcils.

— Tiens ! a-t-il répliqué à mi-voix.

J'ai relevé son T-shirt et laissé courir mes lèvres le long de son torse jusqu'à l'élastique de son boxer, que j'ai baissé. Je me suis agenouillée et ai continué à l'embrasser, descendant toujours.

— Oh, Lucy !

Il m'a fait basculer sur le lit avec lui.

Nous ne nous sommes endormis que très tard cette nuit-là.

Toute la journée du lendemain au bureau, je me suis sentie vaseuse. J'ai retrouvé Darren avec dix minutes de retard.

Il faisait les cent pas sur le trottoir devant une limousine.

— Mais où étais-tu ? a-t-il demandé quand je suis enfin apparue.

— Ce n'est pas une voiture de location, ça.

Il a ri et est sorti de sa bulle d'inquiétude.

— Non, en effet. On va à l'aéroport.

— L'aéroport ?

— Je t'emmène à Paris ! Comme sur ta liste : *Aller passer un long week-end à Paris, sans raison particulière.*

J'ai écarquillé les yeux.

— C'est vrai ?

J'étais complètement éberluée. Un séjour-surprise à Paris ! Le genre de chose qui n'arrive que dans les films. Et pourtant, c'était en train de m'arriver, à moi.

Il avait eu un geste incroyablement généreux et romantique. Le genre de geste dont rêvent la plupart des femmes. Mais une fois le choc initial dissipé, j'ai eu un sentiment d'étrangeté, comme quand il nous avait acheté Annie. J'aurais voulu avoir mon mot à dire. Et si j'avais envie de séjourner dans un arrondissement en particulier ? Ou de visiter Biarritz pendant que nous étions en France ? Ou Giverny ?

— Mais oui ! Juré, craché, a-t-il répondu. Allez, monte, il est temps de partir pour l'aéroport !

Et il m'a ouvert la porte de la limousine.

— Mais mon passeport ? ai-je lancé en montant.

Il a tapoté la sacoche de son ordinateur.

— Là-dedans, a-t-il dit, et il s'est glissé à côté de moi.

Quand nous sommes arrivés à JFK, j'ai découvert qu'il nous avait pris des places en classe business.

— Tu es fou ou quoi ? ai-je protesté tandis que nous attendions dans le salon d'American Airlines.

— J'avais des miles. Des points sur ma carte bleue. Ça n'a rien coûté.

Je lui ai lancé un regard sceptique.

— Et même si j'ai payé quelque chose, ça en vaut la peine, pour ton premier voyage à Paris.

Le repas qu'on nous a servi à bord était le plus délicieux que j'aie jamais pris en avion, et nous avons eu droit chacun à une petite bouteille de vin. Darren m'a présenté mon verre en faisant des commentaires avec un accent français effroyable. Il m'a fait tant rire que j'en ai eu les larmes aux yeux. J'ai évacué les derniers vestiges de l'agacement que j'avais ressenti à l'annonce de ce voyage préparé sans moi. Nous nous sommes endormis en nous tenant la main et réveillés quand le steward nous a servi le petit déjeuner.

Une fois à l'aéroport, nous avons pris le train pour Paris intra-muros, puis le métro.

— Où allons-nous ? ai-je demandé.

— C'est toujours une surprise.

Quand nous sommes sortis du métro, nous avons débouché juste en face de Notre-Dame.

— Mon Dieu ! me suis-je exclamée.

— Magnifique, hein ? Mais ce n'est pas ça la surprise. Notre appartement est à côté. J'espère qu'il sera aussi chouette que sur les photos.

Darren avait trouvé sur Internet un meublé qu'il avait retenu pour trois nuits, ce qui était un exploit à cette époque pré-Airbnb. S'il n'était pas aussi sublime que sur les photos, il était tout de même très agréable.

Il avait un balcon qui donnait sur la Seine et la décoration était exactement telle qu'on l'imagine pour un appartement parisien, tout en moulures tarabiscotées, harmonies de couleurs audacieuses et accessoires décalés. Il y avait aussi un lit rond.

— C'est la première fois que je vois ça, a dit Darren quand il est entré dans la chambre. Ce lit n'était pas sur les photos, je t'assure.

À côté de lui, j'ouvrais des yeux stupéfaits.

— Je ne savais pas qu'on fabriquait des draps ronds. Et des couvertures rondes. C'est peut-être une particularité française ?

Darren s'est gratté la tête.

— Je crois qu'elle est plutôt à attribuer au propriétaire.

Je me suis mise à rire.

— J'espère que ça t'ira, a dit Darren en me prenant dans ses bras.

— Bien sûr que oui. Même se coucher sera une aventure.

Nous avons été obligés de nous installer plus près l'un de l'autre que d'habitude dans le lit, afin d'éviter que nos pieds ne dépassent du rond. C'était assez agréable de dormir entremêlés, comme nous le faisions toi et moi. C'est comme ça que tu dormais aussi avec Raina ? Ou Alina ? Ou les femmes qui, j'en suis sûre, avaient dû assurer l'intérim, bien que tu ne m'aies jamais parlé d'elles ?

Le lendemain a été un tourbillon touristique – Notre-Dame, le Louvre, la tour Eiffel, la Sainte-Chapelle. Nous avons dîné en terrasse et vu la tour Eiffel scintiller à chaque heure, comme si elle répandait sur la ville une poussière de fées.

— Tu es contente ? m'a demandé Darren au dessert, une crème brûlée arrosée d'un vin doux.

— Aux anges ! Merci pour ce voyage.

J'ai regardé le ciel étoilé, les immeubles parisiens, la rue pavée. Darren qui me souriait. J'étais comblée. Mais une minuscule partie de moi-même, celle qui aurait aimé que ce voyage ait été préparé à deux, s'est demandé s'il faisait cela pour moi, ou s'il agissait ainsi parce qu'il souhaitait être le genre d'homme qui prévoit des voyages-surprises à Paris pour sa petite amie. Darren est coutumier de ces grands gestes et toutes ces années plus tard, je ne sais toujours pas ce qui chez lui relève de l'intérêt personnel ou de la générosité.

Juste avant notre départ pour Paris, lorsqu'il m'avait parlé du voyage-surprise qu'il préparait, je lui avais acheté une gourmette. Avec une plaque en métal à graver. D'un côté, elle portait son nom et de l'autre, le côté qui touchait le poignet, j'avais fait inscrire « Je t'aime, XO, Lucy ».

Quand la dernière cuillerée de crème brûlée a été avalée, j'ai sorti l'écrin de mon sac.

— J'ai quelque chose pour toi. Un cadeau d'anniversaire.

— Moi aussi, j'ai quelque chose pour toi.

— Je croyais que ce voyage, c'était mon cadeau ? ai-je dit en jouant avec le petit paquet posé sur mes genoux.

— C'en est une partie. Mais je connais un meilleur endroit qu'ici pour un échange de cadeaux. (Il a regardé sa montre.) Ça t'ennuie si on court un peu ?

J'ai jeté un coup d'œil à mes chaussures.

— Je porte des talons.

— Ça ne sera pas long. Je t'aiderai à garder ton équilibre.

Il a donc réglé l'addition et nous sommes partis à la course, main dans la main, sur le pavé des rues parisiennes jusqu'à ce que nous arrivions au milieu du Pont-Neuf.

— Le timing est parfait, déclaré Darren en regardant la tour Eiffel qui venait de se mettre à nouveau à scintiller.

Alors, il a mis un genou en terre, a sorti une petite boîte de sa poche de pantalon et, avant que j'aie pu prendre la mesure de ce qui se passait, il a demandé :

— Lucy, veux-tu m'épouser ?

J'ai senti mon corps s'embraser, mon estomac se retourner. Peut-être aurais-je dû m'y attendre, mais ce n'était pas le cas. Et en cet instant, je n'ai pas du tout pensé à toi. Ni au fait que Darren avait préparé ce voyage sans moi. Qu'il ne semblait guère se soucier de mon travail. Et qu'il trouvait mes rêves mignons au lieu d'importants. Je n'ai pensé qu'à une chose : à sa gentillesse. À l'amour qu'il me portait. Au soin avec lequel il avait préparé sa proposition, à tout ce qu'il avait prévu en amont. À sa façon de me montrer qu'il m'appartenait totalement et complètement. Et au plaisir que j'en éprouvais.

— Bien sûr. Absolument. Oui, ai-je répondu.

Il s'est relevé et a essayé de passer la bague à mon doigt – à n'importe quel doigt –, s'acharnant sur ma main droite jusqu'à ce que je lui tende la gauche.

Nous nous sommes embrassés tandis que la tour Eiffel brillait toujours. Un moment romantique digne d'un livre, d'un film ou du journal d'une ado de quinze ans.

Aurais-tu pris toute cette peine pour demander une fille en mariage ? Comment as-tu fait ta demande à Alina ? Je ne crois pas que tu m'aies jamais raconté comment vos fiançailles ont commencé, seulement comment elles ont fini.

45

Quelques semaines après notre retour, Darren est parti pour Montréal, afin d'assister à l'enterrement de vie de garçon de son ami Arjit. J'ai reçu un coup de téléphone tardif de Jay le vendredi soir.

— Lu, a-t-il dit quand j'ai décroché. Tu n'es pas libre dimanche soir, par hasard ?

J'avais profité de l'absence de Darren pour programmer un brunch arrosé avec Alexia en fin de matinée samedi, une visite au Met avec Kate l'après-midi, un dîner à Koreatown avec Julia, où nous avions prévu d'aller déguster un barbecue coréen pendant qu'elle me raconterait sa série de rencontres pas vraiment géniales sur OkCupid. Je n'avais aucun plan pour le dimanche, que j'avais l'intention de passer à la maison, vautrée sur le canapé, avec Annie pour toute compagnie. Je voulais grignoter des Cheerios à même la boîte – ce que Darren trouvait dégoûtant –, regarder des rediffusions de *90210* et rester en pyjama au moins jusqu'à deux heures de l'après-midi.

J'ai soupiré.

— Si, si. Tu voulais faire quoi ? ai-je demandé.

J'imaginais Jay en train de gratter sa barbe hirsute à l'autre bout du fil.

— Alors… Est-ce que tu pourrais me rendre un grand service ?

Jay n'était pas du genre à demander des services. C'était rarissime. J'ai éprouvé une certaine appréhension.

— Pour toi, Jay ? Bien sûr. De quoi as-tu besoin ?

— Est-ce que tu veux bien venir à mon labo ? C'est pour le jour de la fête des familles. Vanessa vient aussi, bien entendu, mais… Il va y avoir plein d'enfants. Je ne t'en ai jamais parlé, mais nous essayons d'en avoir un. Et ça fait plus d'un an. Je crois que ça sera plus facile pour elle si tu es là aussi. Alors, c'est d'accord ?

Voilà ce que j'aimais chez mon frère : s'il me demandait un service, ce n'était pas pour lui, mais pour Vanessa.

— Bien sûr, ai-je répondu.

Je suis donc allée dans le New Jersey et ai passé l'après-midi dans le labo de Jay, où ses collègues et lui réalisaient des expériences pour les enfants. Manifestement, la fête des familles était en réalité la fête des enfants, conçue, peut-être, pour pousser ceux-ci à s'intéresser à la science ou leur donner l'occasion de visiter le lieu de travail de leurs parents, en général inaccessible. Je n'avais pas saisi au départ en quoi c'était un enjeu, mais une fois sur place, j'ai bien vu pourquoi affronter cette journée seule pourrait être une épreuve pour une femme qui essayait d'être enceinte.

Ne sachant pas si j'étais censée être au courant, je n'ai fait aucune allusion à Vanessa. Mais quand nous nous sommes retrouvées toutes les deux debout derrière un groupe que Jay était en train d'épater avec une réaction oscillante – sa préférée, celle où le mélange passait de l'orange au noir –, elle m'a avoué :

— J'ai cessé de faire des promenades à Central Park.

— Ah bon ?

— C'est trop dur de voir les poussettes et les aires de jeux.

— Je peux le comprendre, ai-je dit tandis que le groupe devant nous poussait des « oh » et des « ah » en voyant le mélange virer à l'orange. Tu es allée consulter ?

— Oui, il y a quelques semaines, a-t-elle répondu en gardant les yeux fixés sur l'éprouvette. Je suis sous traitement en ce moment. Alors, avec un peu de chance…

— Je suis sûre que ça va réussir. Il est complètement normal de se faire un peu aider. Il y a beaucoup de femmes qui ont recours à une stimulation et qui se retrouvent enceintes.

L'éprouvette a viré au noir et Vanessa s'est tournée vers moi.

— Oui, mais je n'aurais jamais cru me trouver un jour dans ce cas-là.

Elle s'est excusée et est partie aux toilettes. Je me suis approchée d'une table sur laquelle étaient posés des bouteilles d'eau oxygénée, du liquide vaisselle et de la levure. Je n'avais jamais vu Jay faire une expérience avec ces produits. Je les ai observés, essayant d'imaginer ce qui allait se passer quand on mélangerait le tout.

— Ça produit de la mousse, a lancé une voix.

J'ai levé la tête et aperçu l'un des collègues de Jay. Nous n'avions pas encore été présentés, mais il portait une blouse blanche et un badge sur lequel était écrit son nom. *Dr Christopher Morgan.* Il était grand, comme toi, avec des cheveux bouclés, comme toi, mais là s'arrêtaient les ressemblances. Il avait des yeux noirs, des cheveux noirs et un nez large auquel faisait pendant un menton carré.

— Ah oui ? ai-je dit. Je suis Lucy Carter, la sœur de Jason.

Il m'a regardée avec attention.

— Ah, ça se voit aux sourcils. Ne le répétez pas à votre frère, mais ils sont beaucoup mieux sur un visage de fille. Moi, c'est Chris.

— Je ne dirai rien, promis, ai-je répondu en riant. Ravie de vous connaître.

Chris a gagné l'autre extrémité de la table et revissé le bouchon d'une bouteille d'eau oxygénée.

— Personne ne s'intéresse à mon expérience. Je m'étais dit que ce serait cool de montrer aux enfants quelque chose qu'ils pourraient faire chez eux, mais ils n'ont pas l'air fascinés par les expériences à base de produits ménagers. Je ne connais sans doute pas très bien les enfants.

Il semblait avoir mon âge. Peut-être un an de plus. Il ne devait pas avoir d'enfants – ni même des neveux ou des nièces.

— Moi, ça m'intéresse. J'aimerais bien voir votre mousse.

En répondant cela, je me suis demandé si je lui faisais une avance. Ou était-ce un simple bavardage ? Soudain, j'ai senti le poids du diamant à mon annulaire.

— C'est vrai ?

— Absolument.

Il a débouché la bouteille.

— Parfait. La mousse arrive tout de suite.

Tout en versant les ingrédients, il m'a posé des questions sur l'endroit où j'habitais, ce que je faisais, comment j'étais venue dans le New Jersey. Je me suis aperçue que je répondais sans mentionner Darren. Je savais que je n'aurais pas dû.

— Vous savez, je vais souvent à New York, a-t-il dit. La prochaine fois, on pourrait peut-être prendre un verre.

— Je…, ai-je commencé. (Puis j'ai levé ma main gauche.) Désolée, mais je suis fiancée.

— Oh, c'est moi qui suis désolé. Je ne…

— Non, ai-je coupé. C'est ma faute si j'ai prêté à confusion.

Les yeux de Chris se sont posés à nouveau sur ma main, puis sur les produits devant lui.

— Vous voulez ajouter la levure ? a-t-il proposé finalement.

Ce soir-là, en revenant chez Vanessa et Jay dans leur voiture, je n'ai pu m'empêcher de m'interroger sur ce qui se serait passé si je n'avais pas été fiancée. Aurais-je donné mon numéro de téléphone à Chris ? Nous serions-nous retrouvés pour prendre un verre ? Aurais-je découvert une nouveauté délectable en l'embrassant ?

J'étais sortie si longtemps avec Darren après avoir été avec toi que j'avais oublié qu'il y avait d'autres hommes. Quantité d'autres hommes. Et j'ai repensé à ma conversation avec Kate à propos de Liz, et aux métaphores qu'elle avait utilisées pour caractériser les relations. Et si j'étais en train de tirer un trait trop tôt sur les autres possibilités ? Aurais-je dû essayer de connaître toutes les variantes dont Liz avait parlé à Kate ?

Mais je suis rentrée à la maison, où Darren m'attendait avec des cadeaux rapportés de Montréal. Nous avons préparé des spaghettis carbonara, sommes allés promener Annie et avons ri en évoquant toutes les pitreries auxquelles s'étaient livrés les participants à cet enterrement de vie de garçon. Je me suis dit : *Eh bien voilà. C'est ça que je veux.* Mais il m'arrive parfois de repenser à cette journée, et je me demande si mes tripes n'étaient pas en train de me dire quelque chose que ni mon cerveau ni mon cœur ne voulaient admettre. Aurions-nous quand même fini ici aujourd'hui, dans cette situation, si je les avais écoutées ?

46

« Mariage pluvieux, mariage heureux », dit l'adage. Quelqu'un a dû inventer ça pour consoler les mariées quand elles découvrent un ciel sombre et couvert au réveil le matin de leur mariage.

Comme celui que nous avons eu, Darren et moi. Le soleil essayait de percer les nuages, mais il n'y est jamais parvenu. Nous nous sommes mariés six mois après que Darren m'a fait sa demande : le week-end de Thanksgiving 2006. Il a dit qu'il ne pouvait pas attendre une minute de plus pour être mon mari, et j'ai trouvé ça follement romantique. J'avais vingt-six ans, Darren trente et un. En plus des trois sœurs de Darren et de ma propre belle-sœur Vanessa, j'ai eu trois demoiselles d'honneur : Kate, Alexia et Julia.

J'avais demandé à toutes de porter du jaune, parce que c'est une couleur joyeuse, et Darren et moi voulions que tout le monde soit joyeux le jour de notre mariage. Aussi joyeux que nous. Personne ne me faisait autant rire que lui. Personne ne pouvait transformer un jour de tempête et de gros nuages en un jour de grand soleil et de ciel bleu. Alors peut-être était-il logique que ce jour-là soit couvert – en l'épousant, j'avais l'impression qu'il faisait beau.

J'avais même un bouquet de tournesols – pas très subtil, je sais. J'ai posté des photos sur Facebook, et comme beaucoup d'autres en ont fait autant, tu devais déjà être au courant pour les tournesols. Mais je ne t'ai pas invité. Cela semblait déplacé. Et je ne t'avais pas vu du tout cette année-là. Je t'avais écrit un e-mail pour t'annoncer mes fiançailles et tu n'avais pas répondu, ni ne m'avais prévenue pour me dire quand tu passais à New York. Mais je t'avais vu sur la page Facebook d'Adam. Il y avait une photo de toi avec lui, Justin et Scott sous une mise à jour de statut disant : « Les mecs sont de retour en ville ! » J'ai eu un choc, mais je me rappelle avoir pensé que mieux valait que nous ne nous soyons pas vus, mieux valait que chacun sorte de la vie de l'autre.

La réception de mon mariage avec Darren a eu lieu au restaurant du lac à Central Park, The Boathouse. C'est notre quartier, le tien et le mien, mais je n'y ai pas pensé quand nous avons réservé. Ma mère aurait souhaité que la fête se déroule dans le Connecticut, les parents de Darren proposaient le New Jersey et Darren s'était dit que Montauk serait un bon choix. Mais je tenais à me marier à New York, et à ce qu'il paraît, la mariée obtient en général satisfaction. Et quand nous avons vu The Boathouse, non loin des sentiers de jogging, Darren a été conquis. Il a même conçu notre faire-part, une simple carte « À noter dans votre agenda » : une photo de nos jambes prises à partir des genoux, les pieds en chaussures de sport, avec un commentaire disant : « Que vous veniez à pied, à cheval ou en voiture, nous sommes impatients de vous avoir avec nous pour notre mariage. » Je sais, tu aurais levé les yeux au ciel si tu avais trouvé ça dans ton courrier. Je ne pense pas que dans vos projets de mariage, Alina et toi en soyez arrivés au stade du faire-part. Mais même alors, j'imagine que tu aurais ignoré les usages.

La veille du mariage, j'ai passé la nuit chez mes parents dans le Connecticut et venais de me réveiller dans mon lit d'enfant quand mon téléphone a sonné. Le numéro d'appel était long, manifestement un numéro étranger. Cela pouvait être différentes personnes – Liz, la sœur de Kate, des collègues en Angleterre ou en Allemagne, où *Bonjour la galaxie* avait presque autant de succès qu'aux États-Unis –, mais mon instinct m'a dit que c'était toi. J'ai laissé sonner une fois encore, puis une autre, avant de me décider à prendre l'appel. Peut-être voulais-tu me souhaiter bonne chance.

Mais tu n'avais aucune idée de ce qui se passait ce jour-là. Ou du moins, pas consciemment. Je me suis toujours demandé si au fond de ton esprit, tu ne savais pas. Quelqu'un a bien dû te le dire. Ou tu as dû voir l'annonce sur Facebook. Mais peut-être pas. Peut-être était-ce une coïncidence.

— Luce ?

— Gabe ?

— C'est moi. Je suis désolé si je te dérange. Je sais que ça fait longtemps que nous ne nous sommes pas parlé, mais j'ai… j'ai besoin de toi.

Je me suis assise dans mon lit Laura Ashley et adossée aux oreillers. Mon corps a réagi à ta voix, comme toujours.

— Qu'est-ce qui ne va pas ? ai-je demandé, imaginant des explosions, des membres arrachés.

— Raina n'est pas un Pégase.

J'ai poussé un soupir de soulagement. Tu n'étais pas blessé. Du moins, pas physiquement. J'espérais qu'affectivement non plus.

— Qu'est-ce qui s'est passé ?

— Elle a rencontré un travailleur humanitaire. Elle a dit qu'il était plus disponible que moi. Je suis indisponible, Luce ?

De prime abord, je me suis demandé quoi répondre, et puis j'ai opté pour la franchise.

— Je ne sais pas. Ça fait plus d'un an qu'on ne s'est pas vus. Je ne te connais plus vraiment.

— Mais si. Je n'ai pas changé. Tu me connais mieux que personne. J'ai… j'ai juste besoin de savoir. Est-ce que Raina a raison de dire ça de moi ?

J'avais du mal à croire que j'étais en train de psychanalyser mon ex-petit ami le matin de mon mariage. J'ai choisi mes mots avec circonspection.

— Pour te rendre disponible, il faut que tu fasses passer la relation en premier. Pas nécessairement tout le temps, mais souvent. Cela implique que lorsque tu prends une décision, tu considères ce qui est le mieux pour vous deux en tant que couple, même si cela suppose quelques compromis individuels. Cela signifie que le partage est essentiel. Ce qui n'était pas le cas du Gabe que je connaissais.

Il y a eu un long silence.

— Je suppose que non, en effet. J'espérais que ta réponse serait différente, as-tu répondu d'une voix si basse que j'ai failli ne pas y percevoir la déception.

— Je suis désolée. Aujourd'hui n'est peut-être pas le meilleur jour pour cette conversation.

— Tout va bien ? J'aurais dû commencer par te poser la question. S'il y a quelque chose que tu as envie de me dire…

— C'est juste qu'aujourd'hui… c'est le jour de mon mariage.

J'ai eu du mal à dire ces mots. À te les dire à toi.

— Luce, tu te maries aujourd'hui ?

À entendre ta voix, on aurait cru que je t'avais giflé.

— Je me marie aujourd'hui, ai-je répété.

— Oh ! Merde.

J'ai un souvenir très précis de cette réponse. De la manière dont tu l'as prononcée. *Oh ! Merde.* Comme si chaque mot était une phrase à part entière. Je n'ai pas répondu tout de suite.

Il y a eu un silence de ton côté aussi. Et je me suis sentie coupable.

— Ne t'en fais pas, ai-je dit. Tu trouveras un autre Pégase.

— Et si… ?

Tu n'as pas terminé ta phrase, comme si tu avais peur de le faire ou, peut-être, peur que je n'entende ce que tu avais à dire.

— Tu en retrouveras un, ai-je repris. (Puis j'ai baissé la voix.) Il faut que je te laisse.

— Oui. Je suis… Pardonne-moi d'avoir appelé.

— Ne t'excuse pas. Tu ne m'as pas dérangée.

— Pardon, as-tu répété.

Nous avons raccroché, mais bien entendu, j'ai pensé à toi tout le reste de la matinée.

47

Sans mascara waterproof, je ne crois pas que j'aurais tenu jusqu'à la fin de cette journée. Pendant que je m'habillais, pendant qu'on me faisait un chignon torsadé, pendant qu'une charmante maquilleuse nommée Jackie m'appliquait de l'anti-cernes, je continuais à penser à ton *Oh ! Merde.* Je ne cessais d'entendre ta phrase inachevée : *Et si... ?* J'étais sûre que Darren était l'homme que je voulais épouser. J'avais cru en être sûre. Jusqu'à ce jour, j'en étais certaine. Et puis tu m'avais fait douter.

Quand Jackie a renoncé à me mettre de l'eye-liner parce que je n'arrêtais pas de pleurer, ma mère a demandé à tout le monde de quitter la pièce.

— Laissez-nous quelques instants, a-t-elle dit, les doigts crispés sur son collier de perles, comme si ce bijou de famille possédait un pouvoir caché.

Lorsque nous nous sommes retrouvées seules, elle s'est appuyée contre la table à maquillage.

— Lucy, qu'est-ce qui ne va pas ?

Je ne voulais pas avouer la vérité, à savoir que je pensais à toi le jour de mon mariage et que je remettais ma décision en question.

— C'est l'émotion, rien de plus.

Elle a fixé sur moi un regard glacial qui n'était pas dupe de mon mensonge, comme lorsque j'étais enfant.

— Lucy, je suis ta mère. Tu peux tout me dire.

Je lui ai donc dit quelque chose. Qui me tracassait depuis des mois, et que je n'avais avoué à personne.

— Je crois que Darren m'aime plus que je ne l'aime.

Elle m'a serrée dans ses bras. Avec précaution, pour éviter que mon maquillage humide ne déteigne sur sa robe en soie champagne.

— Oh, ma chérie ! Les relations ne sont pas toujours symétriques. L'équilibre fluctue en permanence. L'un aime davantage, l'autre a plus de demandes. La relation que tu as avec Darren aujourd'hui ne sera plus la même dans seulement un an.

Elle m'a prise par les épaules et s'est reculée pour me regarder dans les yeux.

— Et je ne pense pas que ce soit si terrible qu'il t'aime un peu plus que tu ne l'aimes aujourd'hui. Tu peux être sûre alors qu'il te traitera comme une princesse.

J'ai ri et me suis essuyé le visage. Mais elle me scrutait toujours avec son œil détecteur de mensonge.

— Il y a autre chose, a-t-elle insisté.

J'ai fixé mes ongles, impeccables après une french manucure.

— Gabe m'a appelée ce matin.

— Gabe Samson ?

J'ai hoché la tête et mes yeux se sont à nouveau emplis de larmes.

— Et si c'était lui, l'homme avec qui je devais faire ma vie, et non Darren ?

Ma mère s'est adossée à la coiffeuse et a caressé ses perles. Elle a gardé un moment le silence avant de reprendre la parole.

— Je te demande de réfléchir, de réfléchir vraiment, à la relation que tu as avec Darren et à celle que tu as eue avec Gabe. Et demande-toi qui serait le meilleur partenaire, le meilleur père pour tes enfants. Si tu penses que la réponse n'est pas Darren, alors tu n'es pas obligée de te marier aujourd'hui. Même si la réponse n'est pas Gabe. Si tu crois qu'il y a quelque part un homme qui peut te rendre plus heureuse que Darren, tu peux tout arrêter. Ce ne sera pas facile, mais c'est possible. Tu me le dis, et je le transmets à ton père, qui l'annoncera aux invités. Mais tu ne pourras pas revenir sur ta décision. Si tu renonces à Darren aujourd'hui, c'est définitif. J'ai vu à quel point vous tenez l'un à l'autre, comme vous vous amusez ensemble. Mais si tu as l'impression que ça ne suffit pas et que tu commets une erreur, personne ne te force à l'épouser.

J'ai hoché la tête.

Ma mère s'est tournée vers la fenêtre, et j'ai pensé à toi, Gabe. À la façon dont avec toi, je pouvais me sentir si bien, si comblée, mais aussi si mal par moments. À la façon dont tu te souciais tellement plus de toi que de nous. Ta vie était le *Grand Gabe Show* et, pour te garder, j'aurais dû me contenter de jouer les seconds rôles auprès de la vedette. Je sais que ce n'est pas agréable à entendre, mais c'est la stricte vérité.

J'ai également pensé à Darren. Au fait qu'il n'était pas parfait. Qu'il ne prenait pas mon travail au sérieux. Et je craignais parfois qu'il ne me prenne pas, moi, au sérieux. Mais je pensais pouvoir le faire changer sur ce point, pouvoir travailler davantage pour lui montrer ce que mon métier signifiait pour moi. Je pouvais l'aider à voir que je voulais être sa partenaire, son égale. Et je l'aimais. J'aimais son rire, son sens de l'humour, son sourire. Il n'était ni ténébreux, ni compliqué. Avec lui, la vie était simple et agréable. J'avais une impression de stabilité, de solidité. Il me rendait heureuse, la plupart du temps. Nous avions construit les fondations d'un bel avenir ensemble. Je ne pouvais pas le planter là, au Boathouse, le jour de notre mariage.

Je me suis essuyé les yeux.

— Merci, ai-je dit à ma mère. Je me sens mieux maintenant. Je suis prête.

Elle a poussé un énorme soupir et m'a prise dans ses bras.

— Tu sais que tu as mon soutien. Inconditionnel.

— Je sais, ai-je répondu, respirant une bouffée de Shalimar dans son cou.

— N'oublie pas qu'il y a une différence entre aimer et être fou de quelqu'un.

J'ai hoché la tête.

Étais-je folle de toi ? Étions-nous fous l'un de l'autre ? Est-ce que ce genre de sentiment dure longtemps ? Ou y a-t-il toujours eu de l'amour entre nous ? J'aimerais croire que oui.

48

J'avais beau travailler depuis un bon moment à *Bonjour la galaxie* et étudier des histoires vraies, essayer d'illustrer des conflits issus du plus grand nombre possible de pays et de cultures afin que les scénaristes les utilisent, je n'avais jamais beaucoup voyagé hors des États-Unis. Aussi Darren et moi avons-nous décidé de passer notre lune de miel en Turquie, pour découvrir un autre continent et sortir des chemins battus. Je voulais entendre le muezzin appeler à la prière. Avoir un aperçu d'un des pays sur lesquels j'avais fait des recherches. Et quand nous y sommes arrivés, je n'ai pas arrêté de prendre des notes.

Dans la rue, des femmes voilées s'adressaient à d'autres, à la tête découverte. J'ai sorti de ma poche un morceau de papier et ai griffonné un message à ma propre intention, pour suggérer une scène analogue dans notre épisode suivant, entre aliens, bien entendu.

— Les notes, ça suffit ! a dit Darren. On est venus ici en voyage de noces. On a laissé le travail à New York. Je n'ai pas cherché à prendre contact avec le bureau depuis notre arrivée, tandis que toi, tu n'as pas arrêté de gribouiller et de parler toute seule.

J'ai relevé mon stylo au milieu d'un mot.

— Mon travail compte beaucoup pour moi.

En le disant, je me suis souvenue de ma remarque quand tu m'avais appelée.

— Mais la priorité, c'est toi et moi, ai-je poursuivi. Alors j'arrête.

Et j'ai tenu parole.

Mais je n'ai pas pu m'empêcher de penser à ce qu'aurait été ce voyage si tu avais été avec moi. Toi, tu ne m'aurais pas demandé d'arrêter. Et tu aurais fait d'autres suggestions. Nous aurions tous les deux été aux aguets pour trouver des sujets de photos, comme ces fois où nous avions usé les semelles de nos baskets à marcher dans Manhattan.

Darren et moi avons poussé jusqu'en Cappadoce, où nous avons découvert un paysage lunaire. Une montgolfière nous a emmenés dans les airs avant l'aube, juste à temps pour le lever du soleil. Un spectacle merveilleux, une orgie de roses, d'orange et de violets. Portée dans la majesté du ciel, entourée par les bras de Darren, j'étais protégée du froid et je me sentais aimée. Mais je ne cessais de penser à ces femmes. J'aurais voulu leur parler, leur demander à quoi ressemblait leur vie, ce qu'elles souhaiteraient que les petits Américains sachent de la Turquie.

Lorsque nous avons visité plus tard un extraordinaire site désertique, Darren a lu la présentation du guide : « La vallée de Devrent, ou vallée de l'Imagination, est jalonnée de formations rocheuses qui ont l'aspect de personnages ou d'animaux. Prenez le temps de découvrir ce que vous voyez dans ces rochers. »

Debout à côté de lui, j'ai vu un chameau, un dauphin, et un serpent sortant d'un chapeau.

— Je trouve que celui-ci ressemble à la Vierge Marie, a dit Darren en désignant un rocher. Qu'en dites-vous, madame Maxwell ?

Il m'appelait madame Maxwell depuis le début de ce voyage, ce que j'avais trouvé d'abord mignon et amusant, mais qui commençait à m'agacer. Je lui ai dit que je porterais son nom pour ma vie personnelle, mais que professionnellement, je resterais Lucy Carter. C'est sous ce nom que je figure dans ton répertoire ? Ou l'as-tu changé quand j'ai épousé Darren ? Ton patron m'a appelée Lucy Carter Maxwell. Toi aussi, en fait. Je crois que c'est en ces termes que tu penses à moi.

J'ai regardé le rocher devant lequel se trouvait Darren, cherchant à discerner une femme et son enfant, un voile.

— Je ne vois qu'un homme qui tient un appareil photo, ai-je dit.

49

Je connais beaucoup de femmes qui ont passé des années à essayer d'être enceintes. Vanessa a eu des triplés après avoir pris du Clomid. Kate a fini par avoir recours à une FIV à deux reprises. Darren prétend que quand il éternue, je suis enceinte. Je souris quand je l'entends faire cette remarque, mais je ne la trouve pas drôle. Je pense toujours aux mères porteuses du livre *Le Passeur*[1] que j'ai lu au lycée, dont la seule fonction sociale et la seule tâche est d'être enceinte et d'accoucher, puis de recommencer.

Peu après notre mariage, Darren s'est mis à parler enfants. Il trouvait que nous avions l'âge idéal pour fonder une famille. Exactement celui qu'avaient ses parents quand ils avaient eu sa sœur aînée. Kate aussi venait de m'annoncer qu'elle était enceinte, cependant je n'étais pas si sûre de partager le point de vue de Darren. Les triplés étaient nés la semaine précédente, en avance, mais parfaitement bien portants. Vanessa

---

1. Livre de Lois Lowry (*The Giver*), paru en 1993. Roman d'anticipation souvent mis au programme scolaire.

et Jay avaient une nounou et une infirmière de nuit – sans compter la mère de Vanessa, qui a passé les six premiers mois avec eux. Mais malgré tout, la voix de Jay était celle d'un zombie quand il me téléphonait. La première semaine, il m'a appelée de son labo pendant que j'étais au travail.

— Tu peux parler ? m'a-t-il demandé.

— Je suis au bureau. Tout va bien ?

— Les humains ne sont pas faits pour avoir trois enfants en même temps. Est-ce que je suis une mauvaise personne parce que je n'ai pas envie de rentrer chez moi ?

— Tu n'es pas une mauvaise personne, Jay, tu es juste crevé. C'est compréhensible. Accorde-toi encore une demi-heure, mais après, il faudra que tu rentres. Ces bébés ont besoin de toi. Et Vanessa aussi.

— Je ne peux même pas les distinguer les uns des autres. Sauf quand ils sont habillés.

Sa réflexion m'a laissée perplexe, mais pas outre mesure. Je me demande parfois si mon frère me reconnaîtrait s'il me croisait par hasard dans la rue.

— Pense à eux comme tu penses à différents virus. Examine-les de près. Note leurs différences, pas leurs similarités.

J'espérais que cela l'aiderait. Jay avait toute ma sympathie. Trois bébés à la fois, c'était bien plus que ce que Vanessa et lui avaient escompté.

Il a pris une profonde inspiration et a expiré.

— Comme celles entre l'oxygène et l'hydrogène, a-t-il répondu. Bon, je te laisse travailler.

Après l'arrivée de ces triplés, je n'étais pas complètement sûre d'avoir envie d'un bébé dans ma vie pour l'instant. Mais Darren, si. Il m'a rappelé que devenir parents figurait sur chacune de nos listes d'envies.

— Et puis, à en juger par Vanessa et Kate, ça prendra au moins un an.

Ça a pris un mois.

Il y a eu quelques semaines d'épuisement total, où j'allais me coucher avant vingt et une heures. Puis de trop nombreuses semaines de nausées qui m'obligeaient à quitter les réunions en hâte, de peur d'exploser dans la salle d'écriture et de ruiner les pages que les scénaristes révisaient. Lorsque les nausées ont par bonheur disparu, j'ai dû aller faire pipi au moins une fois par heure pendant plusieurs mois.

Il m'a fallu quatre mois de grossesse pour me réconcilier avec le fait d'attendre un enfant. Avec ce que serait ma vie une fois qu'il serait là. Je ne pensais pas réagir ainsi, mais j'ai passé mes pauses déjeuner au bureau à regarder les vêtements de bébé et les meubles de chambre d'enfant sur Internet. J'ai lu des articles sur l'allaitement maternel, sur l'accouchement dans l'eau et sur le moment idéal pour introduire le beurre de cacahuète dans l'alimentation du nourrisson. Je ne pensais plus qu'à lui.

J'ai même commencé à me demander si ma carrière comptait vraiment tant que cela pour moi, ou si ma priorité n'était pas d'être maman. J'hésitais à reprendre mon travail après mon congé de maternité. Je sais qu'après tout ce que je t'ai dit sur mon refus d'être définie par mon rôle d'épouse et de mère, sur mon désir de laisser ma marque grâce à mon travail – sur le grief que je faisais à Darren de ne pas le comprendre –, cette tentation de devenir femme au foyer doit sembler dingue.

Cela me paraissait dingue à moi aussi, comme si j'étais en train de me transformer en une autre Lucy, dont les priorités avaient changé. Mais tel était mon état d'esprit à ce moment-là. Ma grossesse me transformait. Darren voulait vraiment que je reste à la maison. Il disait que personne ne s'occuperait aussi bien que moi de notre bébé, et je commençais à partager son point de vue.

Darren réussissait très bien dans sa vie professionnelle. Les marchés qu'il concluait avaient donné à ses patrons une si haute idée de lui qu'ils l'avaient nommé au conseil d'administration et son nouveau salaire me laissait bouche bée. Il gagnait plus de cinq fois le mien, or je ne me débrouillais pas si mal. Avec les revenus supplémentaires de cette augmentation, il voulait acheter un grand appartement dans un beau quartier.

— Déménageons à Manhattan, a-t-il dit un matin, le *New York Times* ouvert sur les genoux et Annie à ses pieds. Peut-être à Upper East Side.

Mais Manhattan était notre quartier. À toi et moi. Et depuis ton coup de téléphone cinq mois auparavant, j'en avais pris une conscience plus aiguë. Darren et moi avions beau nous être mariés à Manhattan, nous ne nous considérions pas comme des autochtones. Nous étions de Brooklyn.

— Moi, j'aime Brooklyn, lui ai-je dit. Si on allait à Park Slope ? Ou à Brooklyn Heights ?

Même mariée et attendant un bébé, je pensais à toi. Je prenais des décisions majeures en fonction de nous. Je croyais sincèrement que cela ne durerait pas, que tu disparaîtrais de mon esprit comme tu l'avais déjà fait une fois. Et cela s'est plus ou moins vérifié. Mais à ce stade, tu étais encore là, bien présent, et tu guidais mes pensées.

— Tu es sûre ? a demandé Darren. C'est vrai qu'il y a une école primaire super à Park Slope. (Puis il a haussé les épaules.) Mais nous pouvons toujours envoyer le bébé dans une école privée.

— Alors, qu'est-ce qu'il y a à Brooklyn ?

Il regardait déjà les listes de logements en vente à Brooklyn Heights.

— J'en ai trouvé un ! s'est-il exclamé quelques minutes plus tard. Écoute ça : quatre chambres, trois salles de bains et une salle de douche, deux étages d'une brownstone à Love Lane. Comment pourrait-on habiter ailleurs qu'à Love Lane ?

Il m'a attirée vers lui et a embrassé mon ventre avant d'embrasser mes lèvres. Je lui ai rendu son baiser.

— On a besoin de quatre chambres ? ai-je demandé.

— Ma foi, un jour..., m'a-t-il répondu avec un sourire.

Je savais qu'il avait envie d'une famille nombreuse comme la sienne. J'étais pour ma part beaucoup moins sûre de partager son désir, sans l'exclure pour autant.

— Si on allait voir ? ai-je proposé.

Nous sommes donc allés visiter l'appartement. Je n'en avais jamais vu d'aussi grand. Il y avait une vraie salle à manger, une cuisine dinatoire – pourquoi te dis-je tout ça, tu connais les lieux. Tu y es venu.

Une fois que nous avons acheté l'appartement, que nous y avons emménagé, que nous avons commencé à décorer la chambre d'enfant, j'ai eu l'impression d'avoir franchi les étapes nécessaires et d'être une vraie maman. Il me tardait de faire la connaissance de mon bébé.

50

Je me demande pourquoi on attache tant d'importance aux anniversaires en cinq ou en dix : trentième anniversaire, vingt-cinquième anniversaire de mariage, retrouvailles des anciens de la fac tous les cinq ans. La réunion des étudiants de notre promotion a eu lieu l'été de ma première grossesse, une semaine après l'installation dans le nouvel appartement de Brooklyn Heights. Darren n'arrêtait pas de se projeter dans un avenir où toutes les chambres seraient remplies d'enfants, mais j'étais bien trop concentrée sur celui qui grandissait en moi pour y prêter attention.

Tu étais venu à New York, mais sans me prévenir. Tu ne m'avais plus recontactée depuis que je m'étais mariée. C'était sans doute un choix sage. Je pensais déjà bien assez à toi sans que tu fasses une apparition en chair et en os dans mon monde.

Mais sans doute souhaitais-tu éviter de me prendre par surprise à la réunion des anciens ; ou peut-être voulais-tu te préparer, voir le type de réaction que j'aurais avant de te retrouver face à moi. Tu m'as envoyé un texto l'après-midi du jour J.

Tu seras là ce soir ?

J'ai regardé le message affiché sur mon téléphone pendant deux bonnes minutes. Tu ne savais pas que j'étais enceinte. Mieux valait que je te prévienne avant que tu ne me voies.

Cherche la femme enceinte en robe bleue, t'ai-je écrit une demi-heure plus tard.

Ce n'était sans doute pas la façon la plus élégante de t'apprendre la nouvelle. Tu n'as pas répondu.

Et bien entendu, pendant le reste de la journée, je me suis demandé ce que tu pensais. Étais-tu peiné ? Content pour moi ? Allais-tu m'éviter à la réunion ou chercher à me parler ?

— Qu'est-ce que tu as aujourd'hui ? s'est étonné Darren en me touchant l'épaule. Ça fait quatre fois que je t'appelle, on dirait que tu es sur une autre planète. Veux-tu que je remonte la fermeture Éclair de ta robe ?

— Pardon ! Je pensais juste à la fac. Et oui, je veux bien, merci.

Darren adore remonter mes fermetures Éclair. Il trouve qu'habiller une femme est très intime. Plus que la déshabiller. Il dit que c'est un témoignage d'amour et pas seulement de désir.

— Tu veux que je fasse ton nœud de cravate ?

Il a souri et acquiescé.

Comment t'es-tu préparé à cette réunion ? Logeais-tu chez des amis ? À l'hôtel ? Je n'ai jamais eu l'occasion de te le demander.

Ces retrouvailles étaient un peu surréalistes, tu ne trouves pas ? Chacun était cramponné à son mari ou à sa femme. Tout comme chez Bloomingdale's des années auparavant, je sentais sur moi des regards jaloux. J'avais décroché le mari qui réussit, j'allais avoir un bébé. J'avais beau sortir d'une université de l'Ivy League, mes condisciples avaient beau être devenues avocates, médecins, dramaturges, banquières, consultantes ou universitaires, elles sont toutes venues me poser des questions sur mon mariage et mon bébé. Aucune ne m'a demandé où je travaillais ni ce que j'avais fait depuis que j'avais obtenu mon diplôme. Aucune ne se souciait que je vienne d'être promue productrice associée, que je prépare seule une nouvelle émission *Une fusée pour traverser le temps*, qui faisait explorer l'histoire aux enfants et leur montrait comment elle affectait le présent. Non, elles me demandaient seulement : « L'accouchement est pour quand ? » « Tu sais si ce sera un garçon ou une fille ? » « Tu es mariée depuis combien de temps ? » « Où l'as-tu rencontré ? » Je n'aurais pas été surprise d'apprendre que la moitié des femmes auxquelles j'avais parlé partageaient une location de maison dans les Hamptons l'été suivant. Je commençais à penser que mes colocs de l'université avaient eu raison de ne pas venir.

C'est alors que je t'ai vu. Tu étais de l'autre côté de la tente et une femme que je n'ai pas reconnue avait la main posée sur ton bras pendant que vous bavardiez. Elle a souri à l'une de tes remarques, a répondu, et tu t'es mis à rire. Brusquement, j'ai eu la nausée.

— J'ai besoin d'air, ai-je chuchoté à Darren, qui avait rencontré un autre investisseur et parlait boutique.

— Oh, tu te sens mal ?

J'ai hoché la tête.

— J'ai un peu mal au cœur. Ça va passer.

Je venais juste de sortir quelques semaines auparavant de la période des nausées. Darren avait l'habitude de me voir vomir, mais ce n'était pas une expérience agréable, ni pour lui, ni pour moi.

— Tu es sûre ? a-t-il demandé.

— Absolument.

Et je me suis dirigée vers la sortie de la tente.

Dehors, j'ai pris quelques profondes inspirations, puis me suis retournée. J'avais une vue d'ensemble sur l'intérieur de la tente mais je ne t'ai plus aperçu. Ton interlocutrice parlait à quelqu'un d'autre, et avait la main sur son bras. Cela m'a beaucoup plus aidée que les inspirations profondes. Ma nausée s'est calmée.

Je m'apprêtais à rejoindre Darren quand j'ai senti une main effleurer mon épaule. C'était toi, bien entendu.

— Luce.

— Gabe, tiens donc ! ai-je dit en faisant volte-face.

J'ai senti la chair de poule se former là où tu m'avais touchée.

— Jolie robe !

Darren m'avait dit un jour que quand un homme fait cette remarque, cela signifie : *Tu as l'air sexy dans cette robe.* Je n'ai jamais été persuadée qu'il avait raison. J'aurais dû te demander de traduire.

— Merci, ai-je répondu. Jolie chemise.

Ta fossette s'est creusée.

— Ça ne se voit même pas. Tu es toujours la même.

Je me suis tournée de profil et ai plaqué la robe ample sur mon corps.

Tu as écarquillé les yeux un instant avant de sourire.

— Eh ben, c'est…

— Oui, hein ? C'est un bébé.

C'était encore discret, à quatre mois. Mais je ne pouvais plus mettre mes vêtements habituels et j'avais dû acheter une nouvelle robe.

— Félicitations, Luce. Je me réjouis pour toi.

— Merci, ai-je dit en lâchant ma robe. Et toi, de ton côté, quoi de neuf ?

Ton sourire s'est effacé et tu as haussé les épaules.

— Ça me fait toujours un drôle d'effet de revenir à New York. J'ai l'impression d'être dans *Retour vers le futur*, et de me retrouver dans un monde qui a changé en mon absence.

Tu as regardé mon ventre.

— Mais ton monde a changé aussi, ai-je répliqué.

— J'ai du mal à l'expliquer, as-tu répondu en secouant la tête. Mon monde a changé, oui, mais j'ai le sentiment que mon New York devrait être resté identique. Tout devrait être tel que je l'ai laissé, comme quand on revient dans sa chambre d'enfant.

Tu t'es interrompu.

— Ce que je dis n'a ni queue ni tête, as-tu conclu.

— Oh si ! Ton espace protégé s'est modifié.

— Oui.

Ton regard s'est attardé sur mon ventre.

— Oui…, as-tu repris. Il faut que j'y aille… Je suis très content de t'avoir vue, Lucy. Bonne chance. Je suis vraiment content pour toi.

Tu t'es dirigé d'un pas rapide vers le bar dressé à côté du cadran solaire.

J'aurais voulu te rappeler, te dire d'attendre. J'aurais voulu te poser d'autres questions pour comprendre ce que tu éprouvais vraiment, pour que tu me dises à quoi ressemblait ton monde. J'aurais voulu que tu me touches à nouveau, que tu me donnes la chair de poule.

Mais tu as eu raison de t'éloigner. Rien de bon n'aurait pu naître d'une conversation prolongée. Je suis donc allée rejoindre Darren.

— Ça va mieux, ma puce ?

— Beaucoup mieux, ai-je répondu en appuyant ma tête sur son épaule.

Sans perdre le fil de la conversation en cours, il m'a enlacée et a planté un baiser sur ma tête.

Cela ne m'a pas donné la chair de poule, mais un sentiment de bien-être.

51

Un des enseignements que j'ai tirés de mon travail, de ma relation avec toi, de ma vie avec Darren, c'est que quatre-vingt-dix-neuf pour cent des surprises me déplaisent. Quand je peux anticiper une éventualité, je la gère beaucoup mieux. Si j'avais pu me préparer à ton départ de New York, si j'avais su que tu étais en pourparlers avec l'Associated Press pour un travail, je suis persuadée que je l'aurais beaucoup mieux supporté. Mais le fait que c'est arrivé par surprise… a tout rendu beaucoup plus difficile. C'est la raison pour laquelle nous avons voulu connaître le sexe du bébé. Je voulais savoir afin de me préparer. Quelques semaines après la réunion des anciens étudiants, nous avons appris que nous attendions une fille. Je n'ai pas cherché à contacter toutes les femmes qui m'avaient posé la question. Je me suis dit que si cela les intéressait vraiment, elles l'apprendraient par Facebook.

Mon peu de goût pour les surprises m'a poussée à lire des livres – je ne sais combien – sur différentes expériences d'accouchement, sur ce à quoi je devais m'attendre, et les choix possibles. Je pensais que cela pourrait m'aider à maîtriser mes inquiétudes, mettre fin aux cauchemars que j'avais, où je me voyais accoucher dans le métro, dans mon bureau ou dans un taxi. Ou ceux où le bébé me déchirait comme dans la fameuse scène de *Alien*. J'ai fait un projet d'accouchement, sur la suggestion du médecin, mais je savais en l'élaborant que le bébé aurait peut-être le sien, dont je ne serais pas informée.

Le travail a commencé le soir, après un dîner au Heights Café. J'avais mangé un burger, en fait un demi-burger, parce qu'à ce stade de ma grossesse, il ne restait plus de place dans mon estomac pour de la nourriture. Le bébé devait naître deux jours plus tard, le 21 novembre, et Darren m'avait dit qu'en attendant, nous devrions en profiter pour sortir en tête à tête le plus souvent possible, même si cela signifiait seulement aller prendre un burger à quelques pas de chez nous. Nous avions prévu tout ce que nous pouvions prévoir. Nous savions que nous l'appellerions Violet, comme la grand-mère de Darren, qui était morte quand il avait seize ans. J'adorais ce nom, sa sonorité, le fait que cela renvoyait à une fleur, à une couleur aussi, et j'aimais le diminutif : Vi. Nous avions décidé de lui donner aussi un second prénom, Anne, comme ma grand-tante. Violet Anne Maxwell. Ce nom me plaît toujours autant aujourd'hui.

Ce soir-là, donc, en rentrant du restaurant, avec mon manteau que je ne pouvais plus boutonner, j'ai senti que ma culotte était mouillée. Est-ce que je te donne trop de détails ? As-tu vraiment envie de savoir ce que j'ai ressenti la nuit où Violet est née ? Si tu me dis d'arrêter, je le ferai. Donne-moi juste un signe. Non ? Alors, je continue.

Je me souviens avoir pensé : *Vraiment ? Maintenant ?* L'un des buts modestes que je m'étais fixés était d'arriver au bout de l'expérience sans avoir « un accident ». Mais à une cinquantaine de mètres de notre appartement, le petit filet de liquide est devenu beaucoup plus dru et j'ai compris ce qui se passait.

— Je crois que je suis en train de perdre les eaux, ai-je dit en me tournant vers Darren.

Il s'est arrêté net et j'ai vu son regard s'allumer.

— Ah bon ? Tu crois ou tu es sûre ?

— Je crois que je suis sûre.

Il a ri, m'a prise dans ses bras et embrassée avant de demander :

— Tu peux marcher ? Tu n'as pas mal ? Veux-tu qu'on appelle le médecin ? Maintenant ?

J'avais beau ne pas être rassurée sur ce qui allait m'arriver à partir de ce moment-là, et malgré mes leggings mouillés qui devenaient froids, je lui ai dit que j'étais sûre de pouvoir rentrer à l'appartement et que nous appellerions le médecin de chez nous. Il m'a tenu la main tout le long du chemin, parlant beaucoup plus vite que d'habitude et récapitulant qui nous devions avertir et ce qu'il ne devait pas oublier quand nous partirions pour l'hôpital (Nos chargeurs de téléphone ! Son ordinateur portable ! Son iPod avec les haut-parleurs !). Il avait préparé quelques listes de morceaux à écouter pendant les divers stades du travail. Je n'étais pas sûre d'avoir envie d'en écouter aucun, mais ça lui donnait quelque chose à faire, et c'était une façon de se préparer.

Nous avons attendu à la maison en essayant de regarder un téléfilm dont je ne me rappelle plus rien, jusqu'à ce que mes contractions surviennent toutes les cinq minutes, comme avait dit le médecin. Alors, nous avons pris un taxi pour l'hôpital. Douze heures plus tard, Violet naissait. Un très joli bébé avec des cheveux et des yeux bruns, et les cils les plus longs que j'aie vus chez un bébé.

Darren prétend que tous les bébés de ses amis ressemblent soit à Winston Churchill soit à Mister Magoo à la naissance. Il lui arrive encore aujourd'hui de me montrer un bébé sur Facebook et de me demander « Churchill ou Magoo ? ». Et c'est vrai que les bébés ressemblent toujours à l'un des deux.

Quand Violet a été lavée, habillée, emmaillotée et coiffée d'un petit bonnet rayé, la sage-femme me l'a tendue et j'ai levé les yeux vers Darren.

— Churchill ou Magoo ?

— Je crois que c'est le premier bébé dans l'histoire de l'humanité qui ne ressemble ni à l'un ni à l'autre. C'est à toi qu'elle ressemble. La petite veinarde.

Il a ôté ses chaussures pour se glisser dans mon lit, et nous nous sommes fait un câlin à trois. Alors, j'ai eu le sentiment d'être dépassée et émerveillée par le fait que Darren et moi ayons créé un être ensemble, par le fait que la génétique ait donné mes traits à l'enfant, et que la biologie permette ce moment de bonheur.

— Je t'aime, ai-je dit à Darren.

— Je vous aime toutes les deux, a-t-il répondu.

J'ai besoin que tu comprennes que je l'aime vraiment, sincèrement. Ce qu'il y a entre nous n'est pas parfait. Mais c'est de l'amour.

52

Quand je me suis fiancée, j'ai eu brusquement l'impression de faire partie d'un club, dont la création remontait à des millénaires : le Club des Femmes fiancées. J'avais éprouvé la même chose en me mariant : comme si mon admission au Club des Femmes mariées avait été confirmée lorsque j'avais enfilé une robe blanche, remonté l'allée centrale de l'église et dit « Oui ». Mais rien ne donnait autant l'impression d'entrer dans un club que la maternité. Il y avait une ligne de démarcation nette entre les femmes qui avaient des enfants et celles qui n'en avaient pas. Les Mères et les non-mères.

Et même à l'intérieur du club des Mères, il y avait une subdivision, les Mères qui Font ce qu'elles Peuvent et les Mères Parfaites, celles qui postent sur Facebook des photos de leurs enfants en tenues immaculées, endormis sur des coussins en satin, avec des légendes du type *Je rêve à Papa.*

Je n'étais pas ce genre de mère. Je ne suis toujours pas ce genre de mère et je ne le serai jamais.

J'ai rejoint le club des Mères – bien obligée, je n'avais pas le choix –, mais j'estimais que la journée avait été faste si Violet et moi étions propres, nourries et avions dormi plus de cinq heures au total dans la nuit. J'avais un congé de maternité de trois mois, mais au bout de huit semaines, j'avais l'impression de commencer à me déliter. Être coincée à la maison avec un bébé était très différent de ce que j'avais imaginé.

Kate m'appelait au moins une fois par jour pour voir comment j'allais, même si elle ne pouvait bavarder qu'une minute ou deux. Elle avait eu sa fille, Victoria, six mois plus tôt et sa société avait une politique très généreuse en matière de congé de maternité. Elle venait seulement de retourner au bureau, où elle se démenait pour s'assurer que sa maternité n'aurait pas d'impact négatif sur sa carrière.

— Ça va s'arranger, je te le promets, me disait-elle.

Mais je n'avais pas l'impression que ça en prenait le chemin.

J'allaitais, et Violet tétait pratiquement toute la journée. Ou c'est l'impression que j'avais. Certains jours, je ne me donnais même pas la peine de passer un chemisier. Et puis j'ai établi un catalogue de ce que j'ai appelé les Niveaux de Pollution Cacateuse. Le niveau un était discret. Le niveau deux emplissait une couche. Le niveau trois signifiait un débordement en haut des jambes. Le niveau quatre impliquait une remontée du caca dans le dos. Le niveau cinq était le pire, car il signifiait que le bébé était souillé des épaules aux genoux, et qu'il fallait un bain pour le nettoyer. Et que je devais moi aussi me changer. Entre les niveaux trois, quatre et cinq, je mettais tant de bodys au sale que c'est un miracle que ma fille ait eu quelque chose à se mettre sur le dos.

Mais un jour, elle s'est surpassée et a atteint le niveau six. Nous avions eu une très bonne matinée. Elle était propre, moi aussi, nous avions mangé l'une et l'autre, même si je n'avais guère dormi plus de trois heures depuis plusieurs jours. Et comme la chaleur dans l'appartement était effrayante, elle n'avait sur elle qu'une couche et un T-shirt. Elle commençait juste à faire des sourires et mon cœur fondait un peu chaque fois qu'elle m'en adressait un.

La journée se passait si bien que j'ai décidé de préparer un vrai dîner, ce qui ne s'était produit que deux fois peut-être au cours des huit dernières semaines. J'avais mis Violet dans un petit siège pour bébé qui vibrait et je l'avais branché. Après quoi, j'avais décongelé du poulet et commencé à le rouler dans la chapelure. J'avais allumé la radio – une station des années soixante qui me rappelait mon père – et je chantais « My Girl » avec les Temptations. J'avais les mains couvertes d'œuf et de chapelure, mais j'étais heureuse. C'est alors que Violet s'est mise à pleurer.

Je l'ai regardée et me suis figée. Le premier incident de Pollution niveau six. Était-il dû aux vibrations, à l'angle dans lequel elle était assise ou à sa tenue sommaire ? Toujours est-il que du caca avait dégouliné sur ses cuisses et elle s'en était mis dans les mains et sur les cheveux. J'ai pris une grande inspiration, me suis rincé les mains en vitesse et l'ai soulevée du siège. Elle a agité les bras et j'ai récolté du caca sur la joue, sur mon chemisier et mon poignet. Et elle a régurgité dans mes cheveux. Elle hurlait toujours et je me suis mise à pleurer.

C'est dans cet état que Darren nous a trouvées.

Je l'ai entendu crier dans l'entrée.

— Lucy ? Qu'est-ce qui se passe ? Pourquoi est-ce que Violet…

Il a fait irruption dans la cuisine.

— Oh, mon Dieu !

Il a posé sa serviette par terre et a ôté sa veste.

— Je tiens la machine à caca. Va te mettre sous la douche.

— Déshabille-toi d'abord. Tu ne vas pas salir ton costume. Et ce n'est pas juste une machine à caca, mais à vomi aussi.

— Berk ! a-t-il dit en déboutonnant sa chemise, qui a atterri sur sa veste. Qu'est-ce que tu verrais comme titre : *Un homme nu vole au secours de son épouse aux prises avec un bébé cacateux* ?

J'ai ri un peu.

— Plutôt *Un homme nu affronte la réalité d'une journée de sa femme auprès d'un bébé cacateux*, ai-je proposé.

— Ah bon ? Parce que ça arrive souvent ?

Il s'était déshabillé complètement, ne gardant que son boxer, et il a pris Violet par les aisselles.

— Oh, l'horreur !

— Un niveau six, c'est exceptionnel. Mais un niveau cinq n'est pas si rare.

— De quoi tu parles ? a-t-il demandé tandis que nous nous dirigions vers la salle de bains de notre chambre, où il y avait une douche et une baignoire, à l'intérieur de laquelle nous avions mis une petite baignoire en plastique pour bébé.

Annie a rejoint la procession quand nous sommes arrivés au premier et s'est mise à aboyer pour exprimer sa perplexité. Darren a fait couler l'eau pour le bain de Violet pendant que je me déshabillais pour passer sous la douche et qu'Annie se roulait en boule sur le tapis devant le lavabo. À travers la buée, je lui ai expliqué les différents niveaux de pollution. Et j'en ai profité pour lui dire que je voulais retourner travailler à la fin de mon congé de maternité. Que j'en avais besoin. Nous avions déjà eu cette conversation à la fin de ma grossesse, mais j'avais remis la décision officielle à plus tard parce que j'estimais alors qu'il y avait trop de variables et trop d'inconnues. Or je savais pertinemment ce que souhaitait Darren.

— Je croyais que nous avions déjà abordé cette question, a-t-il dit.

— Oui. Et on l'aborde à nouveau aujourd'hui, ai-je répondu en lavant rapidement mes cheveux souillés.

— Mais il me semblait acquis que Violet serait mieux avec toi qu'avec une nounou. Personne ne s'occupera d'elle aussi bien que toi.

J'ai penché la tête en arrière sous le jet.

— Pour être honnête, je crois que tu te trompes. Et ce n'est qu'une partie du problème. J'ai réfléchi à une phrase que mon grand-père aimait répéter : *Quand on sait faire, on fait.* Pour lui, cela renvoyait aux responsabilités que nous avons à assumer. Si l'on peut aider quelqu'un, faire du bien, améliorer quelque chose, on doit le faire. Et c'est mon cas. Je peux contribuer davantage à rendre le monde meilleur en travaillant plutôt qu'en restant à la maison avec Violet. Le jour du 11 septembre, je me suis promis de vivre ma vie d'une façon utile, qui aurait un sens. Et j'entends bien tenir cette promesse. J'en ai besoin.

— Mais tu n'aimes pas rester à la maison avec Violet ? a demandé Darren comme s'il n'avait rien entendu de ce que je venais de dire.

J'ai pris une grande inspiration.

— Il y a des moments merveilleux. Mais j'adore aussi être productrice associée. J'adore mettre au point des programmes à la télévision. J'ai bossé comme une malade pendant cinq ans et je suis bonne dans mon travail. Tandis que je ne suis pas bonne pour ça.

— Tu as juste besoin d'un peu plus de temps, a-t-il argumenté en laissant tomber le T-shirt et la couche sale de Violet dans la poubelle. Il est impossible que tu considères ton travail comme plus important que ta fille.

J'étais près de casser quelque chose. Ou de me mettre à pleurer. Ou les deux. J'ai fini de me rincer les cheveux, ai fermé la douche et me suis enveloppée dans un peignoir de bain.

— Bien sûr que non, mais j'attache aussi du prix à mon propre bonheur. Et si je restais à la maison, si c'était ça ma vie, j'en concevrais de la rancœur. J'en voudrais à Violet. Et à toi.

— Je crois qu'elle fait pipi, a-t-il dit en la plongeant dans la baignoire de bébé.

Je me suis agenouillée pour prendre le relais.

— Ça arrive.

— Il y a tant de femmes qui se damneraient pour avoir le choix. Tu n'as pas besoin de travailler. Je gagne assez. Je fais ce job pour que tu ne sois pas forcée de travailler.

— Non, ai-je repris en lavant les cheveux de Violet, tu fais ce job parce que tu t'y éclates. Tu adores gagner de l'argent et être respecté. Tu adores prendre ton pied à négocier de gros contrats.

— Ce n'est pas la seule…

— Et tu adores aussi être soutien de famille, j'entends bien. Tu aimes pouvoir assurer notre subsistance. Ce que j'apprécie. Mais ne prétends pas que tu travailles juste pour que je n'aie pas à le faire. Tu bosses parce que tu t'épanouis dans ton travail. Tout comme moi je m'épanouis dans le mien.

Darren a gardé le silence. Quand j'ai levé les yeux vers lui, il semblait m'évaluer, me jauger.

— Tu aimerais y renoncer ? ai-je continué. Et rester avec elle tous les jours, toute la journée, seul ? Je sais qu'elle est merveilleuse et on l'adore tous les deux. Mais est-ce que ça te plairait ?

— Ce n'est pas viable financièrement, a-t-il dit pendant que je passais un gant de toilette en forme de canard sur le dos de Violet.

— Ce n'était pas ma question.

— C'est une question ridicule. Nous ne pourrions pas vivre avec ton seul salaire.

— Imagine que ce soit financièrement possible, ai-je dit entre mes dents serrées. Imagine que nous puissions vivre sur mon salaire d'une façon satisfaisante pour toi. Serais-tu prêt à le faire ?

— Il y a tant de femmes de mes collègues qui…

— Je ne suis pas les femmes de tes collègues. Je suis moi. Et tu n'as toujours pas répondu à ma question.

Serais-tu prêt à rester à la maison avec Violet tous les jours et à quitter ton travail ? En théorie ?

Violet semblait propre et je l'ai sortie du bain. Elle a pleuré jusqu'à ce que je l'enveloppe dans une serviette rose vif à capuche avec des oreilles de lapin. Et une queue de lapin.

— Ce n'est pas comme ça que je voyais nos vies, a lâché Darren. Ce n'est pas ce que je voulais.

Je l'ai regardé bien en face, notre fille serrée contre ma poitrine.

— Ce n'est pas ce que je voulais non plus.

Il a ouvert la bouche, mais n'a pas su quoi dire.

Je n'ai rien ajouté. J'ai frictionné Violet pour la sécher et l'ai emmenée dans sa chambre. Je lui ai mis une couche propre et lui ai passé une grenouillère à rayures.

— Ça va mieux ? ai-je demandé.

Elle a souri et gazouillé. J'ai séché mes larmes avec un lange. J'ai entendu Darren entrer dans la chambre derrière moi.

— Non, a-t-il dit. Je ne le ferais pas. Je ne voudrais pas quitter mon travail et rester à la maison tous les jours avec elle.

J'ai hoché la tête en serrant Violet contre moi, sentant sa chaleur contre ma poitrine, tirant ma force d'elle, pour elle. Elle avait besoin d'une mère qui sache se défendre, qui n'ait pas peur de chercher à obtenir ce qu'elle voulait. Il fallait que je sois un modèle pour Violet.

— Tu comprends, maintenant, ai-je lancé à Darren.

Il s'est approché et m'a passé les bras autour des épaules.

— Je suis désolée de ne pas être une de ces femmes-là, de ne pas ressembler aux épouses de tes collègues. Je suis désolée de ne pas trouver mon bonheur à la maison. Mais je suis comme ça. Et j'ai besoin de travailler.

— Ne dis pas ça. Tu n'as pas à t'excuser d'être celle que tu es. C'est moi qui devrais m'excuser.

J'aurais voulu demander *Pourquoi ?* afin de m'assurer qu'il ne s'excusait pas juste pour avoir la paix. Mais je me suis contentée de répondre « Excuses acceptées ». Cela dit, en y repensant, je me suis aperçue qu'il ne s'était pas excusé. Il avait simplement admis qu'il devrait le faire.

Dès le lendemain, nous nous sommes mis en quête d'une nounou. Et environ un mois après, j'ai repris mon travail. Violet me manquait quand j'étais au bureau, et plus que je ne l'aurais cru. Mais j'ai été reconnaissante à Darren. D'abord parce que nous avions le choix, que nous pouvions employer des gens pour nous aider si besoin était. Ensuite, parce que au bout du compte, il voulait que je sois heureuse.

53

Il y a certains moments de ma vie que je revois aussi clairement que si je pouvais me glisser dans mes souvenirs et les revivre minute par minute ; et puis il y a de longues plages de temps indistinctes – des jours et des semaines – qui semblent se fondre les unes dans les autres. Les mois après que j'ai repris mon travail, alors que Violet était encore un nourrisson, sont flous. Je dormais à peine, mettais sur pied deux nouveaux programmes, tirais mon lait au bureau et m'efforçais de passer le plus de temps possible avec Violet. J'allais peu sur Facebook et quand je le faisais, c'était pour poster les photos incontournables des « cinq mois, six mois, sept mois ». Je ne suis donc pas tombée sur les photos d'Alina et toi. J'étais passée complètement à côté de l'évolution de cette relation. Si je n'avais pas été aussi occupée, j'aurais pu remarquer que nous n'avions pas été en contact depuis la réunion des anciens élèves. Mais je n'ai même pas enregistré ça. J'étais retournée dans un endroit où tu ne comptais pas vraiment, l'endroit où je me trouvais avant que tu appelles le matin de mon mariage.

Et puis, le jour où je postais la photo de Violet à huit mois, et mettais des likes aux photos du voyage de Julia à Amsterdam, la petite émoticône du cœur s'est affichée dans mon fil de nouvelles, et bing ! *Gabriel Samson est fiancé à Alina Alexandrov.* Sous l'annonce, une photo de toi, enlaçant une belle femme aux cheveux auburn, aux yeux noisette écartés et en amande, au sourire immense. J'ai eu l'estomac retourné. *Ça ne devrait rien te faire*, me suis-je dit. *Tu es mariée, tu as un enfant, tu ne l'as pas vu depuis plus d'un an, vous n'êtes plus ensemble depuis quatre ans.* Pourtant, ça me faisait quelque chose. Sur cette photographie, je voyais ce que j'aurais pu être. Je voyais la route que je n'avais pas prise.

J'ai passé l'heure suivante à cliquer sur tes photographies et à vous regarder tous les deux en vacances en Croatie. Je n'étais jamais allée en Croatie. Et puis te voilà en Chine, au sommet de la Grande Muraille. Et en Égypte, en train de danser avec Alina, qui portait une jupe de danseuse du ventre en mousseline rouge vif parsemée de sequins. J'ai été sidérée de constater à quel point j'étais jalouse de cette vie. J'avais envie de monter en haut de la Grande Muraille. Envie de danser la danse du ventre en Égypte.

Tu étais de nouveau basé à Bagdad et il semblait qu'elle l'était aussi, et qu'elle travaillait pour *The Guardian.* J'ai cliqué sur le site du journal et ai lu tous les articles qu'elle avait écrits. Puis j'ai tapé son nom sur Google et ai lu sa page sur Wikipédia. Et vos pages étaient liées, avec une mise à jour que quelqu'un devait avoir faite récemment, mentionnant vos fiançailles.

J'ai tapé mon nom. Je n'avais pas de page Wikipédia. Darren non plus. Violet s'est alors mise à pleurer et j'ai éteint l'ordinateur. Mais plus tard dans la journée, je t'ai envoyé un bref message de félicitations.

Tu n'as pas répondu.

54

Le mois de septembre suivant, j'étais toujours dans ma brume post-Violet, mais une routine vivable commençait à s'établir. Violet faisait enfin ses nuits et nous avions passé la fin du mois d'août en famille dans une maison que nous avions louée à Westhampton Beach. Violet adorait la piscine, alors nous la tartinions de crème solaire et l'installions dans une petite bouée gonflable pour bébé avec un pare-soleil intégré, et nous la laissions flotter comme une bouée miniature pendant que nous faisions la planche à côté. Nous avions l'impression de savourer une petite tranche de paradis.

— Tu te plais ici, a dit Darren un jour, tandis que Violet se balançait dans sa bouée et jouait à s'éclabousser.

Nous étions assis sur les marches de la piscine, du côté du petit bain, avec deux verres de chardonnay bien frais.

— Toi aussi, ai-je répondu en posant ma tête sur son épaule.

— Oui. On devrait acheter une maison.

— Un jour peut-être. Mais pour l'instant, en louer une pour une semaine ou quinze jours par an me paraît idéal.

— Un jour. Ça figure sur ma liste d'envies, tu te souviens ?

Je l'avais oublié.

— Bien sûr. Nous avons un peu négligé nos listes ces derniers temps, hein !

— Mais non, nous sommes devenus parents cette année. C'était sur nos listes.

— C'est vrai, ai-je répondu en riant. Je retire ce que j'ai dit. Nous sommes des champions de la liste d'envies !

— Absolument !

Il m'a embrassée tandis que Violet nous éclaboussait tous deux.

C'est à cela que je pensais ce matin dans le métro : à la semaine à Westhampton, à la piscine, à la détente que cela avait représenté. Et puis j'ai levé les yeux. L'homme en face de moi tenait un exemplaire du *New York Times*. L'article à la une du journal disait *D'autres corps sont retirés des décombres de l'hôtel au Pakistan.* J'ai aussitôt pensé à toi. Étais-tu au Pakistan ? La dernière fois que je t'avais vu, tu étais basé à Bagdad, mais tu étais peut-être ailleurs ? Avais-tu été envoyé à Islamabad pour couvrir un événement ? Logeais-tu dans cet hôtel ?

J'ai eu du mal à retrouver mon souffle avant d'arriver au travail, où j'ai ouvert Facebook et vu l'article de l'Associated Press que tu avais posté concernant l'hôtel. Tu connaissais des gens qui avaient été tués dans l'explosion, mais tu étais indemne et te trouvais toujours en Irak.

« Oh, merci, mon Dieu », ai-je chuchoté. Puis j'ai fait défiler ta page, curieuse de voir ce que tu devenais. Une petite icône « cœur brisé » a surgi. Alina et toi aviez rompu. Sincèrement, j'étais navrée. Je voulais que tu sois heureux. J'ai un instant songé à te contacter, mais je me suis abstenue.

La journée a passé, la semaine, le mois, mais j'ai pensé à toi davantage que je ne l'avais fait depuis la naissance de Violet. J'ai gardé un œil à l'affût de tes photographies. Je me suis demandé si tu reviendrais à New York dans un futur proche, et dans ce cas, si tu me ferais signe.

55

Les journées ordinaires se transforment parfois en journées extraordinaires quand on s'y attend le moins. C'était un vendredi de janvier. Je travaillais à la maison, écoutant le babil de Violet à sa nounou tout en répondant à mes e-mails. Violet avait maintenant quatorze mois et ne disait qu'une poignée de mots, mais ça ne l'empêchait pas d'essayer de nous expliquer les secrets de l'univers. Du moins est-ce ce que Darren et moi imaginions quand elle monologuait plusieurs minutes d'affilée en débitant des mots incompréhensibles.

Maria, notre nounou, répondait en espagnol – une idée de Darren, qui voulait que Violet soit bilingue. Il me semblait que lui apprendre à parler une langue suffisait, mais il n'en démordait pas, et j'ai laissé faire. Mais je demandais à Maria de lire à Violet des livres en anglais et de l'emmener à des ateliers de musique, des groupes de jeu et des séances de lecture à la bibliothèque du quartier. J'estimais que c'était un compromis équitable. Au reste, Violet n'a jamais appris grand-chose d'autre que *holà*, *adiós*, *por favor* et *gracias* jusqu'au moment où elle a commencé à regarder *Dora l'exploratrice.* Ah, le pouvoir de la télévision ! D'autres enfants finissaient par se lasser, mais Violet regardait tous mes programmes, et certains de la concurrence. Elle était mon groupe échantillon à elle seule, et il était intéressant de voir ce qui retenait son attention, à quelles émissions elle accrochait. J'étais secrètement ravie quand elle restait scotchée devant *Une fusée pour remonter le temps.* Et aussi quand elle quittait la pièce quand *Choupinou* arrivait à l'antenne. Je déteste cette émission. Kate jure que c'est ce qui a appris à Victoria à pleurnicher. Elle n'a sans doute pas tort.

Pendant que je répondais à un mail concernant le budget de *Bonjour la galaxie,* le signal de réception d'un nouvel e-mail a retenti. Un message de toi.

> Salut, Luce,
> Je sais que ça fait un moment. Plus qu'un moment. Une éternité, plutôt. Mais je serai à New York demain, en transit pour l'investiture à Washington. Je ne pouvais pas rater ça. Tu le crois, notre premier président afro-américain ? Ici, tout le monde est fou de joie. Je crois que l'élection d'Obama va signifier de grandes choses pour notre pays – une gouvernance nouvelle, meilleure et plus bienveillante. Quoi qu'il en soit, ça me ferait plaisir de te voir. Y a-t-il une chance que tu sois libre pour prendre un café demain ?
> Gabe.

Je n'en revenais pas. Je n'ai pas répondu tout de suite. En fait, je n'ai pas répondu avant la soirée, après avoir mentionné ta visite en passant à Darren.

— Tu es encore en contact avec ce type ? s'est-il exclamé, sincèrement surpris.

J'ai secoué la tête.

— Je ne l'ai pas revu ni ne lui ai parlé depuis la réunion des anciens de Columbia. Il m'a envoyé un e-mail à l'improviste.

Darren a déboutonné son col.

— Tu veux bien m'accorder une faveur ?

Je me suis attendue au pire. Allait-il me demander de ne pas te voir ?

— Comment ça ?

— Est-ce que tu emmènerais Violet ?

Je suis restée un instant pantoise.

— Tu ne me fais pas confiance ?

Darren a pris une grande inspiration.

— À toi, si. Mais pas à lui. Je ne sais pas pourquoi il veut te voir. Et je crois que tu devrais prendre Violet avec toi.

J'ai hoché la tête. Je savais que refuser risquait de donner à Darren une impression fâcheuse.

— D'accord, ai-je répondu. J'emmène Violet. Mais je crois que c'est un vieil ami qui veut juste savoir ce que je deviens.

Ce soir-là je t'ai envoyé un mail :

> Ravie d'avoir de tes nouvelles. Demain 15 heures à Brooklyn Heights, ça te va ? Il y a un Starbucks dans Montague Avenue.

Je n'ai pas parlé de Violet.

Tu as répondu par retour : Parfait.

Le lendemain, Darren était à son club de sport quand j'ai habillé Violet. J'ai choisi un petit jean, des Uggs baby et un pull gris avec un cœur rose en incrustation. Et je lui ai mis un nœud rose dans les cheveux. J'avais une tenue assez semblable, à cela près que mon pull était marron, mais sans incrustation, et que je n'avais pas de nœud. J'ai mis son manteau d'hiver à ma fille et enfilé le mien. Et nous sommes parties. Avant d'entrer au Starbucks, j'ai regardé à travers la porte en verre et t'ai vu assis à une table, la tête baissée sur ton Blackberry. J'ai rangé la poussette dehors, calé Violet sur ma hanche et ouvert la porte. Tu as levé les yeux.

— Bonjour, Lucy, as-tu dit. Et bonjour…

— Violet, ai-je complété. Violet, je te présente l'ami de maman, Gabe. Gabe, je te présente ma fille.

— Jou-jour, a dit Violet.

C'était un de ses mots, toujours redoublé ; son père et moi n'avons jamais pu comprendre pourquoi elle faisait ça.

Tu t'es levé.

— Oh ! là, là ! ce qu'elle te ressemble !

Qu'as-tu pensé à cet instant précis ? Est-ce que sa ressemblance avec moi et non avec Darren rendait Violet plus… intéressante ? tolérable ? craquante ?

Violet a dû percevoir quelque chose qui lui a plu, parce qu'elle t'a tendu les bras et tu l'as prise.

— Jou-jour, a-t-elle répété en te tapotant les joues.

— Jou-jour, lui as-tu répondu.

Et tu t'es servi de ton bras libre pour m'étreindre.

— Ça fait une éternité. Je suis content que tu sois venue.

J'ai repris Violet et nous nous sommes assis de part et d'autre de la table. J'y ai posé quelques cubes et quelques livres cartonnés, et Violet s'est mise à jouer.

— J'ai vu que tu t'étais fiancé. Sur Facebook.

Je ne savais pas de combien de temps nous disposions et je voulais savoir ce qui se passait. Parce que Darren avait raison. Rien ne justifiait que l'on se revoie après si longtemps.

Cela t'a fait rire.

— J'y arrive tout de suite.

J'ai haussé les épaules et ramassé le livre que Violet avait laissé tomber par terre.

— Tu veux savoir ce qui s'est passé.

— Seulement si tu as envie de me raconter, ai-je répondu.

Tu m'as donc parlé d'Alina, du job qu'elle s'était vu offrir à Washington, et du moment où vous vous étiez rendu compte que votre carrière à chacun passait avant votre relation. Alina voulait aller à Washington, tu voulais rester à l'étranger et vous n'étiez prêts ni l'un ni l'autre à faire des concessions pour rester ensemble.

— Voilà ce qui se passe quand deux personnes bien sous tous rapports ne sont pas faites l'une pour l'autre, as-tu soupiré.

Je me suis demandé si tu avais dit la même chose à mon sujet.

— Je suis désolée.

— Dddé-soo-llée, a répété Violet en écho en levant les yeux.

Une autre de ses interprétations de mots.

— Tu t'es clonée ? as-tu demandé en riant. Tu as fait une copie ? Elle est incroyable.

— Tu es incroyable ? ai-je répété à Violet, qui a souri et battu des mains ; et je me suis mise à rire moi aussi.

— Tu es heureuse, as-tu dit. Avec Darren et avec Violet. Tu es heureuse.

— Oui.

Et c'était vrai.

— Je suis content que l'un de nous deux le soit.

Tu ne l'as pas dit de façon sarcastique ou malveillante. Juste nostalgique.

— C'est toi qui es parti, t'ai-je rappelé.

— Je sais. J'ai beaucoup pensé aux choix que j'avais faits. Aux raisons pour lesquelles je les avais faits. À ce qu'aurait été ma vie s'ils avaient été autres.

Tu paraissais perdu dans tes pensées, comme si tu dressais le bilan de ta vie, comme si tu la jugeais.

— Crois-tu que tu aurais été plus heureux si tu étais resté ? ai-je risqué.

— Je ne sais pas, as-tu soupiré. Certains jours, je me dis que j'aurais été plus heureux si je n'avais jamais touché un appareil photo. Je crois que j'étais fier de ma quête, fier de faire quelque chose d'important. Mais ça a été vraiment dur. Peut-être suis-je le genre d'homme qui ne sera jamais heureux. Peut-être ne suis-je pas celui que j'espérais être.

— Maman ! m'a lancé Violet.

— Violet !

Elle a reporté son attention sur les jouets devant elle.

— C'est que je veux beaucoup de choses contradictoires, as-tu poursuivi, regardant ma fille tourner les pages de son livre. Je ne sais pas si elles sont compatibles.

— Tu traverses juste une mauvaise passe. Tu vas trouver la solution.

— Ce n'est pas encore le cas, as-tu dit, les yeux baissés sur ta tasse de café. Et tu me manques. Ce que nous avions me manque.

Tu as relevé la tête et ajouté :

— Je regarde tes émissions chaque fois que je peux. Quand j'ai peur, je rêve de toi. Quand je suis triste, je regrette d'être parti.

Mon cœur a battu un peu plus vite et j'ai serré Violet contre moi en murmurant :

— S'il te plaît, arrête.

— Pardon, oublie ce que j'ai dit.

J'ai retourné Violet pour pouvoir la soulever.

— Écoute, Gabe, j'ai été très contente de te voir, mais maintenant, il vaut mieux qu'on rentre, Violet et moi.

Tu as hoché la tête.

— J'espère que tu trouveras tout ce que tu cherches, ai-je repris.

— Merci. Toi aussi, as-tu répondu, la voix brisée.

— Tu dis au revoir, Violet ?

— Au voi-voir, a-t-elle articulé en te tendant à nouveau les bras.

Tu l'as serrée contre toi puis m'as regardée, avec l'envie manifeste de m'étreindre aussi. Au lieu de quoi tu as baissé les yeux et t'es éloigné. J'ai mis à Violet son manteau et rabattu sa capuche, puis j'ai enfilé le mien. Malgré le temps maussade, j'ai fouillé dans mon sac pour en extraire mes lunettes. Je ne voulais pas qu'on voie mes larmes, pas plus que tu n'avais voulu que je voie les tiennes.

56

Cet été-là, Darren et moi nous sommes mis sur notre trente et un – ce qui ne nous était pas arrivé depuis longtemps – pour aller au mariage de Gavin. Nous ne l'avions pas vu souvent après la naissance de Violet et je connaissais à peine sa fiancée.

Quand je suis arrivée dans le salon en robe bleu marine à décolleté plongeant, Darren a émis un long sifflement admiratif.

— Sexy, la maman !

— On y va, beau gosse ? ai-je dit en souriant.

Nous étions attendus de bonne heure au mariage parce que Darren était garçon d'honneur. Quand nous sommes arrivés, Gavin nous a accueillis en riant :

— Moi aussi, j'ai ma poupée de cire maintenant.

Je n'avais plus repensé à cette phrase depuis des années.

— Qu'est-ce que ça veut dire au juste ? ai-je demandé.

— Rien, a dit Darren, puis il s'est tourné vers Gavin. Alors, mon vieux, qu'est-ce que tu veux que je fasse ?

Ils sont partis et je me suis dirigée vers les femmes et les petites amies des autres garçons d'honneur, debout près d'un plateau couvert de coupes de champagne. Très bien vu. Très Gavin.

Plus tard dans la journée, je me suis retrouvée près de Gavin au bar. Nous avions pas mal bu l'un et l'autre, comme tout le monde au mariage.

— Alors dis-moi, pourquoi la poupée de cire ? ai-je insisté.

— Darren me tuera de te l'avoir dit… Figure-toi qu'il avait fait la liste des qualités requises pour une petite amie idéale. Et tu cochais toutes les cases. Brune. Sortant d'une université Ivy League. Habitant Brooklyn. Entre vingt-deux et vingt-cinq ans. Élevée sur la côte Est. Bien foutue. Je ne me souviens plus du reste. Bref, comme tu paraissais avoir été moulée dans son fantasme, on t'a surnommée…

— La poupée de cire, ai-je terminé pour lui.

— Voilà ! a dit Gavin en trinquant avec son verre de Johnnie Walker contre ma vodka martini.

Ça ressemblait tellement à Darren que je n'aurais pas dû être surprise. Mais en un sens, cela faisait paraître son amour pour moi moins réel, plus calculé. Je n'aimais pas avoir l'impression d'être réduite à une série d'attributs.

Darren s'est approché de nous.

— Je viens d'apprendre que je répondais à tes critères sur le papier. Heureusement que je ne fais pas trois centimètres de plus, sinon j'aurais été disqualifiée.

— On ne trouve jamais ce qu'on veut si on ne sait pas ce qu'on cherche, a-t-il répondu dans un éclat de rire.

À force de boire des Jäger shots[1] avec les autres garçons d'honneur, il avait un peu baissé sa garde et perdu son habituelle mesure. Moi aussi.

— Cet été-là, je te cherchais.

— Moi ou quelqu'un du même genre, ai-je répondu.

— Arrête ! C'est toi que je voulais, a-t-il dit en glissant un bras autour de ma taille. Ma liste m'a juste permis de concentrer mon attention sur des filles qui en valaient la peine.

— Des filles qui en valaient la peine ? ai-je répété.

— Allez, viens, a-t-il conclu en avalant un autre petit verre que lui tendait Gavin. On va danser.

Je me suis laissé conduire jusqu'à la piste de danse, et une fois que nous avons commencé à danser le twist – aussi mal l'un que l'autre –, nous nous sommes mis tous deux à rire et j'ai complètement oublié cette liste. Mais j'y ai beaucoup repensé ces temps derniers. Si j'en avais fait une analogue à l'époque, je ne crois pas que Darren ou toi auriez coché toutes les cases. Ni que si Darren en faisait une aujourd'hui, je serais encore sa poupée de cire.

---

1. Le Jägermeister est une boisson à base de plantes titrant 35°. Pour ces « shots », on la mélange en général avec de la bière Red Bull et on boit le tout dans de petits verres à liqueur.

57

J'ai lu un jour que nulle part au monde on ne célèbre les anniversaires de façon aussi sophistiquée qu'à New York. Je n'ai ni données objectives, ni étude à l'appui, ce que je demanderais au travail si quelqu'un faisait une assertion pareille. Mais à en croire les témoignages isolés et ma propre expérience, je ne la contesterais pas.

Pour mon trentième anniversaire, Darren nous a offert, à Kate, Julia et moi, une journée de spa chez Bliss, et il a organisé pour lui et moi un voyage d'une semaine en Australie.

— Ça figurait sur ta liste d'envies, a-t-il dit.

Au moins, cette fois, il m'a consultée. Nous avancions bien sur nos listes respectives. Il avait même réussi à conduire un gyropode lors d'un enterrement de vie de garçon à Miami quelques mois auparavant, et il avait donc rayé son vœu n° 1.

— Et Violet ? ai-je demandé.

Elle avait presque deux ans et demi et si nous l'avions déjà laissée chez mes parents pour quelques longs week-ends, nous n'étions jamais partis plus longtemps et jamais plus loin que la Californie.

— Ça ne fera sûrement pas de mal à Violet d'être en vacances de ses parents.

Elle était assise par terre à côté d'Annie, et s'amusait avec des crayons triangulaires pour enfants. Elle les adorait et était capable de gribouiller pendant des heures. Je n'exagère pas.

— Coucou, Vi, a commencé Darren.

— Coucou, papa.

— J'ai une bonne surprise pour toi. Tu vas aller passer toute une semaine chez Nana et Pop-pop pendant que maman et moi partons en voyage !

— Pop-pop ? (Elle a écarquillé les yeux.) Ah oui, super !

Et elle s'est replongée dans ses coloriages.

— Tu vois ! a dit Darren.

Nous sommes donc partis. Avion de New York à San Francisco, puis de San Francisco à Hawaï. De Hawaï à Fidji. De Fidji à Sydney. Je n'ai pas une passion pour les avions. En avons-nous déjà parlé ? Leur exiguïté, l'air recyclé, l'impossibilité d'en sortir – tout cela m'angoisse si j'y pense trop longtemps. Darren s'est donc dit que si nous faisions le trajet en plusieurs sauts de puce, je n'aurais pas le temps de paniquer. Je crois que c'était une vraie bonne idée parce que chaque fois qu'un vol semblait trop long ou trop contraignant, nous étions sur le point d'atterrir. Depuis, j'essaie d'utiliser cette stratégie. Mais j'ai pris un vol direct de New York à Tel Aviv. C'était le moyen le plus rapide d'arriver ici.

Bref, nous avons atterri la veille de mon anniversaire et une limousine nous a pris à l'aéroport pour nous conduire au Four Seasons.

— Je nous ai réservé une suite, a annoncé Darren tandis que nous nous installions confortablement à l'arrière de la limousine.

— Tu n'es pas raisonnable.

Il a haussé les épaules.

— Nous n'avons plus fait de voyage excitant depuis notre lune de miel. Et qui sait quand l'occasion se représentera.

Une fois dans notre chambre, j'ai branché mon ordinateur sur le wifi et ai appelé mes parents.

— Violet va très bien, m'a dit ma mère. Et Jason et Vanessa sont ici avec les triplés. Ta fille s'en donne à cœur joie sur ta vieille balançoire en ce moment.

Je me suis demandé s'il était judicieux ou non de lui parler au téléphone, mais comme elle s'amusait, je me suis dit que je pourrais rappeler plus tard.

— Viens voir ça, a lancé Darren de la chambre.

— Je te rappelle, ai-je dit à ma mère. Embrasse Violet bien fort pour moi.

Je suis passée dans la chambre : des fraises enrobées de chocolat et du champagne se trouvaient sur la commode, et sur le lit était posée une boîte contenant une douzaine de roses rouges à longue tige.

— Qu'est-ce que tu as dit à l'hôtel ? ai-je demandé à Darren.

— Que nous fêtions un anniversaire, et qu'il fallait qu'ils marquent le coup.

Il m'a embrassée et je me suis laissée aller dans ses bras. Quand j'étais avec lui, j'avais l'impression d'avoir quitté une paire de chaussures à talons après une longue journée au travail. C'était naturel, libérateur et facile.

— Je t'aime, lui ai-je dit quand il a glissé sa main sous mon chemisier pour dégrafer mon soutien-gorge.

Et toutes ces belles roses ont fini éparpillées sur le sol.

Je me suis réveillée au milieu de la nuit, étreinte par un sentiment de panique, comme si j'avais oublié quelque chose. J'ai passé mentalement en revue la liste des objets indispensables. J'avais bien pris mon chargeur de téléphone, les adaptateurs. Les soutiens-gorge, les sous-vêtements et les chaussettes. Produits de maquillage. Déodorant. Chaussures de tennis. J'avais appelé ma mère. Parlé à Violet. Puis j'ai compris où était le problème et réveillé Darren.

— J'ai oublié ma pilule, lui ai-je chuchoté quand il a été suffisamment réveillé pour m'entendre.

— Tant mieux, a-t-il murmuré. C'est le bon moment pour avoir un deuxième enfant.

Et il s'est rendormi. J'ai passé la nuit à regarder le plafond, me demandant s'il serait très contrarié si je lui proposais de mettre un préservatif.

La réponse était : oui, très.

Liam a été conçu en Australie.

58

L'une des choses que je trouve les plus intéressantes à propos de la grossesse, c'est que personne ne semble la vivre de la même manière. Et les symptômes peuvent changer du jour au lendemain. J'ai toujours entendu dire que la même femme pouvait avoir des symptômes très divers chaque fois qu'elle portait un enfant, ce qui me paraissait bizarre. Un corps ne devrait-il pas réagir de la même façon au même phénomène ? C'est pourtant un fait. Mes grossesses ont toutes été légèrement différentes – bien que l'épuisement et les nausées aient été à chaque fois au rendez-vous. Pour Liam, j'ai été très fatiguée, mais aussi insomniaque. C'est ainsi que j'ai fini par regarder *The Daily Show*[1] seule dans le salon, pendant que Darren se préparait à se mettre au lit. Et que j'ai fini par te voir.

Après les publicités, Jon Stewart a repris la parole : « Rebonsoir à tous. Mon invité de ce soir est un photographe de l'Associated Press qui vient de publier son

1. Émission satirique américaine très populaire.

premier livre : *Le Défi*, un récit en images du printemps arabe. Je vous présente Gabriel Samson. »

Et tu es apparu dans mon salon, un an et demi après que je t'avais quitté dans ce Starbucks de Montague Avenue. Tandis que Jon Stewart montrait des pages de ton livre, et que tu évoquais tes expériences, je n'ai pu m'empêcher d'éprouver une certaine fierté.

Ton travail avait obtenu une très large reconnaissance – récompenses et prix multiples –, et d'après les questions qui t'étaient posées, ton livre semblait avoir été très vivement acclamé. Une critique était attendue dans le *New York Times* le week-end suivant et plusieurs musées et galeries t'avaient proposé d'exposer tes photographies.

— On dirait que tout le monde vous veut, de Londres à New York en passant par Omaha dans le Nebraska, a dit Jon Stewart. Je vous conseille Omaha. On y mange des steaks divins.

— J'ai beau adorer les steaks, as-tu répondu en riant, je suis plus tenté par les propositions à New York. Cette ville compte beaucoup pour moi.

— Les New-Yorkais ont mauvaise presse, a rebondi Jon, mais ce sont des gens formidables. Et tout bien considéré, je préfère cent fois une pizza new-yorkaise à un steak d'Omaha.

— Absolument. Et ça vaut aussi pour les New-Yorkaises !

Là-dessus s'est terminée ton interview, mais je suis restée scotchée à l'écran. Tu avais l'air très en forme, et je m'en réjouissais. Mais je n'ai pas pu m'empêcher de me demander à qui tu faisais allusion quand tu as parlé des New-Yorkaises. À moi ou à quelqu'un d'autre ?

Ou l'as-tu juste dit pour plaisanter ? J'ai essayé de me sortir tout cela de l'esprit. Mais ce n'est pas commode quand on est au lit à fixer le plafond, encore éveillé à trois heures du matin.

59

Si pénibles qu'aient été mes insomnies de grossesse, elles l'étaient moins que la suite, car à quatre mois, Liam n'avait jamais dormi plus de quatre heures d'affilée. Je m'étais transformée en zombie. Et le meilleur moyen pour qu'il se rendorme était de lui donner le sein. Ce qui signifiait que j'avais beaucoup plus de temps qu'avant pour lire les nouvelles sur mon téléphone.

À vingt et une heures quarante-cinq le 2 mai de cette année-là, pendant que je donnais le sein à Liam, j'ai reçu une alerte annonçant que le Président s'adresserait à la nation ce soir-là.

— Il va nous parler de quoi, à ton avis ? ai-je demandé à Liam, qui, pour toute réponse, a continué à téter.

À onze heures, Liam était recouché dans son berceau et je lisais des articles. À vingt-trois heures trente-cinq, j'étais dans le salon pour écouter le président Obama qui déclarait : « Bonsoir. Ce soir, je suis en mesure d'annoncer au peuple américain et au monde que les États-Unis ont mené une opération qui a conduit à la mort d'Oussama Ben Laden, le chef d'al-Qaida, un terroriste responsable du meurtre de milliers d'hommes, de femmes et d'enfants innocents. »

Je suis ensuite allée sur Twitter où j'ai vu des photos que tu avais postées, reprenant celles de tes collègues – de la foule en liesse aux portes de la Maison Blanche. Je n'ai éprouvé aucune joie de la mort de Ben Laden, mais du soulagement. Je me suis sentie entière à nouveau, comme si sa mort était le morceau manquant d'un puzzle inachevé depuis 2001. Toi aussi, apparemment. Ton seul tweet ce soir-là disait : *Il fait meilleur vivre dans le monde aujourd'hui qu'hier #OpérationTridentdeNeptune.*

Ton fil a continué à grossir : d'autres photos sont arrivées, des liens vers d'autres articles, des messages d'hommes politiques et de journalistes.

J'ai ouvert une boîte de messages directs et t'en ai envoyé un. *Je n'arrive pas à y croire*, ai-je écrit.

Non, hein ? as-tu répondu. *J'ai l'impression que le monde a tourné sur son axe.*

Une impression que je partageais.

60

Deux mois plus tard, j'ai reçu un appel de Julia au travail. Depuis qu'elle avait quitté la télévision pour l'édition, nous nous voyions moins qu'avant, mais nous nous efforcions de nous retrouver tous les deux mois pour nous tenir au courant de nos actualités respectives. Et nous parlions toujours beaucoup au téléphone. Sa vie était très différente de la mienne, cependant, puisqu'elle était célibataire, sortait souvent et profitait des ressources de New York, ce que je ne faisais plus depuis des années.

— Tu as lu *Time Out New York* aujourd'hui ? m'a-t-elle demandé.

— Oh, Julia, c'est à peine si je me rappelle la dernière fois que j'en ai vu un exemplaire !

J'ai tourné ma chaise de côté pour regarder par la fenêtre de mon bureau. J'avais un bureau avec fenêtre depuis plus d'un an maintenant, et je ne me lassais jamais d'observer les immeubles de l'autre côté de la rue et la circulation en contrebas.

— Alors achète-le aujourd'hui. Il y a un article sur Gabe – ton ex. Ils exposent ses photos à la galerie John

Landis à Chelsea. Je n'ai pas encore pu lire l'article ni son interview, mais le titre et le chapeau sont très flatteurs.

J'ai vu un taxi s'arrêter pour prendre deux clients, un couple âgé avec des valises.

— Lucy ? a insisté Julia.

J'essayais de déterminer ce que j'avais envie de faire.

— Tu veux y aller ? ai-je répondu enfin. Aujourd'hui à l'heure du déjeuner ? On se retrouve là-bas ?

— Figure-toi que mon rendez-vous du déjeuner a été annulé ce matin, a annoncé Julia. On dit midi trente ?

J'ai consulté mes rendez-vous de la matinée.

— Treize heures, plutôt.

— Alors d'accord.

Nous nous sommes retrouvées à la galerie et bien qu'on fût en milieu de semaine, nous n'étions pas les seules. Entre le succès de ton livre et la critique de l'expo dans *Time Out New York*, l'événement attirait du monde. Au mur, une inscription au pochoir annonçait : Lumière, Rétrospective photographique, par Gabriel Samson.

Julie et moi avons déambulé d'une photo à l'autre, entre un groupe de dames d'un certain âge, visiblement de ces bourgeoises qui se piquent de culture, et quelques étudiants. L'expo commençait avec plusieurs photos du printemps arabe, dont certaines étaient celles qu'avait montrées Jon Stewart, tirées de ton livre. Elles étaient saisissantes, le genre d'images qui accrochent d'emblée le spectateur, comme celles de Steve McCurry, que tu rêvais d'imiter.

— Voyez cet espoir, répétaient les dames qui nous précédaient, presque à chaque photo. L'espoir qu'il y a dans leur regard !

À tel point que Julia, levant les yeux au ciel, a fini par singer leurs réactions.

Mais tout en faisant ses mimiques, elle disait aussi :

— Celles-là sont fabuleuses !

Et c'était vrai. La façon dont tu avais saisi l'émotion, cadré les personnes, la façon dont tout semblait saturé par la couleur, l'affect et la détermination. C'était fabuleux.

— Paraît que ce mec, il déchire ! a dit l'un des étudiants. Qu'il est capable de grimper sur des montagnes d'ordures et de ramper dans des flaques de boue ou de merde pour prendre ces photos. Paraît qu'un jour en Irak, il s'est fait casser la gueule parce qu'il a photographié une femme, et que le mari a pété un câble.

En entendant ces mots, je me suis souvenue que tu m'avais appelée juste après avoir été tabassé. Aurais-je dû te poser plus de questions ? Est-ce pour cela que tu ne m'as jamais téléphoné d'Arizona ?

J'ai remarqué que les photos étaient disposées en ordre chronologique inversé. On voyait nettement l'espoir et la détermination augmenter – les premières photos étaient encore plus puissantes que les plus récentes. Le commentaire d'accompagnement sur le mur disait que nous remontions le temps, avant le printemps arabe, avant les photos de ton livre. On voyait alors des photos d'Afghanistan, du Pakistan, d'Irak. Je n'avais pas lu la critique de l'exposition, mais j'avais cru que toutes les photos seraient tirées de ton livre *Le Défi*. C'était intéressant de pouvoir comparer avec les autres pays.

J'ai fait un pas vers la droite et aperçu des images que j'ai reconnues car tu les avais prises à New York – la petite fille derrière la fenêtre à barreaux était là, celle qui avait inspiré l'épisode du rêve dans *Bonjour la galaxie*. Et puis j'ai contourné le pan de mur suivant et me suis retrouvée face à un mur couvert de photos de moi.

— Wow ! a dit Julia quand elle m'a rejointe quelques instants plus tard.

C'était moi, à vingt-quatre ans, en train de rire, la tête rejetée en arrière, un verre à la main. Moi sur le canapé, souriante, te tendant les bras. Moi dans la cuisine, l'air ravi, tenant une assiettée de gaufres. Moi à vingt-trois ans, en train d'enfiler une paire de chaussures à talons aiguilles, les cheveux lâchés et tombant en rideau sur le côté de mon visage. Je n'avais jamais vu la dernière photo de l'exposition : j'étais endormie sur le canapé, une main encore sur l'ordinateur et l'autre tenant les pages d'un scénario.

Sur le mur, une inscription disait : *Une femme emplie de lumière rend tout ce qu'elle touche plus brillant. Lucy, Luce, Luz. Lumière.*

Arrivées à la fin de l'exposition, nous sommes passées devant une pile de livres sur le comptoir à côté d'une petite note disant : *Signés par l'artiste*. Je me suis arrêtée net.

— Ça va ? a demandé Julia. Je…

— Je ne sais pas. Je crois que non.

Je ne pouvais pas mettre un mot sur les émotions que j'éprouvais alors. À quoi pensais-tu quand tu as installé ce mur de photos de moi sans rien me dire ?

— Je vais acheter un livre, ai-je dit en montrant la pile du doigt.

La femme qui m'a servie m'a dévisagée. Puis elle a regardé mon prénom sur ma carte de crédit.

— C'est vous, là, a-t-elle dit. Lucy.

— C'est moi, là.

Elle a paru vouloir ajouter quelque chose, mais elle s'est contentée de me tendre un reçu à signer et a glissé un livre sur le comptoir.

Quand je lui ai rendu le reçu, elle a dit :

— Il a beaucoup de talent.

— Je sais. Il en a toujours eu.

Mon cerveau était encore à l'envers quand je suis rentrée au travail et que j'ai glissé ton livre dans le tiroir de mon bureau. J'étais incapable de me concentrer sur quoi que ce soit. J'ai donc ouvert mon mail et t'ai envoyé un message :

> Bonjour, Gabe,
> J'ai vu ton expo aujourd'hui à la galerie Landis. Je ne sais que te dire. C'est un bel hommage, mais je regrette que tu ne m'aies pas demandé mon avis. Ou que tu ne m'aies pas au moins prévenue. J'avoue que ça a été un choc de me retrouver nez à nez avec ces photos de moi sur le mur.
> Lucy.

Ta réponse a été instantanée :

> Lucy !
> Je sais que j'aurais dû te demander. Mais j'avais peur que tu ne dises non. Et l'exposition semblait incomplète si tu n'y figurais pas. C'est en

te photographiant que j'ai appris à saisir la légèreté d'esprit. Tu as été ma muse, mon inspiratrice, pour tous ces clichés.
Je suis content que tu sois allée voir l'expo.
Gabe.

Je n'ai pas répondu. Garder le contact avec toi me semblait trop dangereux. Et je n'avais toujours pas démêlé le nœud de mes émotions, défini ce que j'avais vraiment éprouvé en me voyant sur ce mur.

J'ai lu l'interview parue dans *Time Out New York* en rentrant chez moi après le travail. Le journaliste t'avait interrogé à mon sujet. Tu n'avais pas dit grand-chose, mais tu m'avais appelée ta muse, ta lumière. Noir sur blanc. C'était culotté de ta part, Gabe. Alors… Je ne sais pas. *Égoïsme* est-il le bon mot ? As-tu pensé à la réaction de Darren ? À ce que cela signifierait pour moi ? Non, sans doute. J'en suis presque certaine. Certes, tu voulais être fidèle à ton art, saisir ton monde de la façon qui te paraissait la plus honnête, et peut-être m'adresser un message, qui sait ? Mais tu m'as mise dans une position des plus inconfortables. Parce que je savais qu'il fallait que j'en parle à Darren avant que quelqu'un d'autre ne s'en charge. Et cela ne lui plairait pas.

J'ai attendu que nous ayons fini de dîner. Que les enfants soient couchés. Qu'Annie ait eu à manger et soit allée se promener.

— Tu veux boire quelque chose ? ai-je demandé à Darren.

— Boire en semaine ! Eh bien dis donc !

Je lui ai adressé un pâle sourire.

— La journée a été dure à ce point au bureau ? a-t-il poursuivi. Oui, sers-moi un verre.

Nous avions découvert le raki pendant notre voyage de noces et adorions cela. Je lui en ai versé un verre, pour marquer notre connivence de couple marié. Je me suis dit que je risquais d'en avoir besoin.

— Alors, qu'est-ce qui te chagrine ? a-t-il demandé quand je lui ai donné son verre et me suis assise sur le canapé.

Il s'était réconcilié avec mon travail et avait enfin commencé à poser des questions à ce sujet après la naissance de Liam, quand j'avais bien fait comprendre que même avec deux enfants, je ne resterais pas à la maison. Et de temps à autre, quand nous passions devant un magasin qui avait en vitrine une boîte à déjeuner à l'effigie de *Une fusée pour remonter le temps*, ou un arrêt d'autobus avec une affiche de *C'est toi l'étoile !* – mon programme pour mettre les filles en valeur, et un clin d'œil au fait d'avoir une fille –, je décelais dans son sourire une note de fierté qui me faisait sourire à mon tour.

J'ai annoncé :

— Aujourd'hui, je suis allée voir une exposition de photos avec Julia à l'heure du déjeuner.

— Ah oui ? (Il s'est tourné vers moi, et je suis sûre qu'il se demandait déjà où je voulais en venir avec un début pareil.) Comment va-t-elle ?

— Bien, ai-je dit avec circonspection. C'était une exposition des photos de Gabe. Mon ex. Elle avait lu ce matin un article dessus dans *Time Out New York*, alors nous y sommes allées.

Darren s'est figé.

— Ah oui ?

J'ai pris le magazine sur la table basse, l'ai ouvert et le lui ai tendu.

— Il y avait des photos de moi exposées, Darren. Je n'étais pas au courant, je te le jure.

— C'est un événement, on dirait, a-t-il lâché en parcourant l'article.

— Oui, c'est vrai. J'ai été choquée. Je…

Je me sentais coupable, comme si je lui devais des excuses, comme si c'était ma faute. Mais c'était toi le fautif, Gabe.

Darren a relevé les yeux après avoir lu ton interview. Il semblait atteint, et avait pâli.

— Est-ce ta façon de me dire que lui et toi avez…

— Non ! Non ! Il n'y a rien entre nous. Je ne l'ai pas revu depuis le jour où Violet et moi l'avons retrouvé pour un café. C'était même avant que je ne sois enceinte de Liam. J'ai juste échangé un tweet avec lui le soir où Ben Laden a été tué. C'est tout. Je te jure que c'est la vérité.

La couleur revenait aux joues de Darren.

— C'est bien vrai que tu ne l'as pas revu ? Et qu'il ne te l'a pas demandé ?

— Je le jure sur la tête de nos deux enfants.

Alors, la détresse a laissé place à la colère. Darren a froissé le magazine.

— L'enfoiré ! Pour qui se prend-il ? On va appeler la galerie. On peut leur demander d'enlever ces photos.

— Écoute, franchement, ce n'est pas la peine. On n'a pas à faire un scandale.

Après cet aveu, je réussissais davantage à faire la part des choses. J'avais beau être furieuse contre toi, je ne tenais pas à ce que l'exposition soit compromise. Et d'une certaine façon, ça ne me déplaisait pas d'être exposée là-bas. Une partie de moi se sentait exceptionnelle. Élue. Importante.

Darren a pris une grande inspiration.

— Tu as raison. J'ai réagi trop à chaud. Nous n'avons pas à y attacher plus d'importance que cela n'en a.

J'ai pris une gorgée de raki. Darren aussi. Puis il a vidé son verre. Je l'ai imité, soulagée que l'affaire ne soit pas allée plus loin. Je ne savais pas à quoi je m'attendais au juste, ni ce que je comptais faire, mais le pire était passé. Darren et moi étions hors de danger.

Il a fait tinter les glaçons dans son verre.

— Demain soir, nous irons dîner dehors. Je vais réserver dans un très bon restaurant. Et ensuite, nous irons voir cette exposition. S'il y a des photos de ma femme dans une galerie d'art, je tiens à les voir.

J'ai hoché la tête.

— Bien sûr. Comme tu voudras.

Le lendemain matin, j'ai mis une petite robe noire ajustée et des talons hauts. Je savais que Darren aimait cette tenue, elle m'avait valu de l'entendre me chuchoter après deux verres de vin à une réception : « C'est moi qui ai la femme la plus sexy ! »

Après le dîner à Del Posto, exceptionnel comme promis, nous nous sommes rendus en taxi à la galerie. Quand nous sommes entrés, je me suis mise dans la file des visiteurs, afin que nous suivions ton voyage vers l'espoir et la lumière en remontant le temps. Mais Darren m'a saisi la main :

— Où es-tu ?

— À la fin, ai-je dit en indiquant le coin à l'autre bout de la galerie.

Darren m'a remorquée à travers la foule – il y avait beaucoup de monde, beaucoup plus que quand Julia et moi étions venues – jusqu'à ce que nous contournions le dernier pan de mur. Là, il s'est arrêté net et a lâché ma main. Il a fixé les photographies. Sans mot dire.

J'ai essayé de me mettre à sa place. Il croyait me connaître mieux que personne. Or là, il voyait une autre version de moi. Il voyait Lucy-avant-Darren, Lucy qui en aimait un autre, Lucy qui partageait les secrets et les rêves d'un autre homme. Qui les inspirait. Je ne crois pas avoir jamais inspiré Darren. Et ce ne devait pas être facile pour lui de me voir à travers tes yeux. Je me suis rapprochée de lui, mais il n'a esquissé aucun geste vers moi.

Quand il m'a finalement regardée, j'ai vu la colère dans ses yeux. La jalousie. La blessure.

Nous nous sommes disputés à ton sujet pour la première et dernière fois ce soir-là. Darren voulait que je lui promette de ne plus jamais avoir aucun contact avec toi. Mais j'avais beau comprendre ce qu'il ressentait, je n'ai pas pu accepter. Finalement, la raison a repris le dessus chez lui, avec ses réflexes de joueur d'échecs, et il a renoncé à cette exigence. Mais jamais je ne l'avais vu aussi peu sûr de lui, aussi frustré. Il voulait des certitudes :

— Tu m'aimes ?

— Oui, je te le jure.

— Et lui, tu l'aimes ? a-t-il poursuivi, la voix brisée.
— Non. Je n'aime que toi.

C'était vrai en cet instant. Ou du moins le croyais-je. Je lui ai juré que je l'aimais plus que je ne t'avais jamais aimé, qu'une comparaison entre vous ne tenait pas, que lui et moi avions fondé une famille. À la fin de la soirée, nous avions passé le cap de la dispute. Nous avons fait l'amour. Et dormi dans les bras l'un de l'autre.

Je t'ai délibérément chassé de mon esprit pendant quelque temps. Je me suis concentrée sur la colère que j'éprouvais d'avoir été mise dans une position aussi fausse, de ne pas avoir été consultée en premier lieu. En agissant ainsi, je pensais à Darren, à Violet, à Liam, à notre famille. Mais je n'ai pas pu t'en vouloir longtemps. Parce que au fond, j'étais flattée que tu aies tenu à m'inclure dans ta rétrospective. Flattée que cela compte autant pour toi, pour ton travail. Au milieu de toutes ces émotions confuses, une part de moi vibrait d'être appelée ta muse.

61

Parfois, la vie semble avancer à tout petit train, avec une lenteur poussive, jour après jour, jusqu'à ce que survienne un événement qui vous force à vous arrêter et à prendre conscience qu'un temps considérable s'est écoulé sans que vous l'ayez vu passer. Une commémoration, un anniversaire, un jour férié. Le 11 septembre 2011, Violet avait presque quatre ans, Liam venait d'avoir huit mois. J'étais productrice de trois programmes différents pour enfants et préparais des présentations pour en lancer deux autres. Darren et moi étions mariés depuis bientôt cinq ans. Il y avait plus de sept ans que tu avais quitté New York. Et dix ans exactement avaient passé depuis le jour de notre rencontre. Dix ans depuis l'attaque qui avait marqué le début de notre vie adulte et fait s'entrecroiser, puis diverger, nos chemins.

À la maternelle où allait Violet, le 11 septembre était le Jour des Héros. Il y a eu un rassemblement spécial dans Prospect Park, où l'on a appris aux enfants le rôle des pompiers, des policiers et des Urgences. Après cela, chaque fois que Violet voyait un camion de pompiers, une voiture de police ou une ambulance, elle se mettait à crier « Allez, les Héros, allez ! ». Et elle continue aujourd'hui. Liam aussi. Ça m'amuse.

Des commémorations diverses ont eu lieu dans toute la ville. Il y a eu des messes à St. Patrick et à Trinity Church, et une exposition de photos à la Société historique. Deux colonnes de lumière bleue se sont élevées de Ground Zero, montant encore plus haut que les tours, et visibles à des kilomètres à la ronde. Et tu m'as appelée. J'avais songé à le faire, tout en sachant que ce serait une erreur.

Je suis sûre que tu te souviens de ce coup de fil.

Tu étais à Kaboul.

— J'ai pensé à toi toute la journée, as-tu dit quand j'ai décroché.

— Moi aussi, ai-je avoué.

Je me suis réfugiée dans la chambre de Violet, dont j'ai fermé la porte.

— Je ne savais pas si tu prendrais l'appel.

J'ai repensé à toutes les fois où tu m'avais contactée.

— Y a-t-il un seul jour où je n'ai pas répondu ?

— Jamais, as-tu affirmé avec douceur.

Je me suis assise sur le lit de Violet et t'ai parlé de l'hommage aux Héros et de ce qui était organisé à New York. Tu m'as confié que tu aurais bien aimé être là.

— Oui, hein ? On devrait monter sur le toit de Wien pour contempler la ville.

— Si seulement !

Nous n'avons plus su que dire après ta remarque, mais ni toi ni moi n'avions envie de raccrocher. Nous sommes restés silencieux, le téléphone vissé à l'oreille.

— Faisons comme si nous y étions en ce moment, ai-je proposé.

— Il n'y a pas de fumée, on voit juste le beau profil de la ville.

J'ai fermé les yeux et poursuivi :

— Il y a des oiseaux, un ciel bleu sans nuages et des gens qui se promènent dans les rues. Des rires d'enfants qui montent d'une aire de jeux en contrebas. Personne ne redoute que son prochain souffle ne soit le dernier.

— Quoi d'autre ?

— L'Empire State Building. On le voit d'ici.

— Qui se dresse fièrement.

— Oui, fièrement, ai-je confirmé en ouvrant les yeux.

— Tant mieux. Merci, Lucy.

— De rien, ai-je répondu sans savoir au juste de quoi tu me remerciais.

— Il faut que j'aille me coucher maintenant, il est tard ici, as-tu dit en bâillant.

— Alors, bonne nuit. Dors bien.

— Merci d'avoir répondu.

— Merci d'avoir appelé.

Nous avons raccroché, et j'ai pris conscience de l'importance qu'avait eue pour moi le fait de te parler ce jour-là. Faute de quoi, je me serais sentie incomplète.

As-tu ressenti la même chose ?

62

Il m'arrive d'avoir l'impression que certains mots, phrases ou noms sont coincés dans mon cerveau, et puis d'un coup, je les entends partout. Je ne sais pas s'ils sont omniprésents ou si c'est moi qui, étant particulièrement réceptive, les remarque davantage.

Après ton appel, c'est ce qui s'est passé pour *Kaboul.* Et *Afghanistan.*

Trois jours plus tard, j'ai entendu ces mots à la radio : l'ambassade américaine à Kaboul avait été bombardée. J'ai aussitôt pensé à toi et ai saisi mon téléphone avant de réfléchir.

— *Tu vas bien ?* ai-je textoté.

J'ai fixé l'écran jusqu'à ce que je voie les trois petits points signifiant que tu écrivais.

Sain et sauf. Je n'étais pas là-bas. Mais mes amis, si.

Encore des petits points.

Je ne vais pas bien.

Je n'ai pas su comment répondre. Alors je me suis abstenue.

Pardon.

63

Je pense souvent à la façon dont nous ajoutons des êtres à notre entourage, l'un après l'autre. Ou plutôt des Êtres Chers, avec des majuscules. Ceux vers lesquels nous nous tournons en cas d'urgence, ceux sur lesquels nous pouvons compter. Si nous avons de la chance, nos parents sont les premiers. Puis nos frères et sœurs. Une amie d'enfance. Un conjoint.

Peut-être parce que tu voyageais beaucoup, ou peut-être à cause de ta personnalité, tu ne semblais pas élargir ton cercle d'Êtres Chers comme les autres. Tu avais ta mère. Je savais par Facebook que tu allais la voir souvent. Et je suppose que tu m'avais moi. À part cela, tu avais un réseau de relations et d'amis, comme tes anciens colocs de fac que tu voyais de temps en temps mais sur lesquels tu ne paraissais guère te reposer. Du moins, pas tant que nous étions ensemble, et je suppose qu'après non plus, car c'était moi que tu appelais.

Un samedi après-midi, ton numéro est apparu sur mon téléphone. Je poussais Violet sur une balançoire de Coxsackie Park. Ce n'est pas le vrai nom du parc, mais le sobriquet que lui a donné une certaine Viviana l'été précédent quand son fils Mateo et quatre autres enfants avaient été contaminés par le virus du même nom après avoir fréquenté l'aire de jeux. La nouvelle s'est répandue chez les parents du voisinage comme le virus chez les enfants et pendant des mois personne n'y est plus allé. Mais la sagesse populaire voulant que le virus n'ait pas survécu à l'hiver, je n'étais pas la seule mère devant les balançoires ce jour-là.

Darren avait emmené Liam à une séance de natation pères-fils.

J'ai donné à Violet une bonne poussée puis ai pris l'appel. Je t'ai entendu sangloter sans rien dire à l'autre bout du fil. J'ai regardé Violet revenir vers moi sur la balançoire et lui ai donné une autre poussée.

— Gabe ? ai-je dit. Qu'est-ce qu'il y a ? Tu es blessé ? Où es-tu ?

Tu as repris ton souffle.

— JFK, as-tu dit. Maman est morte, Lucy. Elle est morte.

J'ai perçu ta respiration saccadée, tes sanglots étranglés. Mon cœur s'est serré comme quand j'entendais Violet, Liam ou Darren pleurer. Ou Jason.

— Tu es à quel terminal ? ai-je demandé. Combien de temps y restes-tu ?

— À United. J'ai une escale de quatre heures.

— J'arrive. Je serai là dans quarante minutes.

J'ai raccroché et arrêté la balançoire de Violet. Je fonctionnais en mode automatique, comme au travail quand il fallait éviter une crise. Agir, s'adapter à chaud, essayer d'améliorer la situation. Au moins, faire acte de présence.

— On arrête ? a demandé Violet tout en essayant de remettre la balançoire en mouvement.

— Vi, on a une chose très importante à faire : il faut qu'on aille à l'aéroport voir l'ami de maman. Il est un petit peu triste maintenant parce que sa maman a dû partir pour longtemps, alors peut-être qu'il est en train de pleurer. Mais on va essayer de le consoler.

Elle a tendu les bras pour que je la soulève du siège.

— Des fois, quand je suis triste, je pleure.

— Oui, ai-je dit, moi aussi.

Quand Violet a été installée dans sa poussette, j'ai regardé l'heure. Le cours de natation était terminé, mais Darren restait souvent un moment avec les autres pères et enfants, à discuter autour d'un café. J'ai pris mon courage à deux mains et l'ai appelé. Cela n'allait pas être facile.

— Il faut que je fasse un saut à Kennedy, ai-je annoncé quand il a décroché.

J'entendais Liam babiller en fond sonore.

— Hein ? a fait Darren, visiblement pris de court. Pourquoi ?

Nous n'avions plus reparlé de toi depuis la soirée à ton exposition. Je savais qu'il allait mal le prendre. Mais je ne pouvais pas te laisser au terminal 7, seul et malheureux. Encore ce grain de grenade.

— Je viens d'avoir un coup de fil de Gabe – Gabe Samson. Sa mère est morte et il est à l'aéroport. Il est en train de craquer.

Silence au bout du fil. J'entendais Liam répéter « bagel » sans arrêt.

— Et il a besoin d'une épaule pour pleurer ? a dit Darren. Non.

— Il n'a personne d'autre.

— Il ne t'a pas non plus. Je vais te chercher un bagel dans une minute, a-t-il ajouté à l'adresse de Liam.

— Bien sûr que non. C'est toi qui m'as. Comme Liam. Comme Violet. Mais sa mère est morte et il m'a appelée. On ne peut pas le laisser tout seul dans un moment pareil. Si c'était toi, tu ne voudrais pas être tout seul.

— Mais moi, je n'appellerais pas la femme d'un autre, a rétorqué Darren d'une voix où je percevais la tension.

— Pour lui, je ne suis pas la femme de quelqu'un d'autre, mais une vieille amie qui peut le secourir quand il souffre.

— Il a eu le culot de t'appeler sa lumière.

— Et moi je t'appelle mon mari. Peu importe comment il m'a appelée. Je t'en prie, pas de scène au téléphone. Devant tes amis. Devant les enfants.

J'imaginais sa mâchoire crispée. Ses yeux se fermant et se rouvrant lentement.

— Tu emmènes Violet ? a-t-il demandé. Tu sais que je ne lui fais aucune confiance.

— J'emmène Violet, ai-je répondu.

De toute façon, je ne savais pas où la déposer ainsi à l'improviste, et Darren était à l'autre bout de Brooklyn.

— Soit, a-t-il dit. Mais ça ne me plaît pas.

Je savais qu'il faudrait que j'arrondisse les angles plus tard, et que j'y mette beaucoup du mien. Mais entre-temps, j'allais à l'aéroport, j'allais te voir.

Après un bref arrêt devant notre porte pour laisser la poussette derrière la grille de la maison, le taxi nous a déposées au terminal 7. Tu étais sorti de la zone de transit puisque nous ne pouvions pas y accéder sans billet, et tu attendais devant les portes, avachi sur un banc, brisé. Tu avais les coudes sur les genoux, le menton dans les mains. Dès que tu m'as vue, tu t'es remis à pleurer. J'ai couru vers toi, Violet dans les bras, et me suis assise en la gardant sur mes genoux. Je me demande aujourd'hui ce qui a pu se passer dans sa tête – et ce qui se passait dans la tienne. Rétrospectivement, j'estime avoir failli à ma responsabilité parentale. Il n'y avait aucune raison que Violet assiste à une scène pareille, ni voie quelqu'un d'aussi désespéré. Si j'avais eu les idées plus claires, j'aurais téléphoné à une des mères du voisinage et dit à Darren que je n'emmenais pas Violet avec moi, quitte à le contrarier davantage encore. Et cela aurait changé beaucoup de choses.

Tu as tendu les bras par-dessus la tête de Violet et tu m'as serrée. Je t'ai rendu ton étreinte, et Violet aussi, qui a passé ses petits bras comme elle a pu autour de tes côtes.

— T'inquiète pas, t'a-t-elle dit. Tu saignes pas ni rien.

Tu as fini par te calmer un peu et j'ai trouvé un stylo et un bloc-notes dans mon sac, que j'ai donnés à Violet pour qu'elle joue par terre. Alors, tu m'as parlé de la rupture d'anévrisme de ta mère. Tu m'as dit que ça te rendait malade de ne pas être allé la voir en Arizona depuis presque un an. Tu avais l'impression que plus rien ne te rattachait à la terre, comme si tu pouvais partir à la dérive sans que personne ne s'en aperçoive.

— Je le remarquerais, moi, ai-je dit.

Pendant que tu parlais, Violet avait passé son bras gauche autour de ton mollet et te tenait tout en coloriant.

— Je crois qu'elle aussi le remarquerait.

Tu as esquissé un demi-sourire triste.

Nous sommes allés à un stand de restauration rapide, où tu as acheté de l'eau. Je t'ai suggéré de prendre un sandwich, ou au moins une banane, mais tu as dit que tu serais incapable de rien avaler.

Quand Violet et moi sommes parties, tu paraissais un peu plus calme, mais ce que tu m'avais confié sur ton sentiment d'être à la dérive m'a trotté dans la tête. J'étais liée à tant de gens que j'avais peine à imaginer ce que tu pouvais ressentir. Et je n'en avais pas envie.

64

Les enfants sont incroyables. Vraiment. Ils sont ouverts, affectueux et aimants. Surtout les enfants de quatre ans et demi.

Te voir aussi désespéré à l'aéroport m'avait serré le cœur. Mais celui de Violet avait été touché, et de façon encore plus vive.

— L'ami de maman, Gabe, pleurait, a-t-elle dit à ses poupées le lendemain. Il est très triste. (Puis elle m'a demandé :) Est-ce que je peux donner cette image à Gabe ? C'est un cœur avec un soleil et une sucette. Avec des smileys qui montrent qu'ils sont contents.

— Si je prenais une photo et que nous lui envoyions, qu'est-ce que tu en penses ?

Elle a hoché la tête et m'a solennellement tendu son image pour que je la photographie. Je te l'ai envoyée par mail avec une explication. Tu te souviens ? Ta réponse est arrivée quelques minutes plus tard. *Remercie Violet pour moi.*

— Bon, alors dis-lui qu'il y a pas de quoi, a-t-elle répliqué.

Au dîner, elle a raconté l'histoire à Darren. Et elle m'a surprise en ajoutant :

— Il faut que je le console mieux que ça. Il faudrait que je l'invite à jouer un jour. Je lui montrerai comment faire des cookies.

Je commençais juste à lui apprendre les rudiments de la pâtisserie, et elle trouvait que c'était une expérience magique. Elle restait scotchée à la fenêtre du four pour regarder la pâte gonfler et devenir un gâteau, et elle commentait parfois en direct ce qu'elle voyait.

Darren a levé les sourcils. J'ai réagi :

— Je suis comme toi, je découvre.

— Il était tellement triste, papa, lui a dit Violet. Un grand qui pleure comme un enfant. Et quand les gens pleurent, il faut les consoler. C'est ce que dit Miss Melissa à l'école.

Je me suis mordu la lèvre. Je connaissais les réserves de Darren, mais je me faisais autant de souci pour toi que Violet et cela ne m'aurait pas déplu de te revoir avant que tu ne repartes à l'étranger.

— C'est vrai. C'est ce que dit Miss Melissa…

J'ai haussé les épaules en regardant Darren, perplexe. J'étais un peu perdue et je n'allais pas insister. Je le laisserais décider. Parce que tu avais bien mis des portraits de la femme d'un autre dans ta rétrospective, Gabe. Et même sans cela, j'aurais compris que Darren refuse. Il avait tout lieu de ne pas vouloir que mon ex-petit ami vienne à la maison. Pour être honnête, j'aurais sans doute dû dire non. J'aurais dû penser davantage à ce que cela signifiait de te recevoir chez moi. Mon couple me paraissait assez fort, au point que je ne me suis même pas demandé si en te laissant entrer dans mon univers, tu ne risquais pas de le fissurer, de changer ma façon de voir Darren. Or, c'est ce qui s'est produit. Je ne m'en suis pas rendu compte sur le moment, ni même dans les mois qui ont suivi. Mais avec le recul, je vois bien que ce moment-là a été comme une croisée des chemins, et que ma décision d'alors nous a orientés vers celui que nous avons fini par suivre.

Darren a réfléchi ; sa ride de joueur d'échecs est apparue entre ses sourcils. Violet l'a regardé quelques instants avec des yeux implorants pendant que je fixais mon assiette, où je coupais du saumon en petites bouchées.

— Oui, tu as raison, Vi, a dit Darren. Il faut consoler les gens quand ils sont tristes.

Sur le moment, je me suis demandé s'il avait cessé de te voir comme une menace – à cause de quelque chose que Violet ou moi avions dit –, ou s'il pensait que le fait de se trouver dans notre appartement, avec des photos de notre famille partout, me rendrait d'une certaine façon moins désirable pour toi. Ou encore s'il pensait simplement comme moi, que notre mariage était assez solide pour que cette visite soit sans importance. Je n'ai jamais voulu savoir pourquoi il l'avait autorisée. J'ai juste entériné sans rien dire. Mais je suis sûre qu'il y avait une raison. Avec Darren, il y a toujours une raison.

Et c'est ainsi que tu as reçu une invitation à venir chez moi faire des cookies avec ma fille. À vrai dire, j'ai été surprise que tu acceptes.

Nous avons choisi une date par e-mail, un vendredi où j'étais censée travailler à la maison. À cela près que j'ai fini par ne pas travailler du tout ce jour-là. Tu avais prévu de passer quarante-huit heures à New York, et de venir directement de l'aéroport. Violet a insisté pour que nous décorions l'appartement de ballons en ton honneur, et que nous dessinions un smiley sur chacun. Ce que nous avons fait, en ajoutant des langues pour certains, des cils pour d'autres ou des sourcils.

— Tu en veux un ? a demandé Violet à son frère.

Il avait presque dix-huit mois, et Maria devait l'emmener au Transit Museum[1] : il adorait courir dans les wagons.

— Un vert, a-t-il dit.

Elle a hoché la tête et lui a donné un ballon vert avant qu'il ne parte avec Maria.

J'ai commencé à mettre le linge des enfants dans la machine à laver, puis ai sorti les ingrédients nécessaires à la préparation des cookies. Au moment où nous sortions le saladier, la sonnerie de l'interphone a retenti et ma fille s'est précipitée. Annie l'a suivie en aboyant.

— Oui ? ai-je dit en pressant le bouton.

— C'est moi, as-tu répondu.

— C'est lui ! s'est exclamée Violet.

J'ai débloqué la porte et quelques instants plus tard, tu es entré dans mon salon. La première chose que j'ai remarquée, c'est que tu t'étais rasé la tête. Violet l'a remarqué aussi.

---

1. Musée de la ville de New York situé à Brooklyn et consacré principalement au métro.

— Où… où sont tes cheveux ? a-t-elle demandé en fronçant les sourcils.

Tes yeux ont fait un rapide aller et retour entre elle et moi.

— Ils sont… au sale, as-tu répondu.

— Au sale ? a-t-elle répété.

Tu as haussé les épaules et ta fossette est brièvement apparue quand tu as repris :

— Tu ne te laves pas les cheveux quand ils sont sales ?

— Si, mais dans le bain ! a dit Violet.

— Je me suis dit que ça serait plus facile à la machine, as-tu répliqué avant de poser tes bagages par terre.

Violet m'a regardée.

— Je peux mettre mes cheveux au sale ?

— On en parlera plus tard, ai-je déclaré.

Elle s'est dirigée vers la cuisine, pensant que tu suivrais, et récitant le programme de la préparation des cookies. Mais tu t'es approché de moi et tu es tombé dans mes bras. J'ai senti tes larmes dans mon cou.

— Pourquoi t'es-tu rasé la tête ? ai-je demandé à mi-voix.

Tu t'es redressé en essuyant tes yeux d'un revers de main.

— Rituel de deuil. J'en ai éprouvé le besoin. Ça me change tant que ça ?

— Ça te change, mais je t'aime bien comme ça aussi. Tu es sûr que tu es en état de faire des cookies ?

— Absolument. Et merci. Merci d'avoir une fille aussi adorable. D'avoir joué le jeu quand elle a proposé de consoler un vieil homme triste. D'être là pour moi. Tu vas peut-être trouver ça absurde, mais c'est la perspective de passer cette journée ici qui m'a aidé à tenir pendant toutes les formalités en Arizona.

Nous avons préparé la pâte, l'avons versée dans des moules de différentes formes sur la plaque, et glissé celle-ci dans le four. Après quoi, Violet a sorti une grande marmite.

— Voilà comment on fait pour ne pas se brûler, t'a-t-elle expliqué.

Elle a allumé la lumière du four, a mis la marmite devant la porte et s'est assise derrière.

— Maintenant, on ne peut plus toucher la porte, a-t-elle dit en tapotant la place à côté d'elle.

Tu t'es assis et vous êtes restés tous les deux immobiles pendant vingt minutes à regarder cuire les cookies, sans dire un mot. Je me suis demandé à quoi tu pensais. À quoi elle pensait. Mais je n'ai pas posé de questions. Je vous ai observés tous les deux, espérant que cette journée t'aiderait, que la sollicitude de Violet voudrait dire quelque chose, qu'elle te donnerait l'impression que tu comptais encore pour certaines personnes, même si ta mère n'était plus là. Je ne voulais pas que tu te sentes à la dérive.

Quand a retenti la sonnerie du minuteur, Violet m'a apporté la manique qui était pendue au tiroir à côté de l'évier.

— Ils sont prêts, a-t-elle dit. Est-ce qu'on peut jouer à cache-château pendant qu'ils refroidissent ?

— Cache-château ? as-tu demandé en te levant et prenant la marmite avec toi.

Violet s'est tournée vers toi pendant que j'ouvrais la porte du four.

— On s'habille comme les gens d'un château et on joue à cache-cache. Tu peux être le roi.

En entendant ça, j'ai failli lâcher la plaque à biscuits. Darren était le seul homme qu'elle avait jamais laissé être roi. Quand Jay venait, elle lui donnait le rôle du magicien. Quant à mon père et celui de Darren, ils étaient toujours les bouffons de la cour.

— Tu es ma reine ? lui as-tu demandé quand elle t'a pris la main pour te conduire vers son coffre à déguisements.

— Non ! a-t-elle répondu comme si c'était une idée totalement ridicule. Moi je suis la fée. C'est maman la reine.

Tu m'as regardée pendant que je m'approchais de vous après avoir éteint le four.

Violet nous a mis des couronnes sur la tête, puis elle a enfilé ses ailes de fée et a dit :

— Bon, alors dites, le roi et la reine, je vais me cacher dans votre château maintenant ! Comptez jusqu'à vingt-trois et vous pourrez me chercher.

— Vingt-trois ? as-tu articulé silencieusement.

J'ai haussé les épaules. Violet a filé en courant et nous avons commencé à compter.

— Plus fort, a-t-elle crié dans le couloir.

Nous étions arrivés à treize quand je l'ai entendue dire :

— Eh, il y a un fossé plein d'eau autour de ce château !

J'ai arrêté de compter et ai crié :

— Un fossé pour de faux ?

— Non, pour de vrai !

Et j'ai perçu le bruit caractéristique de petits pieds sautant dans une flaque.

— Où es-tu ? ai-je crié avant de m'élancer dans le couloir.

— C'est cache-château. Je ne peux pas te le dire.

Mais elle avait laissé la porte de la buanderie ouverte, et la flaque s'élargissait dans l'entrée.

— Oh ! là, là ! me suis-je exclamée en me ruant vers l'eau.

Tu t'es précipité pour soulever Violet au-dessus de la flaque.

— Je t'ai trouvée ! Je crois que c'est le moment où le roi prend la fée et la fait voler.

— Plus haut ! a-t-elle crié en riant. Les fées volent plus haut !

Quant à moi, debout devant la buanderie, je contemplais le désastre. *Merde !* ai-je pensé. *Merde, merde, merde !* L'eau continuait à couler à l'arrière de la machine à laver. J'ai appelé Darren. Il a répondu à la première sonnerie.

— Ça va ?

— Moi oui, mais la buanderie, non. Il y a une énorme flaque. Je crois que la machine ne marche plus. Qui est notre plombier ?

— Oh, c'est la tuile ! Je t'envoie son numéro par mail. Ou tu veux que je l'appelle ?

— Non, non, je vais le faire. Est-ce que je dois éteindre la machine ? La débrancher ?

— Aucune idée. Demande au plombier. Je viens de t'envoyer le numéro. Tiens-moi au courant.

J'ai raccroché, et tu es arrivé avec Violet.

— Où est ton compteur ? Il faut que tu coupes l'électricité de ta machine.

— Tu es sûr ? ai-je répondu tout en vérifiant que j'avais reçu l'e-mail de Darren. J'allais demander au plombier.

— Certain, as-tu dit en faisant tournoyer Violet. Il faut que tu éteignes la machine pour que l'eau cesse de couler, mais tu ne dois pas toucher à l'électricité alors que tu as les pieds dans l'eau.

— Ah ! Logique. Le compteur est dans la cuisine.

Tu as porté Violet à bout de bras jusqu'à la cuisine, puis tu as annoncé :

— Atterrissage imminent pour la fée !

— Encore ! s'est-elle exclamée quand tu l'as déposée sur le plan de travail.

— Il faut que le roi répare deux ou trois choses d'abord.

Tu avais toujours ta couronne sur la tête, un peu de guingois à présent. Tu l'as redressée avant d'abaisser le fusible sur lequel était marqué « Buanderie ».

— J'appelle le plombier maintenant ? ai-je demandé.

Tu étais en train d'ôter chaussures et chaussettes, et de retrousser ton bas de pantalon.

— Attends que je jette un coup d'œil.

J'ai pris Violet dans mes bras et l'ai portée jusqu'à la buanderie, où nous t'avons regardé tirer la machine à laver et refixer un embout qui s'était détaché du tuyau. L'eau ayant cessé de couler, la flaque s'était réduite grâce à l'évacuation au sol.

— Ça devrait régler le problème, as-tu dit. Tu auras peut-être besoin d'appeler le plombier pour t'en assurer, mais tu peux déjà essayer de refaire fonctionner ta machine et voir si elle fuit ou non.

Tu t'es relevé avec ta couronne ridicule sur la tête.

Voilà à quoi ressemblerait la vie, si les choses avaient pris un autre tour, ai-je pensé.

— Ça va ? as-tu demandé avec un drôle d'air.

— Grâce à toi. Tu ressembles plus à un preux chevalier qu'à un roi, je trouve. Merci d'être venu au secours de ma buanderie.

— Je ne troquerais ma couronne pour rien au monde, as-tu dit en riant, mais c'est vrai que j'ai toujours eu un faible pour Lancelot.

Tu voulais vraiment que je fasse le rapprochement ? Que je pense à Lancelot et à Guenièvre ? Sans doute.

J'ai dégluti, souhaitant que tu ne puisses pas lire ainsi en moi à livre ouvert, et je me suis tournée vers Violet, toujours dans mes bras.

— Eh bien, ma petite princesse-fée, je crois que nos cookies doivent avoir refroidi maintenant et qu'ils sont bons à manger. Tu en veux un ?

Elle s'est tortillée pour que je la repose et s'est précipitée à la cuisine en criant : « Oui ! »

— Un cookie, ma reine ? as-tu proposé avant de rajuster ma couronne.

Je t'ai regardé droit dans les yeux et j'y ai décelé de la tristesse, en dépit des efforts que tu faisais pour la camoufler. Dans la confusion de la fuite d'eau, j'avais perdu de vue la raison de ta visite.

— Comment tu te sens ? ai-je demandé.

— Ça va mieux. Merci pour cette journée.

— Je suis contente. Et de rien.

J'aurais aimé t'étreindre comme quand tu étais arrivé, mais je me suis retenue. Guenièvre est la femme d'Arthur, malgré tout. Je me suis contentée de dire :

— Nous devrions retourner à la cuisine avant que Violet essaie d'escalader les placards.

Après cela, nous nous sommes assis tous les trois pour déguster les cookies que nous avions préparés.

Je n'ai jamais dit à Darren que nous étions restés en contact par e-mail après cela. Puis tu t'es mis à voyager tellement que j'ai eu du mal à suivre : Philippines, Russie, Corée du Nord, Afrique du Sud. Nos messages se sont espacés, jusqu'au jour où je me suis aperçue que plusieurs mois s'étaient écoulés depuis notre dernier échange. Violet a paru t'oublier. Mais parfois, elle demandait si elle pouvait mettre ses cheveux au sale. Alors, je prenais quelques instants, le temps de faire un vœu pour ton bonheur et ta sécurité, et de l'envoyer dans le cosmos.

65

L'automne qui a suivi la réparation de la machine à laver – car tu l'avais bel et bien réparée, te l'ai-je dit ? –, j'ai reçu un appel de Kate qui m'a perturbée. Darren était en train de regarder un tournoi de golf et les enfants jouaient dans le salon. Annie cherchait quelque chose sous le canapé, sans doute les Cheerios que Liam faisait tomber partout. J'essayais de parcourir les derniers numéros du *New Yorker* que je n'avais pas lus et me disais que je devrais résilier mon abonnement parce que voir la pile monter chaque semaine me donnait mauvaise conscience.

Ce qui me rappelait qu'il me restait fort peu de temps pour moi si je soustrayais de mes journées celui que je consacrais à mon travail et à ma famille.

— Qu'est-ce que tu penses des culottes fendues ? a demandé Kate de but en blanc quand j'ai décroché.

— Euh…, ai-je commencé à répondre en vérifiant avant d'entrer dans la cuisine que Liam et Violet étaient encore en train de construire une grande tour en cubes. Je n'y ai jamais réfléchi, mais je n'en vois pas vraiment l'utilité. C'est comme les lunettes sans verres ou les soutiens-gorge sans bonnets.

— Ça existe, les soutiens-gorge sans bonnets ?

— Aucune idée. C'était juste un argument. Pourquoi me parles-tu de culottes fendues ?

Au bout du fil, elle a soupiré.

— Est-ce qu'il t'arrive… je ne sais pas, moi, d'avoir envie de pimenter un peu ta vie ?

— Tu parles de sexe, là ?

Ça ne ressemblait pas à Kate. À ce jour, je ne l'avais jamais entendue prononcer les mots « culottes fendues » ni évoquer la possibilité de « pimenter » sa vie. Son enterrement de vie de jeune fille avait eu lieu dans un spa. Les pailles en forme de pénis n'étaient pas franchement son style.

— Quand j'ai dit à Liz qu'avec Tom, les choses étaient devenues… monotones, elle m'a conseillé d'acheter des culottes fendues.

Voilà qui commençait à être un peu plus clair. Liz en portait sans doute au quotidien. Avec des soutiens-gorge sans bonnets d'ailleurs, si tant est que cela existe.

— C'est le sexe qui est monotone ? ai-je réitéré.

— C'est tout un ensemble, a soupiré Kate. Je prends le même train tous les matins pour aller à New York, et le même tous les soirs pour rentrer. Tom me pose la même question tous les jours quand il rentre, deux trains après moi. Je me lave toujours le visage pendant qu'il se lave les dents, et quand je me lave les dents, il est aux toilettes. L'autre jour, je me suis lavé les dents avant le visage et ça a eu l'air de le plonger dans la perplexité. On est condamnés à continuer comme ça ?

Je n'avais pas réfléchi à ce sentiment de routine, mais si j'étais honnête avec moi-même, il y avait des moments où j'avais l'impression de mener une vie un peu grise, répétitive.

— Je vois ce que tu veux dire, ai-je répondu. Darren m'appelle tous les jours à 17 h 02 pour me demander à quelle heure je pense rentrer. Ce qui amuse beaucoup mon assistante. Nous achetons la même marque de papier toilette – ultrarésistant – depuis que nous sommes ensemble. Le mois dernier, je me suis demandé ce qui se passerait si j'achetais de l'ultradoux. Mais je ne l'ai pas fait.

— Tu devrais.

— Et toi, tu devrais prendre un autre train. Changer de coupe de cheveux. Ou peut-être partir en voyage en tête à tête avec Tom. Tu peux nous laisser les filles un week-end.

— Tu t'occuperais d'elles pendant un week-end ?

— Bien sûr. Vas-y. Réserve tes billets.

— Et toi ? a-t-elle demandé.

— Je vais changer de papier toilette.

Nous avons ri toutes les deux. Tom et Kate nous ont laissé leurs filles et sont partis en week-end ensemble. Et j'ai acheté du papier ultradoux. Mais il y a tant à faire chaque jour, tant de choses à régler qu'il est plus facile d'obéir à une routine, car cela nous évite de nous poser des questions. Même la minuscule parcelle d'énergie mentale qu'implique le choix du papier toilette peut faire la différence entre « gérable » et « écrasant ».

Mais les remarques de Kate m'ont poussée à réfléchir. Parfois, ma vie avec Darren me semblait monotone. Et la monotonie peut avoir des conséquences dangereuses si elle n'est pas soigneusement sous contrôle.

66

Cet hiver-là, peu après le deuxième anniversaire de Liam, toute la famille est tombée malade, contaminée par un méchant virus qui a fait manquer l'école à Violet pendant une semaine. Elle était apathique et s'accrochait à moi. Mon cœur se serrait chaque fois qu'elle toussait et que j'entendais un ronflement caverneux sortir de sa petite poitrine. Ton cœur se serait serré aussi, Gabe. Annie n'a pas quitté son chevet. Darren ne se sentait pas bien lui non plus, et pour couronner le tout, un marché qu'il espérait conclure au travail posait des problèmes plus épineux qu'il ne s'y attendait, et il était irritable avec les enfants et avec moi.

Après quatre jours de ce régime, Violet et moi étions blotties sur le canapé avec Annie devant *C'est toi l'étoile*, et Liam, par terre, jouait avec ses trains en bois préférés. Darren déambulait dans l'appartement, et lisait tout en marchant le rapport financier d'une société. À son troisième ou quatrième tour du salon, il a annoncé :

— Liam a le nez qui coule.

— Il y a des lingettes sur la table de la cuisine.

Il s'est arrêté net et m'a regardée.

— Je travaille. C'est toi leur maman.

— Pardon ? ai-je lancé pendant que Violet s'essuyait le nez sur mon pull.

— Je travaille, a-t-il répété.

J'ai écarquillé les yeux. Il lui arrivait parfois de laisser tomber une de ces réflexions qui me faisaient penser : *C'est vraiment lui, l'homme que j'ai épousé ?* Cela n'était pas fréquent, mais cela se produisait. En général à propos des enfants, de mon rôle dans la famille comme épouse et mère.

Sans commentaire, je me suis levée du canapé avec Violet dans les bras, suis allée prendre les lingettes à la cuisine et ai essuyé le nez de Liam.

Plus tard cette nuit-là, j'ai été réveillée par les pleurs de mon fils. Nous venions juste de lui faire quitter son berceau pour l'installer dans un lit, mais il n'avait pas encore compris comment en sortir tout seul. J'ai regardé Darren à côté de moi. Il était à moitié réveillé lui aussi.

— Liam pleure, a-t-il dit sans ouvrir complètement les yeux.

— J'ai entendu.

J'avais l'impression d'avoir la tête en coton.

— Tu y vas ?

Ce n'était pas une vraie question.

— Hum, ai-je soupiré en sortant du lit.

Quand je suis arrivée devant la chambre de Liam, Violet était debout dans l'embrasure de la porte.

— Il m'a réveillée, maman, a-t-elle dit avant de me suivre à l'intérieur de la pièce.

— Moi aussi, ai-je répondu en soulevant Liam. Tu ne veux pas aller te recoucher ?

— Je peux rester ?

Trop fatiguée pour discuter, j'ai hoché la tête et me suis tournée vers Liam.

— Qu'est-ce qu'il y a, mon bébé ?

Dans mes bras, ses pleurs se sont réduits à une plainte. J'ai essuyé son visage couvert de morve.

— Trop chaud, a-t-il marmonné, la respiration encore saccadée.

J'ai mis mes lèvres contre son front, comme je l'avais fait pour Darren tous ces Noëls auparavant. Mais j'étais malade moi aussi et mes lèvres n'étaient pas fiables. J'ai pris sa température. 38°5. J'ai soupiré.

— Eh bien, mon poussin, tu ne vas pas aimer, mais après, ça ira mieux.

Sous les yeux de sa sœur, j'ai fait couler du paracétamol dans la bouche de Liam avec une pipette, puis lui ai donné de l'eau à boire à son gobelet. Il était trop souffrant ou trop fatigué pour protester beaucoup. Il a avalé, puis toussé.

— Je sais, mon bébé, ai-je dit. Ce n'est pas drôle d'être malade.

— Pas drôle d'être malade, a-t-il répété, la lèvre inférieure tremblante.

Violet a toussé, se couvrant la bouche de son coude comme elle l'avait appris à la maternelle. Ils avaient l'air aussi mal en point que moi.

— Et si on dormait tous ensemble cette nuit ?

Violet a hoché la tête et a grimpé dans le lit de Liam. Je m'y suis glissée aussi et ai mis la tête de Liam sur mon épaule, espérant que la position surélevée l'aiderait à mieux respirer.

— Je t'aime, maman, a-t-il dit en fermant les yeux.

— Moi aussi, a murmuré Violet, qui s'est blottie contre mon autre épaule.

— Je vous aime tous les deux, plus que tout au monde.

Alors, je me suis mise à penser à toi, Gabe. Cela ne m'était pas arrivé depuis un moment, mais allongée dans ce lit, j'ai repensé à la journée où nous avions fait des gâteaux et où tu avais réparé ma machine à laver. Je me souviens avoir songé à ce qui aurait pu être. Et je me suis demandé comment tu aurais réagi face à deux enfants malades. Te serais-tu levé en me disant de dormir pendant que tu les consolais ? Aurais-tu voulu les prendre tous les deux dans notre lit, une famille de fiévreux aux nez qui coulent ? Tu ne te serais pas attendu à ce que tout retombe sur mes épaules, et tu ne m'aurais pas laissée seule, à essuyer des visages et à administrer du paracétamol. Ça, j'en suis sûre.

Cette nuit-là, avec mes enfants dans les bras, j'ai rêvé de toi, et non de Darren. Nous faisions des gaufres pour Violet et Liam. Tu portais cette couronne ridicule et nous étions tous en pyjamas de Noël assortis.

Quand je me suis réveillée, j'ai mis le rêve sur le compte d'un délire fiévreux. Mais en réalité, c'était bien plus que cela.

67

L'année 2013 m'a donné l'impression d'être celle des désillusions. Mes choix semblaient décevoir systématiquement Darren. Et ses réactions me décevaient tout autant. Comme ses attentes. C'étaient de petites choses. Violet est entrée à l'école primaire et il trouvait que j'aurais dû arriver plus tard au travail pour la conduire à l'école au lieu de laisser Maria s'en occuper. J'ai été invitée à intervenir lors d'une conférence à Los Angeles, et il aurait voulu que je refuse parce que cela impliquait que je m'absente pendant six jours, et il pensait que c'était trop long pour les enfants. Il essayait encore de me faire coïncider avec l'image qu'il avait en tête lorsqu'il avait dressé cette stupide liste. Mais il n'était pas mon Pygmalion et je n'étais pas sa Galatée.

Je suis injuste, cependant. Nous avions aussi de bons moments. Nous avons passé quinze jours dans une maison sublime à East Hampton en août et nous avons invité Vanessa, Jay et les triplés à venir nous rejoindre une semaine. Les enfants ont passé un moment merveilleux à nager et à faire des châteaux de sable, et Darren et moi étions mieux ensemble là-bas, sans les interférences du travail. En septembre, nous avons emmené Violet et Liam à leur premier match des Yankees. Nous avions des places juste derrière le marbre. Austin Romine nous a signé un ballon pour chacun des enfants, ce dont ils ont parlé pendant des semaines. Nous avons fait notre premier repas de Thanksgiving à la maison, et invité toute la famille de Darren et la mienne, et l'ambiance a été très chaleureuse. Globalement, notre couple allait bien, mais sans plus.

C'est sans doute la raison pour laquelle quand j'ai vu un nom de femme – Linda – apparaître sur le téléphone de Darren la semaine où nous étions tous deux en congé entre Noël et le jour de l'An, j'ai aussitôt pensé à une liaison. La façon dont les gens interprètent une situation en révèle souvent beaucoup plus sur eux que sur ladite situation. Comme lors de cet épisode de la réunion d'anciens élèves, où en voyant cette femme poser la main sur ton bras, j'en avais conclu que c'était ta petite amie ou que tu comptais l'emmener finir la soirée chez toi. Nous percevons tout à travers le filtre de nos désirs, nos regrets, nos espoirs et nos peurs.

Quand j'ai vu *Linda* sans nom de famille, j'ai ressenti une onde brûlante et glacée à la fois m'envahir le corps. Jamais je n'aurais cru Darren capable de me tromper. Il semblait trop stable, trop solide, trop loyal. J'ai donc entrepris de me prouver que ce n'était pas vrai. J'ai cherché des Linda dans mon agenda mental : quelqu'un de son bureau, de la fac, de la salle de sport – mais n'ai trouvé personne. Puis je suis allée sur sa page Facebook en quête de Linda. Je n'en ai trouvé que deux : une cousine habitant le Nouveau-Mexique, et la femme d'un copain de la fac qui vivait à Philadelphie. J'ai pris une grande inspiration et ai décidé que cela pouvait être l'une des deux. Je devais lui accorder le bénéfice du doute, même si ne pas inscrire le nom de famille d'un contact paraissait un geste délibéré, comme s'il y avait quelque chose à cacher.

— Tu as parlé à tes cousins récemment ? ai-je demandé, l'air de rien, pendant que nous dînions en famille, d'un gratin de macaronis avec des cubes de poulet.

Pour une raison que j'ignore, Liam préférait la viande en cubes, aussi était-ce sous cette forme que nous la consommions en général. Par certains côtés, sa personnalité me rappelle beaucoup celle de mon frère.

Darren a secoué la tête.

— Il faudrait que je les appelle, ne serait-ce que pour leur souhaiter une bonne année.

— Oui, je devrais en faire autant.

Ce n'était donc pas la cousine Linda.

— Et si on allait passer une journée à Philadelphie avec les enfants cette semaine ? ai-je proposé. Tu y avais des amis de fac. Tu as été en contact avec eux ? Il y a longtemps qu'on ne les a pas vus.

— C'est un long trajet, a répondu Darren en haussant les épaules. Je n'ai pas eu de leurs nouvelles depuis le mariage de Josh au printemps dernier. Est-ce que nous en sommes arrivés au point où nous échangeons nos vieux amis contre des modèles plus récents ?

J'ai bu une gorgée du merlot que je nous avais servi, bien qu'il n'accompagne pas merveilleusement les macaronis et le poulet ; mais je n'étais pas une adepte du vin blanc en hiver.

— C'est-à-dire ?

Liam entassait ses morceaux de poulet pour en faire un château. Violet, elle, mangeait ses macaronis un par un.

— Nous passons le plus clair de notre temps avec des voisins qui ont des enfants du même âge que les nôtres. Je ne me souviens même plus de la dernière fois où nous avons vu Kate, Tom et leurs filles, alors qu'ils habitent à seulement une heure de chez nous. Nous devrions peut-être essayer de les voir ce week-end.

— Bonne idée. Je vais appeler Kate, ai-je dit.

— Tatie Kate ? a demandé Violet. Tu crois qu'elle aura des nouveaux déguisements pour qu'on joue, Samantha, Victoria et moi ?

Samantha avait un an et demi de moins que Violet, et Victoria, six mois de plus, mais la différence d'âge avait moins d'importance maintenant qu'elles avaient grandi.

— C'est très possible, lui ai-je répondu.

Elle a hoché la tête et reporté son attention sur ses macaronis.

J'avais épuisé mon contingent de Linda.

Quinze jours plus tard, toutefois, Darren a laissé son téléphone portable à la maison quand il est allé à la salle de sport. Après l'avoir regardé fixement pendant un quart d'heure, je l'ai pris, bien décidée à savoir une fois pour toutes qui était Linda. J'ai tapé son code de déverrouillage – l'anniversaire de notre rencontre – et son iPhone a vibré mais m'a narguée en demandant un autre code. La sensation de chaud et froid qui avait envahi mon corps lorsque j'avais vu le nom de Linda pour la première fois est revenue. J'ai essayé l'anniversaire de Violet, puis celui de Liam. Celui de Darren. Puis le mien. Aucun n'a marché, et je savais que si je faisais un sixième essai infructueux, l'appareil se bloquerait. De toute façon, je n'avais aucun autre code à proposer. L'anniversaire de Linda, peut-être ? J'ai reposé le téléphone sur la table basse, là où je l'avais trouvé.

J'ai songé à parler à Kate de mes soupçons, mais je me sentais complètement idiote. Je n'avais aucune preuve réelle. De plus, Tom et elle avaient leurs propres problèmes. La dernière chose dont elle avait besoin était que je l'encombre avec les miens. Si cette absence de preuves ne justifiait pas un coup de fil à Kate, je n'avais pas pour autant le courage de demander à Darren pourquoi il avait changé le code de son téléphone. Ni qui était Linda. Ni pourquoi elle n'avait pas de nom de famille. Parce qu'une fois que je serais certaine qu'il me trompait effectivement, je ne pourrais pas revenir en arrière : il faudrait affronter la souffrance, la trahison, les querelles et les larmes. J'ai frissonné à cette perspective, à l'idée des conséquences sur les enfants, sur moi, sur nos vies à tous. Il était plus simple de faire comme si tout allait bien.

Pendant les mois suivants, je suis restée sur le qui-vive et j'ai remarqué à trois ou quatre reprises qu'il était au téléphone dans le hall de l'immeuble mais prenait congé de son interlocuteur avant d'entrer dans l'appartement. Parlait-il à Linda ?

Il a travaillé deux samedis de mars. Linda ?

Il est allé à un week-end de golf avec des amis de son bureau. Un prétexte ?

Pendant ces six mois-là, j'ai à peine fermé l'œil. Je restais étendue à côté de lui, à me demander comment il pouvait dormir d'un sommeil aussi profond alors qu'il avait un aussi noir secret, alors qu'il me trompait ainsi. Je n'arrivais pas à me sortir de la tête l'image de Darren dans les bras d'une autre femme. Je l'imaginais tantôt blonde, tantôt rousse, ou bien je la voyais comme une version plus juvénile de moi-même. Quel que soit le bout par lequel je prenais la situation, elle était terriblement douloureuse. Je me suis mise à manger moins. À boire plus. Je ne comprenais pas pourquoi il avait renoncé à notre couple, ce qui l'y avait poussé.

Il m'arrivait d'avoir envie de le faire souffrir autant qu'il me faisait souffrir – de le blesser, dans son âme, dans sa chair, peu importait, pourvu que je lui montre ce qu'il infligeait à quelqu'un qu'il avait promis d'aimer jusqu'à sa mort. Parfois, je voulais juste qu'il me demande pardon, me dise qu'il la quitterait, qu'il m'aimait encore et m'aimerait toujours : je pensais que cela me suffirait à tout lui pardonner. Mon cœur faisait le yo-yo. Et la constante dans tout cela, c'était mon sentiment écrasant d'échec. Je n'avais pas été assez gentille ou intelligente ou à la hauteur comme épouse. S'il me trompait, c'était ma faute. J'étais paralysée par l'idée de mon insuffisance.

Je crois que c'est la raison pour laquelle je n'ai rien dit à personne. Une fois les mots prononcés, la chose devenait réelle. Notre mariage avait échoué. Nous avions échoué. J'avais échoué.

Darren et moi ne faisions plus l'amour aussi souvent qu'avant – une fois par mois, peut-être deux – et c'était devenu la norme après la naissance de Liam. Je ne me souciais même plus de prendre une contraception. Après avoir vu le nom de Linda sur son téléphone, cependant, je me suis trouvée dans la situation paradoxale où j'en voulais tellement à Darren que je n'avais plus envie de le toucher, mais en même temps, je ne voulais pas lui donner de raisons de se jeter dans les bras de quelqu'un d'autre. Quelques mois après que j'ai commencé à m'enfoncer dans ma spirale de soupçons, un soir où je contemplais le plafond, me torturant avec des images mentales de Darren en train de remonter la fermeture Éclair de la robe d'une autre, de lui ajuster son col, de lui enfiler ses chaussures, j'ai tendu la main vers son côté du lit et l'ai glissée sous l'élastique de son boxer. Il s'endormait déjà.

— Pas maintenant, a-t-il marmonné en roulant sur le côté, s'écartant de moi.

J'ai eu l'impression de recevoir un coup de poing en pleine poitrine. Ce rejet a été physiquement douloureux. Comment pouvait-il désirer une étrangère et pas moi ?

Je passais au crible chacun de ses faits et gestes, chacune de ses paroles. Ma blessure et ma méfiance grandissaient, mais je n'ai jamais abordé le sujet. Le seul bénéfice de tout cela, c'était que quand je sombrais dans un sommeil agité et rêvais de toi, je ne me sentais plus coupable.

J'ai commencé à lire plus régulièrement ta page Facebook ce printemps-là. À mettre plus de « like » à tes photos. J'ai même commenté un article que tu avais posté. L'as-tu remarqué ? T'es-tu demandé pourquoi ?

68

Le timing, c'est crucial. L'expérience me l'a appris. Dans le domaine du travail, de l'amitié, des relations amoureuses – et pour nous en particulier.

Tu étais venu à New York à la mi-juin afin d'y passer un long week-end. L'Associated Press t'envoyait à Jérusalem après l'enlèvement de trois adolescents israéliens par le Hamas. Tu avais dit à l'agence que tu voulais respirer l'air de l'Amérique avant de plonger dans un nouveau pays et un nouveau conflit, et ton souhait avait été accepté. Tu étais maintenant un photojournaliste connu et reconnu, et je suppose qu'on n'avait rien à te refuser. Tu étais allé en Ukraine, puis à Moscou. Je ne sais pas comment tu faisais – un nouveau pays tous les trois ou quatre mois, parfois toutes les trois ou quatre semaines. À moins que tu n'aies trouvé ton compte dans ces déménagements incessants ? Peut-être que cela t'empêchait de trop penser à ta mère, à ce qui te manquait ?

Quand tu m'as envoyé un e-mail m'annonçant que ton avion arrivait le 13 et me proposant de nous voir, j'ai répondu *oui* sans même en parler à Darren. Je me suis dit qu'il ne méritait pas d'être consulté. Il avait ses secrets qu'il ne partageait pas avec moi, je pouvais avoir les miens.

Il avait parlé d'emmener les enfants chez ses parents dans le New Jersey et j'ai suggéré qu'il y aille ce samedi sans moi. J'ai dit que j'en profiterais pour me faire faire les ongles, déjeuner avec des amies, et que sa mère pourrait l'aider à s'occuper des enfants.

— Bon plan, a-t-il dit. Et dimanche prochain, je pourrai peut-être aller jouer au golf ?

— Entendu, ai-je acquiescé, me demandant s'il fallait traduire *golf* par *Linda.*

Au départ, je m'étais sentie coupable de lui avoir menti, ou du moins de ne pas avoir mentionné ma rencontre avec toi dans le programme de la journée, mais quand il a dit *golf*, toute ma culpabilité s'est envolée. J'ai eu le sentiment que mon omission était justifiée.

Ce samedi matin-là, je t'ai envoyé un SMS : *Si nous nous retrouvions à Manhattan ? Darren emmène les enfants dans le New Jersey pour la journée.* Après tout, Manhattan était notre quartier.

Super ! as-tu répondu. *Si on allait à Faces & Names ? Ça existe toujours ? Je vérifie sur Google.*

J'ai ri en attendant le SMS suivant.

Oui, c'est bon. On se retrouve pour déjeuner ? Midi ?

Parfait pour moi, ai-je répondu. Puis je suis allée me faire faire les ongles des mains et des pieds, histoire de remplir au moins partiellement le programme annoncé à Darren. Jamais je ne lui avais menti auparavant, pas comme ça. Et ça ne me plaisait pas. Mais qu'il y ait une once de sincérité dans ma version mettait du baume sur mes scrupules.

Il m'a fallu une demi-heure pour décider ce que je mettrais. Il faisait beau, la température était au-dessus de 20° – le temps idéal –, et mes options étaient ouvertes : robe, jupe, pantalon, pantacourt. J'ai arrêté mon choix sur une tenue simple : un jean, un T-shirt noir, des ballerines et des bijoux. Je me suis maquillée comme au temps où nous étions ensemble, d'un trait d'eye-liner à la base des cils. L'as-tu remarqué ?

Quand je suis entrée à Faces & Names, tu y étais déjà, assis sur un canapé près de la cheminée.

— Ils ne l'allumeront pas pour nous, as-tu annoncé. Ils ne veulent pas faire de feu en juin.

— Ça se comprend, ai-je dit en m'asseyant à côté de toi.

Je t'ai regardé, notant chaque détail. Tes cheveux avaient repoussé, ta fossette était en place, mais tes yeux étaient lourds et las, comme s'ils en avaient trop vu.

— Tu vas bien ? ai-je demandé.

— Peut-être que je suis un peu vieux pour tout ça. J'y pensais à l'instant. Cette mission ne m'excite pas, ce qui est nouveau. Et toi, tu vas comment ? as-tu repris après m'avoir lancé un long regard.

Je n'avais soufflé mot à quiconque depuis des mois, mais avec toi, j'étais en confiance. De plus, tu ne faisais pas partie de nos cercles d'amis. Il n'y avait personne à qui tu pourrais le raconter. Darren et moi ne deviendrions pas l'objet de commérages à la sortie de l'école.

— Je crois que Darren me trompe, ai-je chuchoté.

J'ai essayé de retenir mes larmes, en vain. Tu m'as prise et serrée longuement contre toi, sans rien dire. Puis tu m'as embrassé le front.

— Si c'est le cas, c'est un crétin, as-tu dit. Et il ne te mérite pas. Tu es intelligente, sexy, et la femme la plus exceptionnelle que je connaisse.

Tu as laissé ton bras autour de mes épaules pendant que je commandais un martini-pomme et toi un whisky – en mémoire du bon vieux temps. Je suis restée appuyée contre toi tandis que nous buvions nos verres. Et j'ai commandé une deuxième tournée. Cela me semblait si bon de sentir ton corps près du mien. Je me suis rappelé le rêve de mon délire fiévreux, où nous étions en pyjamas de Noël, en train de préparer des gaufres, et je me suis demandé à quoi ressemblerait la vie si en rentrant tous les jours à la maison, c'était toi que je retrouvais, avec ta compassion, ta force, ta compréhension.

Mon esprit a commencé à devenir confus.

— Il faut que je mange, ai-je déclaré. Je n'ai pas l'habitude de boire autant, ni si vite.

Nous avons commandé des croquettes de mozzarella et une assiette de mini-sandwichs jambon fromage. Des choses auxquelles je n'avais pas goûté depuis des années et dont j'espérais qu'elles épongeraient l'alcool. Mais malgré cela, quand je me suis levée pour aller aux toilettes, j'ai dû prendre appui sur toi pour ne pas vaciller.

— Ça va ? m'as-tu demandé pour la seconde fois, posant une main ferme sur mon dos.

— Ça fait des mois que je ne me suis pas sentie aussi bien.

Dans les toilettes, je n'ai cessé de penser à ce que j'éprouvais quand tu me serrais contre toi, à mon éloignement de Darren, à toute la souffrance que j'avais refoulée ces derniers mois. J'étais avide des sensations que me procurait ton étreinte. J'ai fermé les yeux et ai pensé à tes lèvres contre les miennes. À leur chaleur, à leur pression, à leur goût. Je me suis imaginée en train de me donner à toi, complètement, comme autrefois, d'abandonner tout contrôle, de te laisser prendre les rênes. Je le désirais. J'en avais besoin. J'avais déployé tant d'efforts pour tenir, pour ne pas m'écrouler, et j'étais à bout de résistance. J'avais besoin que quelqu'un prenne le relais. Que tu prennes le relais, toi.

Quand je suis revenue vers le canapé, tu avais déjà réglé l'addition.

— Si on allait se balader dans le parc ? as-tu proposé. Il y a une bodega où l'on pourra se rafraîchir.

— Bon plan, ai-je répondu en tendant une main.

Tu l'as saisie pour te relever. Ce contact entre nos peaux nues a été comme une décharge électrique. Tes yeux ont rencontré les miens. Mon souffle s'est ralenti pour se mettre au rythme du tien. Tu as fait un pas vers moi.

— Gabe…, ai-je commencé.

Tu m'as lâché la main.

— Pardon, as-tu dit avant de te détourner. Je m'égare.

— Gabe, ai-je répété, essayant de donner à ce seul mot le sens d'une phrase entière.

Tu m'as regardée à nouveau et cette fois-ci, ni l'un ni l'autre n'a pu rompre le lien. J'ai tendu la main et t'ai effleuré les lèvres du bout des doigts.

— Nous ne devrions pas, as-tu objecté en refermant tes deux mains sur la mienne.

Ensuite, je ne sais qui de nous deux s'est penché le premier, peut-être avons-nous bougé exactement en même temps, toujours est-il que ma bouche s'est trouvée contre la tienne et soudain, tout ce qui n'allait plus a semblé rentrer dans l'ordre.

Tu m'as attirée plus près de sorte que nos corps étaient pressés l'un contre l'autre, cuisse contre cuisse, ventre contre ventre, poitrine contre poitrine.

— Où est ton hôtel ? ai-je dit dans un souffle.

— Je loge au Warwick, sur la Sixième Avenue. Mais… Luce.

— C'est bon.

Jamais je n'avais rien désiré autant que je te désirais en cet instant.

Je t'ai embrassé à nouveau et tu as gémi, glissant la main dans la poche arrière de mon jean, tout comme autrefois.

Quand nous sommes arrivés dans ta chambre d'hôtel, tu as bien dû me demander à quatre ou cinq reprises si j'étais sûre que c'était ce que je voulais. J'ai répondu oui à chaque fois. J'étais ivre, mais pas inconsciente. Je savais ce que je voulais. Ce qu'il me fallait.

— Et toi, tu en as envie ? ai-je fini par demander.

— Quelle question ! Mais je ne veux pas que tu le regrettes.

Pour toute réponse, je t'ai embrassé plus ardemment et me suis concentrée sur ton goût. Gabe, plus du whisky. Je connaissais bien ce mélange.

— Lucy, Lucy, Lucy, as-tu murmuré, comme si tu ne parvenais pas à croire que tu avais l'occasion de dire mon nom à nouveau.

Tu as saisi le bas de mon T-shirt. J'ai posé mes mains sur les tiennes, dans un sursaut de timidité.

— Mon corps a changé, ai-je chuchoté.

Tu as passé le T-shirt par-dessus ma tête.

— Ton corps est sublime.

Nous nous sommes déshabillés mutuellement, puis tu m'as soulevée et jetée sur le lit. Un geste que tu faisais onze ans auparavant. J'ai tendu les bras et t'ai attiré à moi, laissant courir mes doigts sur les muscles de ton dos, les sentant se contracter. Un vers de E.E. Cummings se répétait en boucle dans mon cerveau : *J'aime mon corps quand il est auprès du tien.* C'est très juste, Gabe. Je préfère mon corps quand je suis avec toi, et je me préfère moi.

— Tu es unique, as-tu chuchoté en me pénétrant. Ça, c'est unique.

J'ai répondu en arquant mon dos et en gémissant.

— Toi aussi. Ça aussi.

Après, nous nous sommes retrouvés étendus sur la couverture, ton corps enroulé autour du mien comme autrefois. Tu avais une main sur mon ventre. J'ai repensé à la première fois où nous nous étions retrouvés à Faces & Names, puis où nous étions allés dans ton appartement, à tes confessions dans le noir.

— Et si tu venais avec moi à Jérusalem ? as-tu lancé.

— Et si nous glissions le long d'un arc-en-ciel et allions danser sur la lune ? ai-je répondu.

— Je suis sérieux, as-tu dit en m'embrassant le cou.

— On a déjà eu cette conversation. Encore que maintenant, je pourrais sans doute trouver une solution pour mon travail. Bosser à distance. Ouvrir un bureau satellite. Ils ne voudraient pas me perdre.

Tu m'as mordillé le lobe de l'oreille.

— Aussi géniale que belle !

Je me suis retournée vers toi.

— Je ne peux pas. Tu le sais. Mes enfants sont ici. Je ne peux pas les abandonner et jamais Darren ne me laisserait les emmener en Israël. Surtout pour te rejoindre.

J'ai entrecroisé mes doigts avec les tiens et repris :

— Mais s'il ne tenait qu'à moi, je n'hésiterais pas une seconde.

Je n'en reviens toujours pas d'avoir dit ça. D'avoir pris ta proposition au sérieux après un après-midi au lit avec toi. À cela près que ce n'était pas qu'un après-midi, en réalité. C'était un après-midi au bout de treize ans. Et je croyais que Darren ne voulait plus de moi, qu'il avait trouvé une femme qui cochait toutes les cases de la nouvelle liste qu'il avait pu faire.

Tu n'as rien ajouté alors. Tu as juste baissé la tête et laissé courir ta langue autour de mon téton. J'ai senti ton érection contre ma cuisse.

— Encore ? ai-je demandé.

Tu as détaché ta bouche de mon sein.

— Avec toi, j'ai l'impression d'avoir vingt-trois ans.

— Alors, encore.

Pour toute réponse, tu as tracé un chemin de baisers jusqu'au bas de mon ventre.

J'ai eu l'impression que nous étions redevenus cette étoile binaire, en orbite l'un autour de l'autre, à des années-lumière des autres planètes ou astéroïdes. J'aurais dû penser à mes enfants ou à mon mari, mais je ne pensais qu'à toi, à ce que tu me faisais éprouver. Au fait qu'au bout de toutes ces années, notre lien semblait plus solide que lorsque nous avions vingt-quatre ans. Nous avions changé l'un et l'autre, mais ces changements nous avaient rendus plus compatibles. Nous avons parlé de nous, de la manière dont nous resterions en contact. Peut-être pourrais-je te rendre visite en Israël. Tu as inscrit ta nouvelle adresse dans mon téléphone.

— Je veux te revoir comme ça, as-tu dit en laissant courir ta main sur mon corps nu.

J'ai eu la chair de poule des épaules aux orteils. Mes tétons ont durci. J'ai roulé sur moi-même et ai passé un bras autour de ta poitrine.

— Moi aussi. Mais je me demande comment y arriver.

— S'il te trompe, tu devrais le quitter, as-tu répondu, le menton posé sur ma tête. Et rester avec moi.

J'ai embrassé ton cou et soupiré. Être couchée à côté de toi était grisant – j'éprouvais cette euphorie caractéristique. L'addiction était de retour. J'allais devoir repartir à la case départ et me sevrer à nouveau. Seulement voilà, je n'en avais aucune envie.

— Ce n'est pas si facile, ai-je repris. Mais je vais voir si je peux trouver une raison d'aller à Jérusalem pour mon travail… Ou peut-être à Londres. Ce serait plus plausible. Tu pourrais m'y retrouver ?

Tu as resserré ton bras autour de mon dos.

— Lucy, je te retrouverai n'importe où. Jamais je n'aurais cru avoir une seconde chance avec toi. Je ne vais pas la gâcher. Tu es ma lumière. Tu l'as toujours été.

— Je sais. C'est pour ça que je n'ai rien dit à Darren à propos de cette autre femme. Qu'est-ce que ça ferait à Violet et à Liam si je quittais leur père ? Ta mère et toi avez été traumatisés quand ton père est parti.

Tu as gardé le silence quelques instants, avant de reprendre :

— Mais si tu restes avec lui, qu'est-ce que ça te fera à toi ?

— Les enfants sont plus importants que moi. Mais Darren prendra peut-être l'initiative. Voyons ce que l'univers nous réserve.

— « Il nous faut suivre le courant tant qu'il nous sert » ?

J'ai reconnu la référence et souri.

— Avec nous, tout revient toujours à Shakespeare !

— « Quand aux assises de ma pensée apaisée, / j'assigne le souvenir des choses passées… » Je garde un recueil de ses sonnets dans mon sac à dos. J'ai lu Shakespeare dans les pires trous à rats du monde, et ce sont mes vers favoris. Ils me font toujours penser à toi, où que je sois.

J'étais à nouveau sous ton charme. Si tu avais changé, tu demeurais le même à bien des égards. Et ce Gabe-là, qui citait Shakespeare au débotté, me faisait me sentir jeune, invincible, pleine d'espoir. J'ai songé un moment à te demander de rester. Me donnerais-tu une réponse différente de celle que tu m'avais donnée dix ans auparavant ? J'en doutais fort. Et j'ai craint que ma question ne gâche la beauté de notre après-midi.

— Je te laisse décider de la suite. Je ne veux pas te mettre de pression.

— C'est sans doute préférable, ai-je dit avec regret.

Tu m'as pris la main.

— Mais sache que je penserai à toi.

— Moi aussi, ai-je chuchoté.

Nous nous sommes embrassés une dernière fois et j'ai repris le métro pour rentrer, tout en continuant à graviter autour de toi dans ma tête.

69

Il y a tant de sortes de secrets. Les doux secrets qu'on a envie de savourer comme du sucre d'orge, les bombes qui ont le pouvoir de détruire votre monde, et les secrets excitants dont le plaisir est multiplié à mesure qu'on les partage. Même si le nôtre était une bombe, il me paraissait néanmoins doux. Je suis rentrée, ai pris une douche en pensant à tes mains sur moi, à tes mots, à ton corps contre le mien. J'ai passé un vieux sweat-shirt de Columbia que je portais quand nous étions ensemble et des leggings. Au lieu de brancher mon ordinateur pour répondre à mes e-mails, j'ai sorti un vieil exemplaire de *L'Amant de Lady Chatterley*. Je n'avais pas relu ce roman depuis la fac. Je ne sais pas comment il avait échappé aux multiples tris pré-déménagements pendant toutes ces années, mais j'étais contente que ce soit le cas. Je suis allée droit au chapitre quinze. Tu te souviens de ce passage ? C'est celui où Lady Chatterley et Mellors se retrouvent dans l'abri de jardin et mettent des fleurs dans leurs toisons pubiennes. Je trouvais cette scène tellement érotique à la fac. Je n'ai pas changé d'avis.

Pendant une heure, je me suis absorbée dans l'univers du livre, j'ai suivi Connie, Mellors et Hilda, je suis allée à Venise. J'ai pensé que notre après-midi ensemble avait beaucoup de points communs avec la nuit que Connie passait avec Mellors avant de partir pour l'Italie.

Puis j'ai entendu la clé de Darren dans la serrure.

— Maman ! a crié Violet en galopant dans l'appartement.

— Maman, maman ! a crié Liam, qui l'a suivie à la course.

Ils ont tous les deux sauté sur le canapé pour me rejoindre et j'ai embrassé leurs cheveux.

— Papa nous a dit un secret, m'a annoncé Liam.

— Chut ! est intervenue Violet. Un secret, ça veut dire qu'on ne dit rien, Liam. Tu te souviens ? C'est un secret depuis longtemps et on n'est même pas censés savoir.

Le nom de Linda m'a de nouveau traversé l'esprit. Il ne leur avait quand même pas parlé d'elle ?

Darren a laissé tomber le sac contenant les affaires des enfants à l'entrée du salon.

— Eh bien, ils ont tenu leur langue pendant au moins trente secondes.

— On n'a rien dit, papa, a protesté Violet. C'était promis juré. D'accord, Liam ?

Darren a poussé un soupir avant de disparaître dans l'escalier.

— Hé, attends ! ai-je crié dans son dos. Je n'ai pas le droit de connaître le secret, moi ?

— Si, si, a-t-il répondu. Je monte juste chercher quelque chose que je veux te faire voir.

— Comment s'est passée la journée ? me suis-je forcée à demander aux enfants.

— Grand-père et grand-mère nous ont emmenés dans leur parc, a dit Violet. Tu t'en souviens, hein ? Il est plus petit que le nôtre, mais il y a un labyrinthe avec des murs très très hauts.

— Je me souviens. Et il y a des balançoires à bascule.

Elle a fait un signe d'assentiment.

— On en a fait, a dit Liam.

— Mais comme il est plus petit, a continué Violet, papa a été obligé d'appuyer de son côté pour que je ne reste pas coincée en bas.

Elle a sauté du canapé et annoncé :

— Je vais voir mes poupées.

— Moi je vais voir mes Lego, a dit Liam en sautant derrière elle.

Je les ai suivis à l'étage pour retrouver Darren. Il était dans le bureau, la pièce dont il me rappelait toujours qu'elle serait la chambre du troisième enfant si nous en avions un, et il avait ouvert son ordinateur.

— Ces petits chameaux ! a-t-il dit en cliquant sur plusieurs fenêtres. J'avais prévu de ne rien te dire avant que tout soit fini, mais ils m'ont entendu en parler à papa. J'essayais de faire coïncider ça avec notre anniversaire. Bientôt dix ans, tu le crois ?

— Huit, ai-je rectifié. Ça fera huit ans en novembre que nous sommes mariés.

— Oui, mais notre première rencontre remonte à dix ans, a-t-il repris avec un grand sourire, puis il a tourné l'écran de l'ordinateur vers moi.

— J'ai acheté la maison.

Mon cerveau a eu du mal à intégrer ce qu'il me disait.

— Tu as fait quoi ?

— C'est ça le secret. Je traque cette maison depuis l'été qui a suivi la naissance de Violet. Je voulais acheter l'endroit où nous nous sommes rencontrés. Et j'ai finalement convaincu les propriétaires de me la vendre en janvier.

Je continuais à essayer de comprendre ce qui se passait. Darren s'est levé et m'a pris la main.

— Je sais que les choses n'ont pas été parfaites cette dernière année, mais nous avons été si heureux l'été dernier à East Hampton, et je me suis dit qu'avec cette maison…

Des larmes me sont montées aux yeux.

— Oh, Darren, ai-je dit en lui pressant la main.

Il m'aimait encore. Il voulait que notre couple dure. Je n'en avais pas été sûre jusqu'à cet instant. Mais cela rendait sa liaison encore plus bizarre. Pourquoi me trompait-il d'un côté alors qu'il faisait ces projets de l'autre ?

Il a pressé ma main lui aussi.

— Depuis l'automne dernier et sans t'en parler, je suis resté en contact avec l'agent immobilier, une femme d'un certain âge absolument charmante, Linda. Le week-end où je t'ai dit que j'allais jouer au golf avec des amis, je suis en réalité allé là-bas pour conclure l'achat de la maison.

L'agent immobilier. Je me suis sentie très mal.

Pendant tous ces mois, je m'étais monté la tête et avais cru qu'il me trompait. J'avais créé une image nouvelle de Darren, de ce qu'il voulait, de sa façon de me trahir. Je croyais comprendre ce qui se passait. Je croyais le comprendre comme il était incapable de me comprendre. Et je m'étais fourvoyée. Complètement.

— Et au moment où je te parle, les travaux de rénovation sont en cours. La maison était dans un sale état quand je l'ai visitée. Alors, est-ce que c'est une surprise pour toi ? Tu te doutais de quelque chose ?

J'ai pensé au Darren dont j'étais tombée amoureuse – celui qui me faisait tant rire que j'en avais mal aux joues, celui qui transformait les nuages en soleil. Même si je ne me rappelais plus la dernière fois où nous avions pleuré de rire, ce Darren-là existait toujours, et je l'avais ignoré. J'avais choisi de me concentrer sur ce qui n'allait pas au lieu de regarder ce qui allait. Et pendant tout ce temps, il essayait d'acheter la maison où nous nous étions rencontrés. Il cherchait à aller de l'avant. Mais il faisait aussi ce que je lui avais dit et répété de ne pas faire. Une fois de plus, il m'avait exclue d'une décision majeure.

Alors, submergée par les émotions, j'ai fondu en larmes.

— Elle te plaît ? a-t-il demandé. Ce sont des larmes de joie ?

— Elle est magnifique, ai-je répondu en m'essuyant les yeux.

La culpabilité menaçait de m'engloutir tout entière. La honte.

Darren m'a prise dans ses bras.

— Toi, tu mérites ce qu'il y a de mieux, a-t-il murmuré dans mes cheveux.

Puis il a fermé la porte d'un coup de pied et m'a embrassée avec une ardeur que je ne lui connaissais plus depuis longtemps.

Je lui ai rendu son baiser et, pour la seconde fois en cinq heures, un homme m'a enlevé mon pull. Pour la seconde fois, un homme a posé sa bouche sur mes seins. Pour la seconde fois, j'ai senti une érection contre ma cuisse. Mais cette fois-ci, bien que mon corps ait répondu, je me sentais comme anesthésiée.

— Je déteste te faire des cachotteries, a dit Darren ensuite, en me remettant mon sweat-shirt. Mais tu as l'air si heureuse que je me dis que ça en valait la peine. On pourrait peut-être aller là-bas le week-end prochain pour que tu refasses connaissance avec la maison ?

— Quelle bonne idée ! J'adore cette maison, ai-je dit en veillant bien à sourire et à ce que mes yeux soient secs.

Il m'a embrassée à nouveau, puis a ouvert la porte et a crié aux enfants :

— Maman est au courant pour le secret de notre nouvelle maison ! Qui veut une pizza pour fêter ça ?

Je doutais fort de pouvoir avaler le moindre morceau.

70

Le lundi matin au travail, je me suis efforcée de tout chasser de mon esprit – toi, cette chambre d'hôtel, Darren, la maison à la plage – et de me concentrer sur le nouveau programme que je mettais en place. Il n'avait pas encore de nom, mais il s'agissait d'inviter des musiciens célèbres à écrire des chansons servant d'introduction pour les enfants aux différents types de gouvernement. Le pilote devait être sur les monarchies et nous étions en pourparlers avec Elton John à qui nous souhaitions confier la composition des chansons de cet épisode. L'idée m'était venue à la suite d'une réflexion de Violet le jour des élections – elle voulait savoir qui j'allais élire comme future princesse.

Mais je ne parvenais pas à me concentrer sur le message que je devais écrire à l'agent d'Elton John ni sur les notes que j'insérais dans le manuscrit proposé. J'avais besoin de parler à quelqu'un de ce qui s'était passé – entre toi et moi, entre Darren et moi –, mais j'étais morte de honte. Je savais que mon frère m'aimerait toujours et que Kate resterait ma meilleure amie, mais je ne voulais pas que leur opinion de moi change, ne fût-ce qu'un peu, quand je leur aurais révélé ce dont j'étais capable. Et je me disais que ce risque n'était pas exclu. Si j'étais à leur place, la mienne changerait sans doute.

Julia, elle, pourrait comprendre. Depuis que nous étions allées voir ton expo ensemble, elle ne cessait de me demander de tes nouvelles. Et comme elle n'était pas mariée, elle ne serait pas aussi troublée par cette affaire que Kate ou Jason, me semblait-il. Je l'ai appelée au bureau.

— Salut ! m'a-t-elle dit en décrochant. J'allais t'appeler aujourd'hui. J'ai une grande nouvelle.

— Bonne ? ai-je demandé en tirant sur le fil du téléphone et en me tournant vers la fenêtre.

— Excellente ! J'ai démissionné ce matin.

— Tu as un nouveau boulot ?

Cela faisait quelques mois que Julia cherchait à changer de travail. Mais les postes de directeur artistique étaient rares, d'autant qu'elle ne voulait pas quitter le secteur de l'édition jeunesse.

— Oui ! (Je percevais son sourire au téléphone.) Tu parles à la nouvelle directrice artistique de Little Golden Books chez Random House. Je commence dans trois semaines.

— Bravo ! C'est fantastique ! Violet adore cette collection. Nous devons en avoir au moins une vingtaine.

— Tu me diras s'il y a d'autres titres qui lui font envie. Je pourrai prendre des exemplaires au stock quand j'aurai commencé.

Julia couvre mes enfants de cadeaux chaque fois qu'elle les voit. Elle leur a donné la moitié des livres qui sont sur leurs étagères.

— Merci ! Je suis sûre que Violet sera ravie.

— Mais qu'est-ce que tu voulais me dire ? J'ai monopolisé la conversation.

— Pas du tout. J'appelais juste pour dire bonjour.

J'étais incapable de parler. Même à elle. Je ne pouvais pas confesser ce que j'avais fait, la façon dont je m'étais monté la tête, ce que je t'avais dit, ni à quel point j'avais dérapé. Et je ne pouvais certainement pas avouer qu'au plus profond de moi, en dépit de tout, j'avais toujours envie de quitter Darren et d'être avec toi.

Le monde me semblait plus vaste quand tu étais là, plein de possibilités. Je me sentais plus intelligente, plus désirable, plus belle. Tu me voyais comme personne d'autre ne me voyait. Tu ne souhaitais pas me changer. Tu me voulais *parce que*. Darren me voulait *en dépit de*. Je crois que c'est la meilleure façon de décrire la situation. Et il m'a fallu toute ma maîtrise pour ne pas céder à mon désir, pour ne pas t'appeler et te rejoindre. Mais si je faisais du mal à mes enfants, je ne me le pardonnerais jamais. Même si cela signifiait renoncer à mes sentiments pour toujours.

71

Pendant la semaine qui a suivi notre rencontre, les nouvelles de ce qui se passait entre Israël et Gaza ont empli les journaux et les fils d'actualités sur Internet. *Il est là-bas !* répétait l'univers. *Pense à lui !* Je regardais la signature de chaque photo, en quête de ton nom. Je l'ai trouvé sur une image particulièrement frappante. Cinq femmes, toutes en foulard, et en larmes ; l'une tendait la main devant elle, comme pour arrêter ce qui se passait hors cadre. C'était un enterrement, ai-je lu. Celui d'un adolescent palestinien tué. J'ai compris que tu avais quitté Jérusalem et que tu te trouvais à Gaza.

Quelques semaines plus tard, les médias ont commencé à qualifier le conflit de véritable guerre. J'étais scotchée à la télévision, horrifiée de voir ces batailles éclater sous mes yeux. Il y avait tant d'enfants sur place. Certains semblaient être en CP comme Violet, ou à la maternelle, comme Liam. J'ai vu une femme expliquer qu'elle ne couchait pas ses trois enfants dans la même chambre, pour qu'ils ne soient pas tous tués en même temps si une bombe tombait sur sa maison.

Et j’ai vu des familles qui n’avaient plus de maison du tout.

— Tu veux regarder *Les Experts* ? a demandé Darren en se laissant tomber sur le canapé à côté de moi pendant les informations.

— Bien sûr, ai-je dit en changeant de chaîne.

Mais j’ai été incapable de suivre l’intrigue. Mon esprit et mon cœur étaient toujours dans la ville de Gaza.

72

Quand tu as appelé, j'étais au bureau.

— Gabe, ai-je dit.

— Je n'en peux plus. Je rentre.

Mon cœur s'est mis à cogner dans ma poitrine.

— Qu'est-ce qui se passe ?

— Je n'ai jamais rien vu de pareil. Les femmes, les enfants… (Ta voix s'est brisée.) Je pense sans arrêt à toi. Au Warwick. J'ai eu tort de te demander de venir à Jérusalem. J'aurais dû proposer de rester à New York. Est-ce que Darren est toujours avec cette Linda ? Tu lui en as parlé ?

J'ai eu le souffle coupé. C'était ce que j'avais souhaité. La proposition que j'avais espérée. Mais ce n'était plus d'actualité aujourd'hui. J'ai essayé de gagner du temps.

— Gabe, tu fais un travail fantastique là-bas. J'ai vu ta photo à la une du *New York Times*. Tu montres au monde entier ce qui se passe. Tu vis ton rêve.

Je t'ai entendu prendre une inspiration tremblante.

— Je croyais pouvoir changer les choses, mais… ce ne sont que des photos, Luce. Elles n'ont rien changé.

Le monde est toujours un horrible foutoir. Et maintenant… J'ai l'impression que le jeu n'en vaut pas la chandelle. Tu me manques. Je pense à toi tout le temps.

— Tu me manques aussi. Mais, si tu reviens, Gabe… je ne peux rien te promettre. Ne reviens pas pour moi. Ne me force pas à choisir. Darren ne m'a pas trompée. Il… il m'a acheté une maison. Celle où nous nous sommes rencontrés. Linda était l'agent immobilier.

Mon cœur s'est brisé en le disant, mais je savais que c'était la seule chose à faire, pour mes enfants, pour ma vie. Il fallait que j'aie une conduite responsable, que je me concentre sur mon couple, que je préserve l'unité de ma famille.

Au bout du fil, tu as inspiré, expiré, inspiré à nouveau, et j'ai attendu ta réponse.

— C'est cela que tu veux, Lucy ? as-tu demandé d'une voix douce. Ça va tout régler ?

— Non, ai-je répondu, fermant les yeux. Ce n'est pas ce que je veux. Et ça ne réglera pas tout. Mais c'est un point de départ. Je t'ai dit que je ne quitterais pas mes enfants. Je ne veux pas détruire ma famille.

J'imaginais la douleur sur ton visage. J'ai essayé de me blinder contre elle.

— Je crois que j'ai besoin de rentrer, quoi qu'il en soit, as-tu dit d'une voix chargée d'émotion. Je crois qu'il faut que je rentre pour me préserver, moi. Je vais donner ma démission. Avec un peu de chance, je serai de retour au début de l'été. Et… je n'attendrai rien de toi. Mais la vie est courte, Lucy. Je veux que tu sois heureuse. Je veux que nous soyons tous les deux heureux.

Ta réponse m'a laissée sans voix, parce que moi aussi, je voulais que nous soyons heureux l'un et l'autre. Mais je ne voyais pas comment.

— Alors en attendant, fais bien attention à toi. Nous… nous parlerons quand tu seras de retour.

— Je t'aime, Lucy.

Comment laisser ces mots sans réponse, surtout quand je ressentais la même chose ?

— Moi aussi, ai-je dit, tout en larmes à présent. Moi aussi, je t'aime, Gabe.

Et c'était vrai. C'est vrai. Je n'ai jamais cessé de t'aimer. Je l'ai compris alors. J'aime Darren aussi, mais ce que je partage avec toi est différent. Si je ne t'avais jamais rencontré, Darren me suffirait peut-être. Mais j'ai goûté au fruit défendu, à l'arbre de la connaissance, et mes yeux se sont ouverts.

Il fallait que j'oublie cela, que j'oublie ce qui pourrait être. Parce que *Je préfère Gabe* ne me paraissait pas une raison suffisante pour détruire mon mariage avec un homme bon et généreux, ni pour infliger cela à mes enfants.

J'ai pris le reste de ma journée et suis rentrée chez moi. Je me suis endormie sur le canapé sans lâcher *L'Amant de Lady Chatterley*.

73

Il y a certaines choses que nous savons sans les savoir.

J'aurais dû m'en douter quand je me suis endormie à huit heures trente dans le lit de Liam en lui lisant *Si tu donnes un gâteau à une souris.*

J'aurais dû m'en douter quand mes règles ne sont pas apparues au bout de cinq jours, puis de dix.

Mais je ne me suis doutée de rien jusqu'au matin où je me suis réveillée avec la certitude que j'allais vomir avant d'arriver dans la salle de bains. J'ai tendu la main vers la corbeille près de ma table de nuit.

— Qu'est-ce qui se passe ? a demandé Darren. Tu es malade ?

Je me suis essuyé la bouche et mon cerveau a rapidement fait le calcul.

— Je miserais plutôt sur enceinte, lui ai-je dit dans un gémissement. Il y a encore des tests de grossesse dans l'armoire à pharmacie ?

J'ai refermé avec son lien le sac en plastique qui tapissait la poubelle pendant que les autres informations se mettaient en place dans mon cerveau. J'ai compté les semaines. J'avais été si sûre de ne pas ovuler quand j'ai fait l'amour avec toi, puis avec Darren plus tard ce jour-là. Mais j'avais dû me tromper. J'ai eu une bouffée de chaleur et une seule pensée a anéanti toutes les autres : *De qui est l'enfant ?*

— Attends, c'est vrai, ce que tu dis ? s'est exclamé Darren.

— J'en mettrais ma main à couper…, ai-je répondu.

Je m'efforçais de ne pas laisser paraître le choc sur mon visage. Ni la consternation.

Darren a sauté du lit et est venu me prendre dans ses bras.

— C'est magnifique ! On remplit l'appartement d'enfants ! Tu sais que j'ai toujours voulu une famille nombreuse. Notre nouvelle maison doit être un porte-bonheur.

— Sans doute, ai-je répondu, pensant exactement le contraire.

Je lui dis ? Je ne lui dis pas ? Si je lui disais, me quitterait-il ? Me jetterait-il dehors ? Notre famille imploserait-elle ? Je ne pouvais rien lui dire. Mais si c'était ton enfant ? Comment pouvais-je le laisser élever ton enfant ?

— Je vais encore vomir, ai-je annoncé à Darren en courant vers la salle de bains.

Je ne pouvais pas croire que c'était ma vie. On aurait dit un mauvais feuilleton.

Je savais que tu avais prévu de revenir bientôt à New York. J'ai décidé d'attendre. Je n'avais pas besoin de te le dire. En tout cas, pas au téléphone. En tout cas pas encore.

Je regrette de ne pas avoir fait un autre choix. Si j'avais su que le temps nous était compté, si j'avais su que nous finirions ici, de cette façon, je t'aurais appelé. Si seulement je pouvais remonter le temps et te donner ce coup de téléphone. Peut-être serais-tu rentré. Peut-être rien de tout cela ne te serait-il arrivé.

74

Il y a tant de moments où votre monde bascule. À cause d'une décision prise, ou de l'intervention d'un pouvoir supérieur – l'univers, le destin, Dieu, appelez cela comme vous voulez. Je ne sais pas. Depuis treize ans maintenant, je me bats avec cette question.

Ce mardi-là, j'étais en route vers mon bureau en taxi. Était-ce l'incertitude, la culpabilité, ou le fait que je ne t'avais encore rien dit ? Toujours est-il que pendant ces quelques semaines après que j'ai compris que j'attendais un enfant, les nausées étaient si épouvantables que je ne voulais pas prendre le risque de me déplacer en métro et de vomir sur mon voisin. Darren m'a proposé de louer un chauffeur pour mes trajets entre la maison et le bureau, mais cela m'a paru excessif. Je prenais donc un taxi chaque matin. Et parfois le soir pour rentrer. J'avais toujours au moins deux poches plastique dans mon sac, mais jusqu'à présent, je n'avais jamais vomi dans un taxi. Au bureau, c'était une autre histoire. Je crois que j'ai dû horrifier ma pauvre assistante au point de lui faire passer la tentation de la maternité.

Je respirais lentement, inspirant par le nez, expirant par la bouche, afin d'essayer de calmer mon corps. C'est alors que mon téléphone a sonné, et affiché un numéro que je ne connaissais pas. J'ai décroché, au cas où cela concernerait Violet ou Liam. En devenant mère, j'avais changé mes habitudes de filtrage des appels. Je redoutais par-dessus tout de ne pas répondre quand un de mes enfants avait besoin de moi.

— Allô ?

— C'est bien à Lucy Carter Maxwell que je parle ?

— Oui, ai-je répondu.

Il n'y avait guère que sur Facebook que j'étais enregistrée sous ce nom-là.

— Ici, Eric Weiss. Je suis directeur général d'Associated Press. Je travaille avec Gabriel Samson.

— Oui ?

— Je vous appelle pour vous dire que Gabe a été blessé.

Il s'est arrêté de parler et moi de respirer.

— Blessé mais vivant ?

— Il est à l'hôpital à Jérusalem.

Mon cerveau s'est raccroché à des réflexes logiques.

— Attendez, ai-je dit. Pourquoi m'appelez-vous, moi, pour me dire ça ?

J'ai entendu Eric Weiss prendre une grande inspiration à l'autre bout du fil.

— J'ai sous les yeux le dossier individuel de Gabe, et vous y êtes désignée comme contact en cas d'urgence et personne de confiance. Il y est dit que vous êtes une amie proche. Nous allons avoir besoin de vous pour prendre certaines décisions.

— Des décisions ? ai-je répété. À quel sujet ? Que s'est-il passé ?

— Pardon, je vais reprendre depuis le début.

Eric Weiss m'a alors raconté. Tu étais à Gaza. Il y a eu des combats à Chajaya. Une explosion. Tu étais trop près et ça s'est passé trop vite pour que tu aies le temps de fuir. Un médecin israélien s'est occupé de toi sur place et l'AP t'a fait transférer dans un hôpital de Jérusalem, mais tu ne répondais à aucun stimulus et ne pouvais pas respirer sans assistance. Il ne pensait pas que tu t'en remettrais. Tu avais signé un ordre de non-réanimation, ce que personne ne savait avant que tu ne sois sous machines. Maintenant, les médecins avaient besoin de mon autorisation pour te débrancher.

— Non, répétais-je au téléphone. Non, non, non, non, non.

— Madame ? m'a dit le chauffeur de taxi. Ça va ?

— S'il vous plaît, faites demi-tour, lui ai-je soufflé. Il faut que je rentre à la maison.

De retour dans l'appartement, je me suis recouchée et ai pleuré. Pendant des heures. Puis j'ai appelé Kate et lui ai raconté ce qui t'était arrivé.

— Je crois que je vais devoir aller à Jérusalem. Je ne peux pas accepter qu'ils débranchent Gabe avant de l'avoir revu. Je ne peux pas le laisser mourir au milieu d'étrangers – ou se réveiller, confus et blessé, tout seul.

— Il y a la guerre là-bas, a rappelé Kate. Mais je travaille avec une société dont le siège social est à Tel Aviv et ils ont l'air de faire des affaires comme à l'ordinaire. Alors je ne crois pas que ce soit aussi dangereux que cela en a l'air. Du moins pas du côté israélien.

— Et je suis enceinte, lui ai-je dit, la coupant.

— Tu es enceinte ? (Elle a paru déconcertée par ce brusque changement de sujet.) Quand as-tu… Je croyais que tu ne voulais pas d'autre enfant. Attends, je vais juste…

Je l'ai entendue fermer la porte de son bureau.

— Bon. Alors, qu'est-ce qui se passe ?

— C'est peut-être Gabe le père, ai-je murmuré. Je ne sais pas.

Je ne lui avais encore rien dit de nous ni de ce qui s'était passé au Warwick. C'est pour cela que je ne lui avais pas non plus parlé de ma grossesse. J'avais eu trop honte et trop peur de ce qu'elle penserait de moi. Mais au point où j'en étais maintenant, je ne m'en souciais plus. J'avais besoin d'elle.

— Oh, Lucy ! Pourquoi ne m'as-tu rien dit ? Enfin, on pourra en parler plus tard, a-t-elle repris après une pause. Parons au plus pressé : veux-tu que je t'accompagne à Jérusalem ?

J'ai émis un son entre le sanglot et le soupir de soulagement.

— Merci, Kate. Je te demande pardon de ne pas t'avoir… Tu es la meilleure amie qui soit.

— Ne l'oublie pas !

— Mais même si je suis enceinte et même s'il y a la guerre, je crois que je dois aller seule à Jérusalem.

Je savais qu'expliquer la situation à Darren – sans révéler ce qui s'était passé au Warwick – n'allait pas être facile. Et je n'aurais sans doute pas dû essayer.

Si j'avais considéré mon couple comme une priorité, j'aurais signé les papiers nécessaires depuis New York et dit à Eric Weiss que les médecins n'avaient qu'à trancher eux-mêmes. Mais j'avais beau savoir que c'était ce que j'aurais dû faire, je ne pouvais m'y résoudre. Surtout si le bébé que je portais était le nôtre.

— Tu plaisantes, a lancé Darren, le visage incrédule, quand je lui ai fait part de mes intentions juste au moment où il rentrait du travail. Tu veux que je laisse ma femme enceinte prendre l'avion et aller dans une zone de guerre pour se rendre au chevet de son ex-amant ?

La façon dont il m'a dit cela n'a fait qu'accroître ma détermination.

— Ce n'est pas aussi dangereux que ça en a l'air, ai-je répliqué. Et puis, Darren, je ne suis pas en train de te demander une permission.

— Autrement dit, tu m'informes. Je n'ai pas voix au chapitre ? (Il allait et venait devant le lit.) Pourquoi diable cet enfoiré t'a-t-il désignée comme personne de confiance ?

J'ai écarquillé les yeux tant j'étais sidérée. Darren n'était presque jamais grossier.

— Je te dis que j'ai l'intention de me rendre là-bas. Je dois le faire, sinon je me le reprocherai jusqu'à la fin de mes jours.

Ma voix s'est étouffée. Tout en disant ces mots, j'avais l'impression d'être sur le point de détruire mon couple. Je t'avais demandé de ne pas revenir à New York pour moi, de ne pas m'obliger à choisir, mais au bout du compte, je m'interrogeais : peut-être te choisirais-je malgré tout ?

— Tu as conscience que c'est un pays en guerre ? Est-ce qu'il y a seulement des avions ?

J'avais vérifié avant qu'il ne rentre.

— Ceux d'El Al circulent, ai-je dit, refoulant le tremblement dans ma voix. Et ils ont le Dôme de Fer[1]. Ce n'est pas comme si j'allais à Gaza. Je ne risquerai rien.

— Et s'il y a un problème avec le bébé ?

— Leur médecine d'urgence est encore meilleure que la nôtre. Je me suis renseignée.

Ce n'était pas le moment de lui révéler que le bébé était peut-être le tien. Serait-ce jamais le moment ?

Je voyais qu'il se calmait, qu'il passait en revue différents scénarios dans sa tête et se rendait compte qu'il n'aurait pas facilement gain de cause.

— Fais-moi confiance, je t'en prie, ai-je plaidé. Je ne peux pas me dérober.

Il s'est massé le front quelques instants.

— Écoute, Lucy, Dieu sait que je ne comprends pas tes relations avec cet homme, ni comment il arrive toujours à t'attirer dans son orbite. Il t'a quittée il y a dix ans. C'est le genre de chose qui ne s'oublie pas, quand même. Si tu dois y aller, vas-y. Mais je te demande de revenir le plus vite possible. Dimanche au plus tard. C'est dangereux, là-bas.

— D'accord, ai-je dit.

Si je partais le lendemain, cela me laisserait trois jours à Jérusalem. J'aurais aimé disposer de plus de temps, mais si je voulais sauver mon couple de l'implosion, je savais qu'il me fallait accepter un compromis.

---

1. Système de défense anti-aérienne israélien.

Et Darren est authentiquement un homme bon : en dépit de sa contrariété et de son trouble, il avait accepté. Voilà pourquoi c'est si dur pour moi. Ce serait plus facile s'il était un médiocre.

J'ai donc retenu mon vol, avec un retour le dimanche matin. J'ai préparé ma valise et téléphoné à Kate pour la tenir au courant.

Après tout ce qui s'était passé entre toi et moi, je n'arrivais pas à croire que c'était là que la vie nous avait conduits.

75

J'ai embarqué avec le reste des passagers de première classe et me suis trouvée assise à côté d'une femme d'un certain âge, une Juive orthodoxe. Elle avait la tête couverte d'un foulard en soie à motifs noué sur la nuque. Elle m'a souri quand je me suis assise.

Je lui ai rendu son sourire, tout en me concentrant sur ma respiration, essayant de refouler la nausée, et d'ignorer le goût saumâtre dans ma gorge. En pure perte. Pendant que le reste des passagers embarquait, je suis allée vomir, à genoux dans les toilettes de l'avion.

« Pourvu que ça ne se reproduise pas en vol », ai-je dit tout haut avant de tirer la chasse et de m'essuyer la bouche.

— Ça va ? m'a demandé la femme avec un fort accent quand j'ai regagné mon siège.

Je devais être très blafarde.

— Enceinte, lui ai-je expliqué en plaçant ma main sur mon ventre.

Puis j'ai ajouté « bébé » parce que je n'étais pas sûre qu'elle comprenne beaucoup d'anglais.

Elle a hoché la tête et fouillé dans son sac, dont elle a sorti un sachet de bonbons sur lequel tout était écrit en hébreu.

— Ça aide, a-t-elle dit. Je mange ça dans l'avion.

J'en ai approché un de mon nez pour le sentir.

— C'est du gingembre ?

Elle a haussé les épaules, et répété :

— Ça aide.

Je n'avais pas grand-chose à perdre, aussi en ai-je pris un. En le suçant, je me suis effectivement sentie un peu mieux.

— Merci, lui ai-je dit.

— J'en ai cinq, a-t-elle confié en désignant mon ventre. Toujours malade.

— C'est mon troisième.

— Vous êtes juive ?

Elle se demandait sans doute pourquoi j'allais en Israël en pleine guerre, alors que j'étais enceinte.

— Non.

— Votre… (elle a cherché le mot) homme est en *Yisroel* ?

J'ai accepté son mot *homme* plutôt que *mari.*

— Oui. Il est journaliste. Et il est à l'hôpital. Il a été grièvement blessé à Gaza.

En disant ces mots, j'ai senti mes yeux s'emplir de larmes. Hormis à Kate et à Darren, je n'avais parlé à personne de toi, de ce qui t'était arrivé.

Sans savoir comment, je me suis retrouvée dans les bras de cette femme qui me murmurait des mots en hébreu ou en yiddish – une langue que je ne comprenais pas mais ai trouvée réconfortante alors. J'ai honte de l'avouer, j'ai pleuré sur son épaule et l'ai laissée me caresser les cheveux. Quand je me suis enfin calmée, elle m'a tenu la main. Et après que nos plateaux repas nous ont été distribués, elle a continué à me tapoter le bras comme pour me dire *Tout va bien se passer*.

Quand jc me suis réveillée après avoir dormi quelques heures, j'avais sur moi une couverture de la compagnie.

— Merci, ai-je dit à ma voisine.

— Dieu a un projet, a-t-elle déclaré. Et un enfant est toujours une bénédiction.

Je ne suis pas sûre d'y croire. L'idée que Dieu a un projet pour nous ne me plaît pas. Et je peux penser à plusieurs situations où le fait d'avoir un enfant n'est pas une bénédiction. Mais sa foi et sa force tranquille m'ont réconfortée. Croire que nous ne sommes que des acteurs sur une scène, jouant une pièce dirigée par quelqu'un d'autre, a quelque chose d'apaisant.

Est-ce le projet de Dieu, Gabe ? Y a-t-il seulement un Dieu ?

76

Nous avons atterri à Tel Aviv à l'heure prévue. J'ai prévenu Darren que j'étais bien arrivée, puis ai pris un taxi directement pour l'hôpital. Ça m'a fait bizarre de ne pas t'envoyer de message, ou de ne pas te téléphoner pour te demander ton numéro de chambre et comment je te retrouverais. Mais il n'y avait personne à appeler. Personne à qui parler. Il n'y avait que moi – et le bébé.

— Je suis contente que tu sois là, ai-je murmuré à mon ventre.

Je me sentais moins seule, d'une certaine façon. Il y avait avec moi un autre être qui traversait la même épreuve.

À l'hôpital, deux agents de sécurité fouillaient tous les sacs.

— Je cherche la chambre d'un patient, ai-je dit, fébrile, avant même de me demander s'ils parlaient anglais.

— L'accueil est là-bas. L'hôtesse vous aidera, a indiqué l'un d'eux quand j'ai récupéré mes sacs après être passée sous le détecteur de métal.

Il désignait un bureau derrière lui.

Je m'y suis précipitée.

— S'il vous plaît, j'ai besoin de trouver la chambre d'un patient. Gabriel Samson.

La femme de l'autre côté du comptoir a dû remarquer mon air égaré. Dix heures et demie de vol, plus le décalage horaire n'avaient sans doute rien arrangé. Je devais avoir les yeux rouges, les cheveux hirsutes et les vêtements froissés. Elle a rapidement trouvé ton nom sur son ordinateur.

— Huitième étage. Soins intensifs. Chambre 802.

Puis elle m'a indiqué les ascenseurs.

J'ai appuyé sur le 8 et essayé de me souvenir à quel étage était ta chambre au Warwick. En fermant les yeux, j'ai imaginé ton doigt sur le bouton. C'était le 6e. Ou le 5e ? Une larme a roulé sur ma joue. J'ai pris conscience que si tu mourais, je serais l'unique dépositaire de tous nos souvenirs. Il fallait que ma mémoire soit plus performante. Je ne pouvais pas oublier le moindre détail.

L'ascenseur a sonné et les portes se sont ouvertes. Je me suis dirigée vers la préposée à l'accueil et lui ai dit que j'étais là pour te voir. Elle a hoché la tête et m'a proposé de m'asseoir, les médecins n'allaient pas tarder. Puis elle a pris le téléphone et s'est mise à parler rapidement en hébreu.

— Mais attendez, ai-je insisté. Je veux voir Gabe. Je peux le voir maintenant ?

— Tout à l'heure, a-t-elle répondu, couvrant le micro de sa main. Les médecins veulent vous parler d'abord.

Avec ma valise et le gros sac à main que j'avais pris pour le voyage, je me suis traînée jusqu'à une chaise, une de ces chaises grises qu'on trouve dans toutes les administrations, et m'y suis laissé tomber. J'ai fermé les yeux et tenté de me souvenir de la première fois où je t'avais vu. Tu portais un T-shirt blanc. Ou était-il gris ? Avec une poche ? Un emblème sur la gauche ? Il avait une encolure légèrement en V. Ce détail-là, je m'en souviens.

J'ai ouvert les yeux en entendant toussoter devant moi.

— Madame Maxwell ? a demandé l'homme.

Il portait une blouse de laboratoire et m'a fait penser à Jason.

J'ai hoché la tête et me suis levée.

— Je suis Lucy Maxwell, ai-je dit en lui tendant la main, qu'il a serrée.

— Je suis Yoav Shamir, le neurologue de M. Samson.

Il parlait un anglais parfait, à l'exception des « r » qu'il avalait.

— Merci de vous occuper de lui.

Deux femmes qui se tenaient un peu en retrait du Dr Shamir se sont avancées.

— Je suis Dafna Mizrahi, a annoncé la plus grande des deux avec un accent plus prononcé. Je suis la réanimatrice.

— Contente de vous rencontrer, ai-je répondu bêtement.

La troisième personne s'est présentée. Elle ne portait pas de blouse blanche, mais une robe d'été aux couleurs vives, et une écharpe drapée sur les épaules.

— Je suis Shoshana. Shoshana Ben-Ami, assistante sociale de l'hôpital. J'ai réservé une pièce pour nous quatre. Allons-y, voulez-vous ?

Elle avait l'accent britannique. Je me suis demandé si elle avait été élevée en Angleterre, ou si l'un de ses parents était anglais.

J'ai acquiescé et les ai suivis.

Entre le vol, le décalage horaire et le côté surréaliste de la situation, j'avais l'impression de flotter, comme si tout cela se passait dans un rêve où les sons me parvenaient à travers une épaisseur de coton.

— Savez-vous ce qui est arrivé ? m'a demandé le Dr Mizrahi quand nous avons pris place dans une petite pièce tranquille où étaient installés une table, quelques chaises et un téléphone.

— Plus ou moins, ai-je répondu en posant mon sac à mes pieds.

— Voulez-vous en savoir davantage ? J'ai ici son dossier médical.

D'ordinaire, je veux tout savoir. Plus j'ai d'informations et plus j'ai le sentiment d'être en contrôle. Mais cette fois j'ai refusé.

— Je veux seulement le voir, ai-je dit.

— Vous le verrez sans tarder. Nous voulons d'abord vous donner quelques informations.

Le Dr Shamir s'est installé juste en face de moi.

— Comme vous le savez, votre ami a eu une blessure très grave au cerveau. Voulez-vous que je vous donne les résultats des analyses ?

J'ai pris une grande inspiration.

— Dites-moi seulement quelles sont ses chances de guérison. Combien de temps cela prendra-t-il ?

Les deux médecins ont échangé un regard.

— La portion inférieure de son cerveau a été affectée, a annoncé le Dr Shamir. C'est la partie qui commande les fonctions vitales essentielles.

— Déglutition, respiration, a précisé le Dr Mizrahi.

— Mais peut-il les récupérer ?

L'espoir s'était perché dans mon âme. Il chantait une mélodie sans paroles[1]. Tu l'avais suivi, ce cours, à Columbia ? Celui sur Emily Dickinson ? Je ne me souviens pas, hélas.

Ils se sont regardés à nouveau. C'est le Dr Mizrahi qui a pris la parole cette fois.

— Le Dr Shamir et moi avons fait le test pour diagnostiquer la mort cérébrale. Et le cerveau de votre ami… ne fonctionne plus.

— Mais il pourra refonctionner ? Comme n'importe quel autre organe ? Peut-il guérir ?

Dans le taxi qui m'amenait de Tel Aviv, je t'avais imaginé entendant ma voix et te réveillant. Je t'avais imaginé rétabli et heureux dans mes bras.

Le Dr Shamir m'a regardée bien en face. Ses lunettes grossissaient ses yeux bruns.

— M. Samson est en état de mort cérébrale. Ce qui signifie qu'il ne respirera jamais sans assistance, qu'il ne pourra jamais déglutir, ni parler, ni marcher. Je suis sincèrement navré.

M. Samson est en état de mort cérébrale. Une puissante vague de nausée m'a submergée. J'ai jeté un regard éperdu autour de la pièce à la recherche d'une

---

1. Allusion à un poème d'Emily Dickinson, « *Hope is the thing with feathers* » (1891).

poubelle. J'en ai repéré une dans un coin avant de plonger dessus. *Mort cérébrale. Son cerveau est mort. Mort.* Tu étais parti. À jamais. Mon corps rejetait cela. Rejetait tout.

Mon estomac s'est contracté par vagues, se débarrassant de tout ce qu'il pouvait expulser.

Le Dr Mizrahi est venue s'agenouiller à côté de moi.

— Prenez une grande inspiration par le nez.

J'ai essayé et mes nausées se sont interrompues.

— Encore, a-t-elle insisté.

Elle m'a aidée à me relever et à me rasseoir. Je ne pleurais pas. J'étais anesthésiée. J'avais l'impression que ma conscience était coupée en deux. La part émotionnelle s'était détachée du reste et observait la réunion se dérouler, sans réagir.

Shoshana est sortie et revenue avec un verre d'eau.

— Vous avez besoin de temps ? a-t-elle demandé.

J'ai secoué la tête. Comme un robot. Mon corps et ma bouche réagissaient mécaniquement.

— Je suis désolée, ai-je lancé à la cantonade.

— Vous n'avez pas à vous excuser, a répondu Shoshana en me tapotant la main.

— Je suis enceinte. J'avais la nausée de toute façon, ai-je ajouté en manière d'explication. Je crois…

— De combien ? a demandé le Dr Mizrahi.

— Juste un peu plus de huit semaines.

Elle a hoché la tête et est venue s'asseoir sur le siège vide à côté de moi.

— Vous pouvez le laisser sous assistance respiratoire, a-t-elle repris. Nous pouvons discuter de la durée et des risques que cela représente. Mais je dis toujours à la famille et aux amis de penser à ce que l'être cher aurait souhaité. Comment aurait-il voulu vivre le reste de sa vie ?

Elle a tendu la main et attrapé un dossier de l'autre côté de la table pour y prendre un papier.

— Voici une copie de l'ordre de non-réanimation que nous a envoyée l'Associated Press.

J'ai saisi la feuille et contemplé ta signature, si familière, tout en angles là où l'on attendrait des courbes. Le papier était daté du 3 octobre 2004. J'ai commencé à le lire, puis me suis arrêtée. Je savais ce qu'il signifiait. Je continuais à me sentir anesthésiée, dissociée, comme si je n'étais pas entièrement là. Je ne savais pas quoi dire d'autre. J'aurais aimé ne pas être aussi seule. J'aurais aimé que tu sois avec moi.

— Quand puis-je le voir ?

— Le Dr Mizrahi peut nous conduire maintenant, a dit Shoshana. Ou vous pouvez rester ici avec moi et nous pouvons parler. De ce que vous voulez. (Elle m'a tendu une pochette en plastique.) J'ai pour vous ici l'appareil photo de M. Samson, ainsi que son téléphone portable et son portefeuille. Les clés de chez lui aussi. Et une clé d'hôtel. C'est ce qu'il avait sur lui.

J'ai regardé à l'intérieur de la pochette. Ton téléphone était en miettes. Ton appareil photo semblait étonnamment intact, mais j'ai vu des éclaboussures (de la boue, du sang ?) séchées sur la lentille.

J'ai pris une inspiration tremblante. C'était trop. Mon esprit embrumé a songé à tout ce que tu laissais derrière toi. Faudrait-il que je m'occupe de cela aussi ? L'espace d'un instant, j'ai souhaité que Darren soit là. Il aurait su quoi faire. Ou Kate. J'allais appeler Kate. Mais il fallait d'abord que je te voie. C'était pour cela que j'étais venue. C'était pour cela que j'avais entrepris ce long voyage.

— Merci, ai-je dit à l'assistante sociale. Je veux juste le voir. C'est possible maintenant ?

— Bien entendu.

Elle s'est levée et a pris ma valise.

— Il faut que nous soyons forts, ai-je murmuré au bébé.

Ou peut-être à moi-même.

Je suis sortie de la pièce en suivant Shoshana et le Dr Mizrahi. Le Dr Shamir a ajouté qu'il était à ma disposition si je voulais parler.

J'ai hoché la tête et il est parti.

— Il y a autre chose, ai-je soufflé en m'immobilisant dans le couloir.

Shoshana s'est arrêtée et m'a regardée.

— Oui ?

J'ai pris encore une grande inspiration. Je ne pouvais croire que je posais cette question.

— Au bout de combien de semaines de grossesse peut-on faire un test de paternité ?

Le Dr Mizrahi s'est arrêtée elle aussi. Ses yeux se sont rapidement posés sur mon ventre avant de remonter vers mon visage.

— On peut faire une prise de sang dès huit semaines, a-t-elle dit. Cela permet aussi de déterminer le sexe de l'enfant.

J'ai serré plus fort la pochette en plastique. Les choses que tu avais laissées derrière toi.

— Merci.

Après quoi, le Dr Mizrahi m'a conduite à ta chambre.

77

Quand je suis entrée, il a fallu que je m'appuie au chambranle pour garder mon équilibre. La nausée est revenue.

Tu étais intubé. Le cathéter passait entre tes lèvres sèches et craquelées. Ta tête était bandée et la zone tendre autour de tes yeux, meurtrie et violacée. Ton bras gauche disparaissait dans un plâtre du coude au poignet. Des tubes et des machines bipaient partout. Mais c'était toi. Tu étais là. Ta poitrine se levait et s'abaissait. Tu étais vivant. Je savais ce que les médecins venaient de dire mais je l'ai ignoré.

— Gabe, ai-je soufflé.

Il flottait dans la pièce une odeur métallique et médicinale, comme si on avait mélangé un produit antiseptique à de la sueur et à du sang. Je me suis agenouillée près de ton lit et t'ai pris la main. Le contact de tes doigts tièdes était rassurant. Je les ai portés à mon visage, souhaitant sentir ton pouce suivre le contour de mes lèvres, souhaitant entendre ta voix.

J'ai pensé à notre dernière conversation. Celle où nous nous étions dit que nous nous aimions.

Celle où je t'avais demandé de rester à Jérusalem, de ne pas m'obliger à choisir.

— Je reprends ce que j'ai dit, t'ai-je murmuré. Je ne le pensais pas. Reviens. Reviens, Gabe. S'il te plaît. Ne me laisse pas.

Il ne s'est rien passé. Tu n'as pas bougé. Pas un frémissement, pas un clignement de paupières.

Un sanglot s'est échappé de ma poitrine, et je n'ai pu contenir ceux qui ont suivi. Ma gorge s'est serrée. Mes côtes m'ont fait mal. Mon corps s'est mis à trembler et je me suis effondrée sur le sol.

Je ne sais quand elle est entrée dans la pièce, mais Shoshana s'est retrouvée à côté de moi, la main sur mon épaule.

— Madame Maxwell ? Lucy.

J'ai levé les yeux vers elle. Je me suis efforcée de contenir les sanglots qui me déchiraient la poitrine. Elle m'a aidée à me relever.

— Allons marcher dehors. Y a-t-il quelqu'un qui puisse venir ici pour être à vos côtés ?

— Personne, ai-je dit dans un souffle.

J'ai pensé à Kate. Pourrait-elle me rejoindre, prendre un avion ce soir ? Elle viendrait si je le lui demandais. J'ai pris une inspiration tremblante.

— Ça va aller, a dit Shoshana en me faisant sortir de ta chambre et remonter le couloir. Les heures des visites touchent à leur fin. Vous devriez aller vous reposer. Vous n'avez pas à prendre de décision aujourd'hui.

— D'accord.

Ma voix était aussi chancelante que moi.

— Avez-vous besoin d'une voiture pour vous conduire à un hôtel ? Ou à l'appartement de M. Samson ?

J'avais retenu une chambre d'hôtel, mais j'ai pensé aux clés de ton appartement dans la pochette en plastique. J'avais ton adresse dans ma liste de contacts : tu l'y avais enregistrée pendant que nous étions au lit ensemble. J'avais le sentiment que je devais y aller.

— Une voiture. Ça me rendrait un grand service.

Shoshana a hoché la tête et est revenue quelques minutes plus tard avec ma valise.

— Je vous accompagne jusqu'à la voiture pour vous présenter au chauffeur, a-t-elle dit en me tendant une carte. Voici ma ligne privée. Je ne la donne pas d'habitude, mais si vous avez besoin de quoi que ce soit, appelez-moi. J'ai mis mon numéro de portable au dos.

— Merci, ai-je répondu en rangeant la carte dans mon sac.

Elle a repris ma valise et je l'ai suivie jusqu'au parking. Une pensée m'a traversé l'esprit, évanouie aussi vite qu'elle était venue : si c'était ainsi que le destin m'accordait mon vœu de ne pas avoir à choisir entre Darren et toi, alors je ne voulais plus vivre dans ce monde moi non plus.

Qu'en penses-tu, Gabe ? Était-ce ton choix de faire un reportage à Gaza ? De prendre ces photos quand tu les as prises, comme tu les as prises ? Tes choix t'ont-ils conduit ici ? Ou étais-tu voué à cette fin ? Était-ce celle à laquelle nous étions voués ? J'ai mon opinion sur la question, mais j'aimerais bien connaître la tienne.

78

Le chauffeur de taxi a emprunté des rues tortueuses, essayant de me donner un aperçu de la ville chemin faisant. C'était la première fois que je venais en Israël et je savais que j'aurais dû prêter plus d'attention à ce qui m'entourait, mais j'étais toujours dans un brouillard. Des images de toi sur ce lit d'hôpital surgissaient par flashs. Je revoyais le Dr Shamir prononcer ces mots : « M. Samson est en état de mort cérébrale. » *N'y pense pas*, me suis-je dit. *Concentre-toi sur ce que tu fais maintenant. Reste forte. Pense à son appartement.* Allait-il me sembler familier ? M'y sentirais-je chez moi ? Découvrirais-je sur toi quelque chose que je ne savais pas auparavant – et aurais préféré ne pas connaître ? Pendant un moment, je me suis demandé si je ne ferais pas mieux d'aller à l'hôtel finalement, mais nous étions déjà en route. Et pour être honnête, je voulais voir où tu habitais. Je voulais m'entourer de toi.

— Ah, Rehavia, avait dit le chauffeur de taxi quand je lui avais donné l'adresse. Très joli.

Il avait raison. Ton quartier était charmant – calme et accueillant. J'ai concentré mon attention sur les bâtiments devant lesquels nous passions plutôt que sur ce que j'avais vu et entendu à l'hôpital. J'imaginais ce qui se serait passé si j'avais dit : *Oui, je t'accompagne à Jérusalem.* Aurais-je fait mes courses dans ce marché-ci ? Pris le café dans cette petite échoppe-là ? Aurions-nous été heureux d'être ensemble ou tout aurait-il été vicié ? J'avais beau être dans un état second et comme engourdie, j'ai éprouvé un pincement au cœur pour Violet et Liam. J'étais partie depuis moins d'une journée, et ils me manquaient déjà. J'aurais aimé pouvoir les serrer contre moi, sentir leurs petits corps chauds contre le mien, leurs bras autour de mon cou. Jamais je n'aurais pu les quitter.

Quand nous nous sommes arrêtés devant ton immeuble, j'ai pris mes sacs et suis restée immobile, debout devant l'entrée. Il y avait une porte en bois derrière une grille en métal, s'encadrant toutes deux dans une magnifique arche en pierre. J'aurais choisi un bâtiment comme celui-ci. Il avait un aspect solide, réconfortant, comme s'il abritait des familles depuis des siècles et les protégeait. J'ai plongé la main dans la pochette en plastique à la recherche de tes clés et en ai essayé plusieurs avant de trouver celle qui ouvrait la grille, puis la porte. J'ai monté l'escalier jusqu'au troisième étage puis ai fait encore plusieurs tentatives avant de trouver la bonne clé.

Une fois à l'intérieur, je me suis sentie comme une intruse. J'avais oublié que tu n'étais resté que peu de temps à Jérusalem avant de partir pour Gaza. Et que même quand tu étais là, tu travaillais comme un fou. Ton appartement n'était pas encore vraiment installé. Il y avait des cartons de livres ouverts, mais pas déballés. Quelques photographies encadrées, posées contre les murs, mais pas accrochées. Il y avait des tapis aux motifs de couleurs vives, comme j'en avais vu dans les souks en Turquie. Un canapé marron. Un bureau en bois sur lequel s'empilaient de l'équipement électronique et des câbles. Une chaise. Je t'ai imaginé en train de travailler sur cette chaise à l'ordinateur, rognant, ajustant la saturation, augmentant le contraste, comme à l'époque où nous vivions ensemble. Je me suis efforcée de t'imaginer ici et non à l'hôpital. Tu étais vivant, tu faisais ce que tu aimais, tu souriais. Dans mon esprit du moins.

J'ai poussé la porte de ta chambre et aperçu, pliée au pied de ton lit, la couverture que je t'avais jetée à la tête la nuit où tu m'avais dit que tu partais. Je l'ai prise et l'ai portée à ma joue. Elle sentait encore faiblement ton odeur. Sur la table de nuit était posé un exemplaire de *Toute la lumière que nous ne pouvons voir*[1]. Je me suis assise sur ton lit, et j'ai vu qu'un morceau de papier marquait l'endroit où tu t'étais arrêté. Page 254. Tu n'étais pas allé plus loin dans ce livre. Tu ne le finirais jamais. Ta vie s'était interrompue, coupée net. Une pellicule qui s'était cassée sur sa bobine et n'irait pas jusqu'à sa fin naturelle. Tu avais laissé tant de choses en suspens. Tant de choses inachevées, et tant d'autres que tu ne verrais, ni ne connaîtrais jamais.

— Je finirai ton livre, ai-je dit tout haut. Je le lirai pour toi, Gabe.

Puis j'ai regardé ton marque-page. C'était le reçu de notre après-midi à Faces & Names. J'ai effleuré la

1. *All the light we cannot see*, roman d'Anthony Doerr, publié en 2014 et dont le sujet est la Seconde Guerre mondiale. Il a obtenu le prix Pulitzer.

date du doigt. Même si j'avais su que c'était la dernière fois que je te voyais, je ne crois pas que j'aurais agi autrement. J'aurais pressé mon corps contre le tien dans le bar. J'aurais fait et refait l'amour avec toi dans ta chambre d'hôtel. Et je t'aurais dit que je ne pouvais pas venir avec toi à Jérusalem.

Malgré tout, je n'ai pu m'empêcher de me demander si tout cela serait arrivé si j'avais dit oui. Aurais-tu été plus prudent, sachant que je t'attendais à la maison ? Sachant qu'un bébé était en route, qui était peut-être le nôtre ?

J'ai touché mon ventre. Avons-nous conçu un enfant cet après-midi-là ?

Mécaniquement, je suis retournée dans ton salon, puis dans la cuisine. Le réfrigérateur était presque vide – de la moutarde, quelques bouteilles de bière. Il y avait un sac de café en grains et une boîte de thé à moitié vide dans le placard, ainsi que deux paquets de bretzels, l'un encore intact, l'autre fermé par une pince. Je ne savais pas que tu aimais autant les bretzels. Pourquoi ignorais-je ce détail ?

De retour dans le salon, j'ai trouvé un cordon d'iPhone sur ton bureau et ai mis mon téléphone à recharger. Il y avait aussi deux appareils photo et un iPad. J'ai supposé que ton ordinateur portable se trouvait à Gaza, là où tu logeais. Je me suis demandé s'il faudrait que je m'occupe de le récupérer. *L'AP m'aidera peut-être,* me suis-je dit. *Je devrais les appeler. Appeler Kate. Et je devrais vraiment appeler Darren.*

Dès que mon téléphone a eu assez de batterie pour fonctionner, j'ai commencé à entendre les signaux de SMS et de messages vocaux. Ma mère, mon frère, Kate, Darren, Julia, le travail. J'ai ouvert le tiroir de ton bureau, en quête de papier et d'un stylo afin de faire une liste, et y ai trouvé une enveloppe – la seule chose qu'il contenait – sur laquelle était écrit *Testament de Gabriel Samson.*

Je me suis mordu la lèvre et l'ai ouverte. Ton écriture pointue remplissait toute la page. J'ai la lettre avec moi maintenant.

Moi, Gabriel Samson, sain de corps et d'esprit, déclare que ceci est mon testament, et qu'il annule tous les testaments antérieurs que j'ai rédigés.

Je désigne Adam Greenberg comme exécuteur testamentaire. S'il est empêché ou non consentant, je désigne Justin Kim.

Étaient-ils au courant de ce qui s'était passé ? Ton patron les avait-il appelés aussi ? Il faudrait que je leur téléphone.

Je charge mon exécuteur de payer sur mon compte toutes taxes, et tous frais associés à ma mort et à mon enterrement, et toutes factures ou dettes non encore acquittées.

Je lègue à Lucy Carter Maxwell les droits de toute mon œuvre – des photographies que j'ai prises, de mon livre Le Défi *ainsi que du nouveau livre sur lequel je travaille, qui est sauvegardé sur mon ordinateur portable dans un fichier intitulé « Nouveaux Commencements ». Je lui donne tout contrôle sur mon copyright, et lui en octroie la propriété intégrale.*

J'ai été surprise en lisant ce paragraphe, Gabe. Je me suis demandé si c'était une forme d'excuse pour avoir inclus ces photographies de moi dans ton exposition à New York sans m'en avoir parlé. J'ai également pris conscience que cela me lierait à toi pendant tout le reste de ma vie. Je mourrai avant que ton copyright n'expire. Y as-tu pensé en rédigeant ce testament ? Voulais-tu que nous restions unis le plus longtemps possible ?

Le reste de mon patrimoine financier, une fois toutes taxes, factures et frais acquittés, doit être divisé en parts égales entre deux œuvres : Le Mémorial du 11 septembre, et Tuesday's Children[1].

Si Lucy Carter Maxwell désire quoi que ce soit parmi les objets que je possède, je le lui lègue. Hormis cela, je charge mon exécuteur d'en faire don à qui bon lui semble.

Fait et écrit entièrement de ma main à Jérusalem, le 8 juillet 2014.

Était-ce le jour où tu étais parti pour Gaza ? Écrivais-tu un testament chaque fois que tu te rendais dans une nouvelle zone de conflits ? Ou était-ce différent cette fois-ci ?

Il y a tant de conversations que je voudrais avoir avec toi, tant de questions que j'aimerais poser, que je regrette de ne pas avoir posées. Et tant de choses que j'aurais aimé te dire. Après avoir pris connaissance de ton testament, il m'est apparu que je devais te dire une dernière chose avant ta mort, même si tu n'étais pas en état de répondre ni même sans doute de m'entendre te l'annoncer.

J'ai sorti la carte que m'avait donnée Shoshana Ben-Ami et ai composé son numéro.

— Combien de temps faut-il à l'hôpital pour effectuer un test de paternité ? ai-je demandé.

---

1. Association créée après le 11 septembre, et qui vient en aide aux victimes du terrorisme et à leur famille.

79

J'ai retrouvé Shoshana à l'hôpital le lendemain matin. Elle avait pris rendez-vous pour moi avec un obstétricien qui m'avait examinée et avait consenti à demander le test. Et le Dr Mizrahi avait aussi demandé qu'on prélève ton sang.

Quand nous nous étions parlé au téléphone, Shoshana n'avait pas su me dire combien de temps il faudrait pour avoir les résultats du test.

— À mon avis, ça prendra quelques jours et le shabat commence demain soir, m'avait-elle annoncé.

J'avais oublié le shabat. Je m'étais dit que si les résultats arrivaient avant le dimanche matin, c'était jouable. Les machines pourraient respirer à ta place d'ici là. Et je pourrais rester avec toi en attendant.

Mais l'univers avait d'autres projets. Le Dr Mizrahi nous a retrouvées au laboratoire d'analyses.

— M. Samson va bien maintenant, mais il a eu une nuit un peu difficile, a-t-elle déclaré après l'échange de salutations.

— Que s'est-il passé ? ai-je demandé en la suivant à l'intérieur.

— Il a eu de la fièvre. L'interne de service a pensé qu'il commençait peut-être une septicémie, mais on a augmenté sa dose d'antibiotiques, on lui a donné du paracétamol, et la fièvre a baissé. Son état est stabilisé à présent.

— Une septicémie ? ai-je répété.

Mon cerveau n'avait plus rien enregistré après ce mot.

— Malheureusement, cela survient souvent chez les patients sous machines. C'est une infection sérieuse. Mais il semble avoir résisté, pour l'instant du moins.

Le Dr Mizrahi s'était immobilisée quand nous étions entrées dans le laboratoire. Je me suis arrêtée aussi.

— Il peut mourir à tout moment ? De septicémie ?

— Les patients sous machines courent de multiples risques, a-t-elle répondu.

J'ai été tentée de lui demander lesquels, mais je me suis bornée à dire :

— Y a-t-il moyen d'avoir le résultat de ce test aujourd'hui ? Ou demain ? Je ne veux pas qu'il meure avant d'en avoir le cœur net.

J'ai senti ma gorge se nouer et me suis demandé un instant s'il ne serait pas plus facile de te laisser mourir d'une autre cause plutôt que de prendre la décision moi-même. Mais l'idée qu'une septicémie ou un empoisonnement interne ravagent ton corps m'a révulsée. Je ne pouvais pas laisser cela se produire.

— Je vais voir ce qu'on peut faire, a répondu le Dr Mizrahi.

Un homme au regard bienveillant, aux longs cheveux bouclés rassemblés en queue-de-cheval, m'a fait une prise de sang en me promettant d'envoyer les résultats dès qu'ils seraient prêts. Puis nous sommes revenues auprès de toi.

Alors nous sommes là, Gabe. Je me suis mieux tenue ce matin quand je suis entrée dans ta chambre. Je ne me suis pas effondrée. J'essaie de m'armer de courage, d'être forte. Pour toi. Pour le bébé. Comme si c'était un travail. Je suis responsable de la tâche qui m'est assignée. Je m'efforce d'agir au mieux.

L'infirmière qui était avec toi quand je suis arrivée a dit que tu m'entendais. Je me souviens des paroles du Dr Shamir sur l'état de ton cerveau, mais cette femme m'a conseillé de te parler quand même. Ce que j'ai fait. Ce que je fais.

Je t'ai raconté notre histoire. Je t'ai posé des questions auxquelles tu ne pourras jamais répondre. Je t'ai parlé de l'enfant. Du bébé qui est peut-être le nôtre. Ou pas.

Je ne sais pas ce qui serait pire : qu'il le soit ou ne le soit pas.

Je te tiens la main à présent. Sens-tu mes doigts contre les tiens ?

L'hôpital n'aurait jamais dû te brancher à ces machines, mais personne ne savait rien et maintenant tu es là, et on ne peut pas te débrancher sans mon accord. Je m'efforce de ne pas t'en vouloir, mais vraiment, Gabe, comment as-tu pu me mettre dans une situation pareille ? Comment as-tu pu me demander de te tuer ? As-tu pensé à ce que cela me ferait de prendre cette décision ? Je vais devoir vivre avec ce choix tout le reste de ma vie, Gabe. Je sais déjà que cela hantera mes rêves. Je sentirai ces draps amidonnés, j'entendrai ta respiration régulière, mécanique.

Penses-tu que je puisse me glisser dans ton lit ? Je ferai très attention. Je ne toucherai aucun de tes cathéters. Je ne toucherai pas ton bras cassé. Je veux juste… te tenir encore dans mes bras. Je suis si bien, la tête sur ta poitrine. Vraiment à ma place. Depuis toujours.

Tu m'as façonnée. Le savais-tu ? Toi. Le 11 septembre. La personne que je suis, les choix que j'ai faits. C'est toi, et ce jour-là qui les avez tous déterminés.

Puis-je embrasser ta joue ? Je veux juste la sentir encore une fois sous mes lèvres.

Rien de ce que je fais ne te ramènera.

Je dois l'accepter.

Mon fils,

Je ne sais pas quand je te donnerai cette lettre, si tant est que je le fasse un jour – quand tu auras dix-huit ans ? Quand tu auras fini tes études ? La laisserai-je dans un coffre afin que tu la lises après ma mort ? Ou peut-être grandiras-tu en sachant tout cela. Peut-être trouverai-je le secret trop pesant.

Il faut que je dise à quelqu'un ce qui s'est passé pendant ces deux derniers jours – les plus durs de ma vie jusqu'ici – et j'ai été si reconnaissante que tu sois là avec moi. Un jour, quand j'étais enceinte de ta sœur, j'ai lu un article sur la conscience prénatale. Il est possible qu'au fin fond de ton esprit, tu gardes la trace de cela, que tu en aies ton propre souvenir. Mais si tel n'est pas le cas, je vais partager les miens avec toi. Parce qu'il faut que ces derniers jours soient remémorés.

Hier, j'ai découvert qui était ton père. Et ce matin, je l'ai tué. J'étais à son chevet quand cela s'est produit. Il avait la tête sur mon épaule. Mes lèvres étaient contre ses cheveux.

En entrant dans sa chambre, son médecin, le Dr Mizrahi, m'a demandé si j'étais prête.

J'ai essayé de répondre, mais je n'ai pas pu. J'ai seulement hoché la tête.

— Vous faites le bon choix, m'a-t-elle dit.

Ton père était en état de mort cérébrale. Il avait été blessé dans une explosion à Gaza. Il ne se remettrait jamais. J'en avais parlé maintes fois avec elle : il n'y avait aucun espoir de guérison.

J'ai hoché la tête à nouveau. J'avais beau savoir que je faisais le bon choix, c'était horriblement dur. Si dur que c'était presque impossible.

Elle m'a observée un moment. Je percevais une immense compassion dans son regard. J'étais heureuse que ce soit elle qui soit là pour accomplir ce geste. Elle avait été merveilleuse avec moi et avec ton père.

— Vous pouvez le tenir, a-t-elle dit.

Alors je l'ai attiré vers moi, j'ai mis mes bras autour de lui et ai posé ma tête sur la sienne.

J'ai fermé les yeux et enfoui mes lèvres dans ses cheveux. Je n'ai pas pu regarder pendant qu'elle débranchait le cathéter.

La machine près de moi a commencé à biper éperdument et mon cœur s'est mis au diapason. Des alarmes ont retenti et se sont mêlées en un long gémissement. J'ai ouvert les yeux et vu le Dr Mizrahi éteindre la machine, la courbe s'aplatir. Il y a eu un dernier long souffle. Puis plus rien.

Le silence.

Ton père était mort.

Des larmes ont brouillé ma vue. Je me suis excusée auprès de lui. Je ne pouvais pas m'arrêter. Ce que j'avais eu à faire m'horrifiait. « Pardon, ai-je chuchoté. Pardon. Pardon. Pardon. »

Pendant des années, ton père et moi avons discuté du destin et du libre arbitre, du sort et de la décision. Je crois que j'ai une réponse maintenant. C'était mon choix. Mon choix tout du long. Et le sien. Nous nous sommes choisis l'un l'autre.

En cet instant, nous sommes toi et moi dans l'appartement de ton père. Nous sommes entourés par lui, bien qu'il ne soit plus. Nous le voyons partout, dans la lumière dorée qui entre par les fenêtres de la chambre au lever du soleil, dans les rouges et les bleus nuit du tapis persan sur le sol, dans le parfum du café en grains stocké dans sa cuisine – un café qu'il ne boira jamais. Mais nous le boirons pour lui, toi et moi.

Si je ne suis plus là quand tu liras cette lettre, cherche le nom de ton père : Gabriel Samson. Cherche l'exposition qu'il a faite à la galerie Landis à Chelsea en 2011. J'espère que tu verras dans ses photographies à quel point le monde résonnait en lui – et à quel point nos sentiments l'un pour l'autre résonnaient en nous. C'était un artiste, un artiste brillant, sensible, magnifique, qui essayait de rendre le monde meilleur. Il voulait partager des histoires, sans distinction de frontières, de races et de religions. Et il l'a fait. Mais pour cela, il a donné sa vie.

Ton père n'était pas parfait. Et moi non plus. Cela, tu dois le savoir. Il était parfois égoïste, autocentré, suffisant. Il trouvait de la noblesse au sacrifice.

Il n'a jamais su que tu allais venir au monde. J'aurais dû le lui dire. Cela aurait peut-être changé les choses. J'en suis réduite à supposer que s'il avait été au courant pour toi, son état d'esprit aurait été différent, il aurait été moins prêt à descendre dans l'arène, à se jeter dans la mêlée. Je ne peux imaginer qu'il ait été disposé à sacrifier son temps avec toi. Ou peut-être cela n'aurait-il rien changé.

Tu as été conçu dans l'amour. Tu dois le savoir aussi. Qu'importe la suite des événements, ce qui arrivera après cette lettre, nos vies quand tu liras ces lignes, ou l'homme que tu auras appelé « Papa » en grandissant, tu dois savoir combien j'ai aimé ton père. Cette passion transcendait le temps, l'espace et toute logique. Tu connaîtras un tel amour, je l'espère – un amour dévorant, puissant, qui te donnera l'impression de devenir un peu fou. Et si tu le rencontres, cet amour, vis-le ! Ne le laisse pas échapper. Si tu t'y abandonnes, ton cœur sera meurtri, malmené. Mais tu te sentiras invincible et infini.

Maintenant que ton père n'est plus, je ne sais pas si j'éprouverai cela à nouveau. Ni si un homme me donnera autant que lui l'impression d'être unique, choisie et désirée. D'être vue. Je m'estime heureuse d'avoir connu ces sentiments. Heureuse de l'avoir rencontré. Et de t'avoir toi.

Tu n'as pas encore fait ton entrée dans ce monde, mais je t'aime déjà, mon fils. Et je sais que ton père t'aime aussi, où qu'il soit.

Remerciements

J'ai écrit la première ébauche du texte qui devait devenir plus tard *Ce qui reste de nous* en 2012, après la fin d'une relation dont j'avais cru qu'elle durerait toujours. Pendant les quatre années suivantes, j'ai travaillé sur ce roman lors des quelques moments de loisir qui me restaient entre les urgences d'autres livres. Et ces quatre ans ont finalement compté parmi les années les plus tumultueuses de ma vie. J'ai beaucoup réfléchi alors à l'amour et à la perte, au destin et au choix, à l'ambition et au regret – et je me suis félicitée bien souvent d'avoir créé le monde de Lucy alors que le mien menaçait de me submerger.

Je suis infiniment reconnaissante à ma famille et aux amis qui m'ont soutenue pendant ces quatre ans, dans les succès comme dans les chagrins. Mais tout en adressant des remerciements à chacune des personnes merveilleuses de ma vie, je tiens à nommer spécifiquement celles et ceux qui m'ont aidée à transformer en roman les ébauches que j'écrivais.

Donc, merci à Amy Ewing, qui a lu les vingt-huit premières pages et m'a dit de continuer ; à Marianna

Baer, Anne Heltzel, Marie Rutkoski et Eliot Schrefer, le meilleur groupe d'écriture de la planète : ils ont lu plusieurs versions de l'histoire et – comme à leur habitude – ils m'ont encouragée et critiquée avec justesse.

Merci à Talia Benamy et Liza Kaplan Montanino, dont les retours – et les multiples conversations de suivi – ont été précieux ; à Sarah Fogelman et Kimberly Grant Grieco, mon groupe de discussion à deux têtes, dont les remarques pénétrantes sur Lucy en tant qu'épouse et mère ont déterminé les versions finales de ce livre. Merci à mes sœurs, Alison May et Suzie Santopolo, qui m'ont donné des conseils de première main sur les sujets médicaux et hospitaliers ; à ma tante, Ellen Franklin Silver, qui m'a fourni des informations sur la production à la télévision ; à Atia et Conor Powell, qui ont répondu à des questions sur la condition des journalistes à Gaza ; à Bari Lurie Westerberg, qui m'a raconté une histoire sur les cheveux de Jeff qui étaient au sale et m'a autorisée à en emprunter une version pour ce livre. Et merci mille et mille fois à Nick Schifrin, qui a finalisé l'intrigue avec moi sur une serviette en papier, grâce à qui la carrière journalistique de Gabe sonne vrai, qui m'a aidée à mettre au point l'arrière-plan de Jérusalem, qui a exploré Rehavia avec moi et qui a lu chaque scène du livre et en a discuté avec moi au moins trois fois, me poussant à aller plus loin et me suggérant des répliques lui-même quand je n'étais pas sûre de ce qui viendrait ensuite. Nick, un billet pour la comédie musicale *Hamilton* n'exprime pas le centième de ma reconnaissance pour le travail que tu as fourni.

Mais ce livre serait toujours à l'état de fichier sur mon ordinateur sans deux femmes exceptionnelles : mon agent, Miriam Altshuler, et mon éditrice, Tara Singh Carlson. Miriam, je suis infiniment sensible à ce que vous avez fait pour mon travail et pour moi, et reconnaissante que la vie m'ait permis de vous rencontrer. Quant à vous, Tara, votre finesse et votre acuité ont considérablement amélioré Lucy, Gabe, Darren et leur histoire. Merci de vous être battue pour mon manuscrit, merci d'avoir posé les bonnes questions éditoriales et merci aussi à Ivan Held, Sally Kim, Helen Richard, Amy Schneider, Andrea Peabbles, Kylie Byrd, Claire Sullivan et toute l'équipe chez Putnam et Penguin – notamment Leigh Butler, Tom Dussel et Hal Fessenden, de m'avoir permis de partager *Ce qui reste de nous* avec le public.

Mais je n'aurais jamais cru être capable d'écrire un livre au départ sans deux autres personnes. Mes derniers remerciements vont à ma mère, Beth Santopolo, et – bien qu'il ne puisse plus lire ces mots – à mon père, John Santopolo, qui ne se sont jamais conduits comme si mes rêves étaient jetables, qui m'ont toujours poussée à aller de l'avant – quelle que soit la destination que j'avais en tête. Ce qui ne va pas de soi, et je ne l'oublierai jamais.

Liste de lectures de Lucy et Gabe

Du plus loin que je me souvienne, livres, pièces de théâtre et poèmes ont compté pour moi, et dans ce roman, ils ont une grande importance également pour Lucy et Gabe ainsi que pour leur relation. Certaines des références aux œuvres littéraires sont claires et d'autres moins. Le lecteur en trouvera ci-dessous une liste, dans l'ordre où elles sont citées au fil du texte.

Jules César, William Shakespeare

Titus Andronicus, William Shakespeare

L'Iliade, Homère

« La Route que je n'ai pas prise », Robert Frost

La Mythologie : ses dieux, ses héros, ses légendes, Edith Hamilton (le mythe de Perséphone)

Roméo et Juliette, William Shakespeare

Le Passeur, Lois Lowry

Le Morte d'Arthur, Thomas Malory

Les Métamorphoses, Ovide (histoire de Pygmalion et Galatée)

« J'aime mon corps quand il est auprès du tien », E.E. Cummings

« Sonnet 30 », Shakespeare

L'Amant de Lady Chatterley, D.H. Lawrence

« L'Espoir est cette chose avec des plumes », Emily Dickinson

Toute la lumière que nous ne pouvons voir, Anthony Doerr

Cet ouvrage a été composé et mis en page
par Nord Compo à Villeneuve-d'Ascq

Imprimé en France par CPI
en avril 2020
N° d'impression : 3037899

S29154/01